시의 나라 詩國 중국의 문화를 이해하는

중국 고전시가 알기

이백시문연구회 저

시사중국어사

시의 나라詩國 중국의 문화를 이해하는

중국 고전시가 알기

초판발행	2022년 4월 10일
1판 3쇄	2024년 2월 1일
저자	이백시문연구회
편집	최미진, 연윤영, 高霞, 엄수연
펴낸이	엄태상
표지 디자인	이건화
내지 디자인	김지연
조판	이서영
콘텐츠 제작	김선웅, 장형진
마케팅	이승욱, 왕성석, 노원준, 조성민, 이선민
경영기획	조성근, 최성훈, 김다미, 최수진, 오희연
물류	정종진, 윤덕현, 신승진, 구윤주
펴낸곳	시사중국어사(시사북스)
주소	서울시 종로구 자하문로 300 시사빌딩
주문 및 교재 문의	1588-1582
팩스	0502-989-9592
홈페이지	http://www.sisabooks.com
이메일	book_chinese@sisadream.com
등록일자	1988년 2월 12일
등록번호	제300 - 2014 - 89호

ISBN 979-11-5720-205-8 03820

　본서는 '이백시문연구회'의 회원들이 이백을 함께 연구하는 가운데, 중국 고전문학의 정수로 일컬어지는 중국 고전시가를 어떻게 하면 동학同學들에게 알기 쉽게 전달할 것인가를 고민한 결과물입니다.

　사실 중국의 고전시가는 한자漢字에 익숙하지 않은 젊은 세대가 쉽게 다가서서 편하게 감상할 수 있는 그런 만만한 대상이 결코 아닙니다. 가장 먼저 한자의 뜻을 정확하게 파악해야 하고, 그 시어들을 서로 유기적으로 연결한 다음, 시인의 깊은 감정을 이해해야 할 뿐만 아니라, 시의 역사적 맥락도 아울러 함께 참고해야만 한 편의 시를 정확히 감상할 수 있기 때문입니다. 이러한 측면에서 볼 때, 본서를 가지고 중국 고전시를 공부하면 다음과 같은 장점이 있다고 감히 생각합니다.

　첫째, 『시경詩經』과 『초사楚辭』에서 시작하여 청대의 시가까지 각 시기를 대표할만한 시가를 망라하여 소개하고 있기 때문에 중국 고전시가의 흐름을 정확하게 이해할 수 있습니다. 둘째, 거시적인 관점에서 중국 고전시가를 이해할 수 있도록 각 장의 도입 부분에서 중국 역사의 흐름과 시대 상황 그리고 시가의 변화와 발전을 간략하게 소개하고 있습니다. 셋째, 독자가 쉽게 이해할 수 있는 체제와 구성을 갖추도록 노력하였습니다. 예를 들어, 시어의 한자 발음과 뜻을 상세하게 제시하고 있을 뿐 아니라, 시에 대한 해석 및 해설 등을 알기 쉽게 서술하였습니다. 또한 간체자와 한어병음을 병기하여 미래 세대의 학습 편의를 제공하고 있습니다. 넷째, 독자의 흥미를 불러일으킬 수 있는 장치를 곳곳에 마련하였습니다. 본문과 관련 있는 스토리텔링, 팁, 주석 및 사진 등의 자료를 곳곳에 배치하여 학습자가 더욱 흥미를 가질 수 있도록 노력하였습니다. 다섯째, 시 한 수 한 수마다 시와 관련한 '생각해보기'를 두었으며, '시가 연습'을 통하여 학습자가 직접 시를 이해하고 감상하는 데 도움을 주고자 하였습니다. 이밖에도 본서는 시의 원문을 원어민의 정확한 발음으로 낭송하여 제공하고 있습니다.

　중국인은 자국을 '시의 나라' 즉 '시국詩國'으로 불리는 것을 좋아합니다. 공자께서는 '시를 배우지 아니하고는, 말할 것이 없다 不學詩, 無以言'라고까지 하며 시를 중시했습니다. 고대에는 시를 과거시험의 한 과목으로 채택하기도 하였습니다. 현대 중국에서는 초등학교 때부터 당시唐詩를 암송하게 하고, 역대 주석들도 외교의 무대 등에서 두보杜甫나 이백李白의 시구를 인용하며 자신의 뜻을 설파하는 경우도 허다합니다. 이러한 이유만으로도, 중국문화와 중국인을 보다 심층적으로 이해하기 위해서는 중국 고전시가에 대한 이해가 어느 정도 반드시 필요합니다.

대학에서 중국어와 중국문화를 전공하는 학생이나, 중국 비즈니스 종사자 혹은 중국 유학생 등에 이르기까지 중국문화에 관심이 있는 분이라면 본서를 일독해 보시기를 권해 드립니다. 또한 한시漢詩를 공부하고 싶어 하는 분들 그리고 한시를 사랑하는 강호江湖의 제현들께서는 가벼운 마음으로 일독해 보셔도 좋을 것으로 생각합니다. 중국문화의 정수라 여겨지는 고전시가의 넓은 바다로 나갈 수 있는 길잡이 배 역할을 충분히 잘해 줄 것이라 믿기 때문입니다. 이 책을 통해 중국 고전시가에 대한 이해를 높이고 중국을 이해하는 깊이를 더할 수 있기를 기원합니다.

사실 여러 집필자들이 하나의 목적을 가지고 새로운 구성을 창조하고 공유하며 하나의 통일된 문체로 책을 집필한다는 것은 생각만큼 만만한 작업은 아니었습니다. 특히나 코로나19의 엄중한 상황하에서 온라인 회의에만 의존하였기에 그 어려움은 더욱 컸습니다. 이제 그간의 모든 어려움을 이겨내고 이렇게 본서를 출간하게 된 것에 대해 집필과 교열을 담당했던 우리 이백시문연구회 회원 모두에게 경의를 표합니다. 특히 본서의 체제를 구성하는 것에서 시작하여 집필뿐 아니라 섬세한 교열과 보완에 힘써 주신 노은정, 채수민, 이승신, 여정연, 박민정 선생과 전체 집필 회의의 좌장 역할을 담당하며 소통을 이끌어 준 최우석 선생에게도 감사를 드립니다. 아울러 본 '중국 알기' 시리즈를 기획하고 원고 집필에 도움을 주시는 '한중인문학교류연구소'와 어려운 시대 환경 속에서도 시리즈의 출판을 매번 선뜻 수락해 주시는 '시사중국어사'에 다시 한번 감사를 드립니다. 끝으로 최고의 전문가답게 꼼꼼한 편집과 디자인으로 최고의 책을 만들어 주시는 최미진 부장님과 편집부에는 고개 숙여 감사를 드립니다.

2022년 3월
저자 일동 삼가 씀

🏯 중국 고전시가의 변화와 발전

중국 고전문학에 있어서 '시가' 장르는 일찍부터 발전했다. 이는 상형문자인 한자의 형상성이 시를 표현하는 데 매우 적합하기도 하지만, 그보다는 공자가 제자들을 가르칠 때 시를 특히 중시했던 것과 밀접한 관련이 있어 보인다. 공자가 직접 편찬했다고 알려진 『시경詩經』의 등장은 사실상 시가 문학의 본격적인 데뷔이자 발전의 신호탄을 알리는 것이다. 『시경』은 중국의 북방에 해당하는 황허黃河강 유역을 배경으로 삼는데, 강건하고 현실적이며 질박한 특성을 보여준다. 이러한 특성은 후세 중국문학에 지대한 영향을 끼쳐 『시경』은 중국문학의 뿌리이자 북방 시가 문학의 원류가 되었다. 『시경』이 북방 문학을 대표한다면, 『초사楚辭』는 창장長江강 중심의 남방 문학을 대표한다. 『초사』는 전국시대 말기에 초나라의 굴원屈原에서 비롯된 것으로, 개인적이며 남방 특유의 상상력과 낭만성이 매우 농후하다. 『시경』과 『초사』는 중국 시가 문학의 양대 원류로서 후세에 막대한 영향을 주었다.

한대漢代에 이르러 유가는 유교로서의 확고한 지위를 얻었고, 『시경』은 오경五經 중의 하나가 되었다. 『시경』의 영향 속에 한대 시가는 소위 '시교詩敎'의 가르침에 충실하고자 했다. 한무제漢武帝가 공자 시대의 악부樂府를 흉내내어 악부라는 관청을 따로 설치하고 민간의 가요를 수집한 것 역시 그러한 분위기 속에서 이루어진 것이다. 사실 이 시기까지만 해도 시가는 아직까지 문인의 관념 속에 '문학'의 한 장르라는 개념이 형성되지 않았다. 따라서 유가의 가르침을 위한 시 창작에 열중했던 문인보다는, 자유롭게 자신의 감정을 표출했던 민간에서 보다 훌륭한 시가 창작이 많이 등장했다. 「공작동남비孔雀東南飛」, 「맥상상陌上桑」, 「유소사有所思」 등은 모두 민간 악부시로, 진실한 감정과 사회 모순 등을 잘 반영한 한대 시가의 대표작들이다. 특히 동한 말에 등장한 「고시십구수古詩十九首」는 세련된 오언구로 남녀간의 이별과 사랑을 노래해 높은 예술성을 보여주면서 오언시의 형성과 발달에 결정적인 역할을 해주었다.

흔히들 위진남북조魏晉南北朝는 '예술과 문학의 자각'이 이루어진 시기라 일컬어진다. 유교가 쇠퇴하고 노장老莊사상이 유행하면서 예법의 구속에서 벗어나 자유롭게 감정을 표현하게 되었고, 문학으로서의 문학, 시를 위한 시를 창작하게 되었다. 건안建安 시기에는 조조曹操 삼부자와 건안칠자建安七子가 시단의 중심에서 왕성한 창작 활동을 선보였고, 정시正始 시기에는 죽림칠현竹林七賢이 개성 있는 시를 창작해 시단을 풍부하게 했다. 동진東晉 시기에는 '은일 시인의 조종祖宗'으로 불리는 도연명陶淵明이 등장하여, 중국 시가의 깊이를 더해 주게 된다. 「귀거래사歸去來辭」로 유명한 도연명은 평

담하고 진솔한 표현으로 중국 시가에 깊이를 더해 주었다. 남조南朝에 이르러서는 시가의 형식 면에서 유미주의唯美主義 경향을 강하게 보여주며, 시를 짓는 데 대구對句, 전고典故, 성률聲律 등의 형식적인 규칙에 열중했다. 사영운謝靈運, 포조鮑照 등이 참신한 시를 선보이기도 했으나, 대체로 아름다움만을 추구하는 '궁체시宮體詩'의 창작 경향이 대세를 이루었다.

당대唐代에 이르러 시가 창작은 최고의 전성기를 맞이한다. 황제부터 귀족, 문인뿐만 아니라, 기녀와 승려에 이르기까지 시가 창작은 그야말로 대성황을 이루게 된다. 현재 전해지는 『전당시全唐詩』에 2,200여 명에 이르는 작자의 작품이 약 4만 8천여 수 수록되어 있다는 사실이 그 증거이다. 일반적으로 당시는 초당初唐·성당盛唐·중당中唐·만당晩唐의 4시기로 구분한다. 초당 시기에는 진자앙陳子昂, 초당사걸初唐四傑 등이 등장하여 제재의 폭을 넓혀 주었고, 심전기沈佺期, 송지문宋之問 등이 율시의 형식을 완성했다. 성당은 그야말로 중국 시가사에서 가장 휘황찬란했던 시기로, 시선詩仙 이백李白, 시성詩聖 두보杜甫, 시불詩佛 왕유王維 등이 동시에 등장하여 각자 최고봉을 이루었다. 또한 산수자연시파山水自然詩派, 변새시파邊塞詩派 등의 유파도 형성하였다. 중당에는 기험奇險한 시풍에 천착했던 한유韓愈, 가도賈島 등과 이른바 '신악부운동新樂府運動'을 전개했던 백거이白居易, 원진元稹 등이 크게 활약했다. 만당 시기에는 다소 퇴폐적인 아름다움을 추구했던 두목杜牧과 '무제無題' 시로 유명한 이상은李商隱 등이 돋보였다.

송대宋代에 이르러 중국 시는 그 내용과 작법 방면에서 큰 변화를 이룬다. 송대에 유행한 이학理學의 영향으로, '흥興'을 중시하고 개인의 감정을 표현하는 데 열중했던 당시와는 다르게, 송시는 깊은 '생각'에서 우러나오는 철학적, 논리적, 산문적인 시가 발전했다. 황정견黃庭堅, 소식蘇軾, 양만리楊萬里 등의 걸출한 시인이 크게 활약했고, 강서시파江西詩派, 강호시파江湖詩派, 유민시파遺民詩派 등의 시파가 형성되었다.

한편 송대에 이르러 시는 또 사詞라는 장르로 변화 발전했고, 송사宋詞는 송대를 대표하는 문학 장르가 되었다. 송사는 그 내용과 풍격에 따라 완약파婉約派와 호방파豪放派로 나뉜다. 완약파는 유영柳永, 주방언周邦彦, 이청조李淸照 등을 중심으로 청려하고 완약한 풍격을 형성했고, 호방파는 소식蘇軾, 신기질辛棄疾 등을 중심으로 다채로운 사회생활과 인생을 호방하고 강개한 풍격으로 노래했다.

또한 민간 가요로 시작한 사가 송대를 거치면서 음악과 분리된 문학 형태로 변하자, 일반 민중들은 자유롭고 편하게 노래할 수 있는 새로운 형식의 시가를 찾게 되었다. 이러한 민중의 요구와 북방 이민족의 호악胡樂에 맞는 가요 형식의 필요로 탄생한 것이 바로 산곡散曲이다. 산곡은 원대元代에 크게 흥성하여, 작가, 작품 수, 작품 수준 등에서 시와 사를 압도하게 된다. 시나 사와 마찬가지로, 탄생 초기에는 음악에 맞춰 노래하는 시가였으나, 몽고족의 통치하에서 뜻을 잃은 지식인들이 창작의 주체가 되면서 점차 음악과 분리된 시가 문학의 형태를 띠게 되었다. 원대 전기의 산곡은 질박하고 구어적인 민간 가요의 특징을 잘 살리고 있으며, 대표적인 작가로는 관한경關漢卿, 백박白樸, 마치원馬致遠 등이 있다. 원대 후기로 갈수록 산곡은 시와 사의 영향을 받아서 형식적이고 전아한 문학 작품의 성격이 강해지는데, 대표적인 작가는 장가구張可久와 교길喬吉 등이다.

원대元代, 명대明代, 청대淸代의 정통시가는 새로운 경지로 나아가지 못하고 당시나 송시를 존숭하고 배우려는 이른바 '복고주의復古主義' 경향에서 벗어나지 못했다. 원대에는 몽고족의 억압 속에서 원호문元好問 등만이 그 명맥을 유지하였다. 명대에는 전후칠자前後七子가 등장하여 시는 반드시 성당 시가를 본받자는 주장을 펼치며 강한 복고주의 색채를 보여주었다. 다만 명대 말엽, 이러한 복고주의를 비판하며 공안파公安派와 경릉파竟陵派 등이 등장하기도 했다.

청대에도 이러한 복고주의는 크게 변하지 않았다. 시를 창작함에 있어, 당시를 배워야 한다는 '종당시파宗唐詩派'나 송시를 배워야 한다는 '종송시파宗宋詩派' 등의 이론만이 활발히 전개되었다. 이밖에도 '신운설神韻說', '격조설格調說', '성령설性靈說' 등의 시가 비평이론에만 크게 관심을 갖고 있었으므로, 정작 시가 창작에 있어서는 별다른 성취를 이루지 못했다.

Chapter 01　중국시가의 원류, 시경　•012

　작품 01　「물수리」國風·周南·關雎 국풍·주남·관저

　작품 02　「갈대」國風·秦風·蒹葭 국풍·진풍·겸가

　시가 연습　「칡 캐러 가세」國風·王風·采葛 국풍·왕풍·채갈

　작품 03　「고사리 캐기」小雅·采薇 소아·채미

　작품 04　「하늘의 명령」周頌·維天之命 주송·유천지명

Chapter 02　창장강의 노래, 초사　•026

　작품 01　「근심을 만나다」離騷 이소 － 屈原

　작품 02　「어부의 노래」漁父辭 어부사 － 屈原

　시가 연습　「굴원을 애도하며」吊屈原賦 조굴원부 － 賈誼

Chapter 03　들꽃의 노래, 한대 시가　•038

　작품 01　「그리움」有所思 유소사

　작품 02　「가고 또 가고」行行重行行 행행중행행

Chapter 04　비분강개의 노래, 건안 시가　•050

　작품 01　「짧은 노래」短歌行 단가행 － 曹操

　작품 02　「마음을 노래하다」詠懷 영회 － 阮籍

Chapter 05　은일의 노래, 도연명의 시　•061

　작품 01　「술을 마시며」飮酒 음주 － 陶淵明

　작품 02　「전원으로 돌아와 살며」歸園田居 귀원전거 － 陶淵明

Chapter 06   유미주의, 남조 시가 • 070

작품 01   「연못 위 누각에 올라」登池上樓 등지상루 – 謝靈運

작품 02   「행로난을 모방하다」擬行路難 의행로난 – 鮑照

시가 연습   「자야의 노래」子夜歌 자야가 – 蕭衍

Chapter 07   율시의 지평, 초당 시가 • 085

작품 01   「거위를 노래하며」咏鵝 영아 – 駱賓王

작품 02   「촉주로 부임하는 두소부를 전송하며」

송두소부지임촉주 送杜少府之任蜀州 – 王勃

작품 03   「유주대에 올라 노래하며」登幽州臺歌 등유주대가 – 陳子昂

작품 04   「옛 정」古意 고의 – 沈佺期

시가 연습   「대유령 북역에서 시를 짓다」題大庾嶺北驛 제대유령북역 –宋之問

Chapter 08   시가의 황금시대, 성당 시가 • 101

작품 01   「봄날 새벽」春曉 춘효 – 孟浩然

작품 02   「중양절에 산 동쪽의 형제를 그리워하며」

구월구일억산동형제 九月九日憶山東兄弟 – 王維

작품 03   「고향에 돌아와 우연히 시를 쓰다」回鄕偶書 회향우서 – 賀知章

작품 04   「사막에서 짓노라」磧中作 적중작 – 岑參

Chapter 09   유배당한 신선, 이백 • 115

작품 01   「고요한 밤의 그리움」靜夜思 정야사 – 李白

작품 02   「달 아래 홀로 술 마시며」月下獨酌 월하독작 – 李白

작품 03   「경정산에 홀로 앉아」獨坐敬亭山 독좌경정산 – 李白

작품 04   「여산폭포를 바라보며」望廬山瀑布 망여산폭포 – 李白

Chapter 10 유가의 모델, 두보 시 •129

작품 01 「강남에서 이구년을 만나」江南逢李龜年 강남봉이구년 – 杜甫

작품 02 「봄밤에 비를 기뻐하며」春夜喜雨 춘야희우 – 杜甫

작품 03 「봄날의 풍경」春望 춘망 – 杜甫

작품 04 「악양루에 올라」登岳陽樓 등악양루 – 杜甫

시가 연습 「석호의 관리」石壕吏 석호리 – 杜甫

Chapter 11 새로운 탐색, 중당 시가 •145

작품 01 「끝없는 그리움의 노래」長恨歌 장한가 – 白居易

작품 02 「술을 권하며」將進酒 장진주 – 李賀

작품 03 「눈 내리는 강」江雪 강설 – 柳宗元

작품 04 「산의 바위」山石 산석 – 韓愈

시가 연습 「늦봄」晚春 만춘 – 韓愈

Chapter 12 아름다운 석양 노을, 만당 시가 •164

작품 01 「무제」無題 무제 – 李商隱

작품 02 「진회하에 배를 대고」泊秦淮 박진회 – 杜牧

작품 03 「상산의 새벽길」商山早行 상산조행 – 溫庭筠

작품 04 「가난한 여인」貧女 빈녀 – 秦韜玉

시가 연습 「비 내리는 밤 아내에게 부치다」夜雨寄北 야우기북 – 李商隱

Chapter 13 산문의 노래, 송대 시가 •180

작품 01 「왕소군의 노래」明妃曲 명비곡 – 王安石

작품 02 「쾌각에 올라」登快閣 등쾌각 – 黃庭堅

시가 연습 「가을날의 정회」秋懷 추회 – 歐陽修

작품 03 「아들에게」示兒 시아 – 陸游

작품 04 「세금 독촉의 노래」催租行 최조행 – 范成大

Chapter 14   팔방미인 소동파의 시가   •200

　작품 01   「서림사 벽에 쓰다」題西林壁 제서림벽 – 蘇東坡

　작품 02   「밝은 달은 언제부터 있었던고」水調歌頭 수조가두 – 蘇東坡

Chapter 15   노래하는 시, 송사   •209

　작품 01   「찾고, 찾고 또 찾아도」

　　　　　　聲聲慢·尋尋覓覓 성성만·심심멱멱 – 李淸照

　작품 02   「취중에 등불 돋워 보검을 꺼내 보다」

　　　　　　破陣子·醉裏挑燈看劍 파진자·취리도등간검 – 辛棄疾

Chapter 16   한족의 애환, 원대 산곡   •219

　작품 01   「가을날의 그리움」天淨沙·秋思 천정사·추사 – 馬致遠

　작품 02   「옛 자취」賣花聲·懷古 매화성·회고 – 張可久

　시가 연습   「이별의 정」四塊玉·別情 사괴옥·별정 – 關漢卿

Chapter 17   복고풍의 노래, 원·명·청 시가   •230

　작품 01   「산음 가는 길」山陰道 산음도 – 袁宏道

　작품 02   「내가 본 것」所見 소견 – 袁枚

생각해 보기 답안표   •238

일러두기

＊고전 작품 소개 및 강독의 특성을 살려 모든 본문 중의 인명·지명·고유명사는 가독성을 고려
　하여 우리말 독음(한자어) 또는 한자어(우리말 독음)로 표기하였다. 단, 현대의 중국 인명과
　지명의 표기는 『외래어 표기법(국립국어원, 1986)』을 따라 표기하였다.

＊고전 작품의 원문은 한자어로 소개하고 우리말 독음과 해석을 달았으며, 현대 중국어를 학습
　하는 독자의 편의를 위해 중국어 간체와 한어병음을 병기하였다.

Chapter
01

중국 시가의 뿌리,
시경

선진先秦 시기는 글자 그대로 진秦나라 이전의 시기를 말하는데, 구체적으로는 하夏, 은殷, 주周 삼대를 가리킨다. 은대에는 한자의 최초 원형인 갑골문甲骨文이 등장했고, 주대 후반기에 해당하는 춘추전국春秋戰國 시기에는 제자백가諸子百家가 활발히 활동하며 중국문화의 기초를 형성했다. 『시경詩經』은 바로 이 시기에 등장하여 중국 시가의 뿌리가 되었다. 흔히 유가의 경전으로 불리는 사서삼경四書三經에서도 『시경』은 첫 번째로 꼽히는 중요한 저작이다. 유가의 경전이니 만큼 '경經'을 '바이블'로 해석한다면, '시'를 바이블로 삼은 것은 매우 흥미로운 일이 아닐 수 없다.

시경

『시경』은 기원전 11세기 서주西周 초부터 기원전 5세기 동주東周의 춘추春秋 시기까지의 작품으로 구성되어 있다. 오랜 세월 쌓여온 방대한 노래 가운데 의미 있는 것만을 뽑은 것으로, 이 편찬 과정의 한 가운데에는 공자孔子가 있었다. 즉 공자는 약 3,000여 편의 시 가운데에서 305편[01]을 선별하여 제자를 가르치는 교재로 삼았던 것이다.

『시경』은 '풍風', '아雅', '송頌' 세 부분[02]으로 나눌 수 있다. '바람'이란 뜻의 '풍'은 바람처럼 사람의 입을 통해 이리저리 전해지는 '민요'의 성격이 강하다. 그 당시 주周나라를 중심으로 그 주변의 제후국에서 유행하던 민요를 모아서 수록한 것이다. 구체적으로는 '주남周南', '소

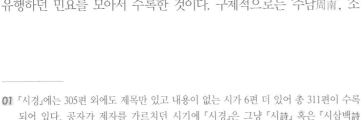

01 『시경』에는 305편 외에도 제목만 있고 내용이 없는 시가 6편 더 있어 총 311편이 수록되어 있다. 공자가 제자를 가르치던 시기에 『시경』은 그냥 『시詩』 혹은 『시삼백詩三百』으로 불렸다. 특히 그 편수가 300여 편이라는 의미에서 『시삼백』으로 즐겨 불렀다. 그러나 한대漢代에 이르러 유가儒家가 국가의 중심 이념으로 자리잡고 난 뒤, 바이블이라는 의미로서 『시경』이라는 명칭은 확고히 자리 잡게 된다.

02 『시경』의 육의六義: 한대漢代의 『모시毛詩』라는 책에서 처음 언급한 것으로, 시를 지을 때의 여섯 가지 범주를 말한다. 육의六義에는 풍風·아雅·송頌·부賦·비比·흥興이 있다. 이 가운데 '풍·아·송'은 『시경』의 내용과 관련된 것이며, '부·비·흥'은 『시경』의 창작 수사 기교와 관련된 것이다.

남召南', '패邶' 등 15개 나라의 민요를 '국풍國風'이라 부른다. 이 '국풍'에는 민간의 다양한 감정과 진솔한 생활상이 생생하게 담겨 있어 문학적 가치뿐만 아니라, 문화적 가치도 상당하다.

'아雅'는 문자학적인 의미로 '중국'을 뜻한다. 당시 중원 일대에 유행하던 '궁정의 아악雅樂'으로, '소아小雅'와 '대아大雅'로 나뉜다. '소아'는 연회에서 불리는 노래에 가깝고, '대아'는 궁궐에서의 축복과 훈계 등의 내용을 담고 있다. '송頌'은 글자 그대로 찬송의 노래이다. 조상에게 제사를 지낼 때, 신을 숭앙崇仰하거나 조상의 은덕을 찬송하는 내용이 주를 이룬다. 또한 주나라를 개국한 무왕武王 등의 임금을 칭송하는 내용도 담겨 있다.

『시경』의 창작 예술 기교로는 '부賦', '비比', '흥興'이 있다. '부'는 사물을 있는 그대로 상세하게 직접 이야기하듯 서술하는 방식이다. '비'는 은유적인 표현을 사용한 '비유법'으로 이해할 수 있다. '흥'은 한마디로 정의할 수는 없지만, 묘사하고 싶은 사물이나 주제의 특징을 첫 구에서 연상법을 사용해 이끌어 내어 독자의 상상력을 자극한 뒤, 서술과 묘사를 이어가는 기법 정도로 이해할 수 있다.

'삼가시三家詩'와 '모시毛詩' **TIP** 등을 통해 후세에 전해진 『시경』의 영향력은 실로 막대하다. 중국문학사의 흐름에서 볼 때, 『시경』은 중국 시가의 뿌리일 뿐 아니라 중국문학의 원류이다. 특히 유가의 '바이블'이라는 지위 덕분에 '시'는 문학의 장르를 뛰어넘어 큰 가르침의 일환으로 각광받았을 뿐만 아니라, 엘리트라면 반드시 익혀야 하는 문화의 영역으로 자리 잡았다. 당대唐代에는 오늘날의 '공무원' 시험에 해당하는 과거시험의 주요 과목으로 자리 잡기까지 했으니, 『시경』이 후세에 끼친 영향은 실로 우리의 상상 이상이다.

작품 감상

작품 01 「물수리」

國風·周南·關雎

국풍·주남·관저

關關雎鳩,	구욱구욱 물수리는
관 관 저 구	
在河之洲。	황하 섬 속에서 우는데,
재 하 지 주	
窈窕淑女,	아리따운 숙녀는
요 조 숙 녀	
君子好逑。	군자의 좋은 배필이라네.
군 자 호 구	
參差荇菜,	들쭉날쭉 마름풀을
참 치 행 채	
左右流之。	이리저리 헤치며 뜯노라니,
좌 우 류 지	
窈窕淑女,	(군자는) 아리따운 숙녀를
요 조 숙 녀	
寤寐求之。	자나깨나 찾고 있네.
오 매 구 지	
求之不得,	찾아도 찾지 못하니
구 지 부 득	
寤寐思服。	자나깨나 그리웁네.
오 매 사 복	
悠哉悠哉,	끝없는 그리움에
유 재 유 재	
輾轉反側。	이리저리 밤새 뒤척이네.
전 전 반 측	

🐌 国风 · 周南 · 关雎
Guófēng · Zhōunán · Guānjū

关关雎鸠，
Guānguān jūjiū,

在河之洲。
zài hé zhī zhōu.

窈窕淑女，
Yǎotiǎo shūnǔ,

君子好逑。
jūnzi hǎo qiú.

参差荇菜，
Cēncī xìngcài,

左右流之。
zuǒyòu liú zhī.

窈窕淑女，
Yǎotiǎo shūnǔ,

寤寐求之。
wùmèi qiú zhī.

求之不得，
Qiú zhī bùdé,

寤寐思服。
wùmèi sīfú.

悠哉悠哉，
Yōuzāi yōuzāi,

辗转反侧。
zhǎnzhuǎn fǎncè.

▌시어 풀이

關關(빗장 관): 의성어. 물수리의 일종인 관저새가 구욱구욱하며 우는 소리.

雎鳩(물수리 저, 비둘기 구): 물수리.

河(강 하): 강. 원래는 황허黃河강만을 뜻하는 고유명사이다.

洲(섬 주): 강 가운데 있는 모래섬.

窈窕淑女(그윽할 요, 정숙할 조, 맑을 숙, 여자 여): 요조숙녀.

逑(배필 구): 배필. 짝.

參差(섞일 참, 매길 치): 가지런하지 못하고 들쭉날쭉한 모습.

荇菜(마름풀 행, 나물 채): 물속에서 자라는 마름풀.

寤寐(깰 오, 잠잘 매): 자나깨나.

服(옷 복): 여기서는 '생각하다'의 뜻이다.

悠哉(멀 유, 어조사 재): 생각이 끊임없이 나는 모양.

輾轉反側(구를 전, 구를 전, 뒤집을 반, 옆 측): 누워서 잠을 이루지 못하고 이리저리 뒤척이는 모양.

▌이해와 감상

이 시는 중국 최초의 시집인 『시경』의 첫 수이다. 『모시毛詩』에서는 이 시를 "후비后妃의 덕을 노래한 것"으로 보기도 했으나, 대표적인 국풍의 특징이 민요의 성격이 강하다는 점을 고려하여 시를 직관적으로 감상해보면, 이 시는 남녀의 사랑에 대해 노래한 시로 파악할 수 있다. 즉 물수리 암수 한 쌍이 다정하게 노는 모습을 보며, 군자와 요조숙녀의 순진무구하며 진정한 사랑이 연상된다. 『중용中庸』에서 "군자의 도는 부부에서 그 실마리가 시작된다. 君子之道，造端乎夫婦。"라고 했는데, 아마도 공자는 군자와 요조숙녀의 진정한 사랑을 먼저 제시하며 군자의 도를 말하려 한 듯하다.

▌생각해 보기

'요조숙녀窈窕淑女', '오매불망寤寐不忘', '전전반측輾轉反側'이라는 고사성어의 의미와 그 용례에 대해 생각해 봅시다.

國風·秦風·蒹葭
국풍·진풍·겸가

蒹葭蒼蒼,
겸 가 창 창
갈대는 푸르른데

白露爲霜。
백 로 위 상
흰 이슬은 서리가 되었네.

所謂伊人,
소 위 이 인
바로 그이는

在水一方。
재 수 일 방
강물 저쪽 가에 있네.

遡洄從之,
소 회 종 지
물결 거슬러 올라가 그이를 따르려니

道阻且長。
도 조 차 장
길은 험하고도 멀다네.

遡游從之,
소 유 종 지
물결 거슬러 건너가 그이를 따르려 하나

宛在水中央。
완 재 수 중 앙
마치 강물 가운데 있는 듯하네.

国风 · 秦风 · 蒹葭
Guófēng · Qínfēng · Jiānjiā

蒹葭苍苍，
Jiānjiā cāngcāng,

白露为霜。
báilù wéi shuāng.

所谓伊人，
Suǒ wèi yīrén,

在水一方。
zài shuǐ yīfāng.

遡洄从之，
Sùhuí cóng zhī,

道阻且长。
dào zǔ qiě cháng.

遡游从之，
Sù yóu cóng zhī,

宛在水中央。
wǎn zài shuǐ zhōngyāng.

덩리쥔

▌시어 풀이

蒹葭(갈대 겸, 갈대 가): 갈대.

蒼蒼(푸르다 창): 푸르른 모습.

白露(흰 백, 이슬 로): 흰 이슬.

霜(서리 상): 서리.

伊人(그 이, 사람 인): 그 사람. 그이.

遡洄(거슬러 올라갈 소, 거슬러 올라갈 회): 물을 거슬러 올라가다.

阻(험할 조): 험하다.

宛(굽을 완): 여기서는 '마치 ~하다'는 뜻이다.

▌이해와 감상

이 시는 전체 3수 중 첫 번째 시로, 가까운 곳에 사랑하는 임이 있어도 만날 수 없는 애달픈 심정을 노래했다. 사랑하는 임과 나 사이는 강물로 막혀 있고, 물결을 거슬러야 갈 수 있는 이 길은 험하고 멀기만 하다. 예전에 사랑을 나누었을지도 모르는 장소인 갈대숲에는 이제 쓸쓸하게도 차가운 서리가 내린다. 바람에 쉽게 흔들리는 갈대는 내 마음과 같다. 만날 수 없음에 사랑하는 사람에 대한 그리움은 더욱 깊어만 간다.

▌생각해 보기

'재수일방在水一方'이라는 시구를 활용한 현대 가수 덩리쥔鄧麗君의 노래를 찾아보고, 이 구절에 담긴 의미를 생각해 보세요.

◆「칡 캐러 가세」

國風·王風·采葛
국풍·왕풍·채갈

彼采葛兮。
피 채 갈 혜

一日不見,
일 일 불 견

如三月兮。
여 삼 월 혜

国风 · 王风 · 采葛
Guófēng · Wángfēng · Cǎigé

彼采葛兮。
Bǐ cǎi gé xī.

一日不见,
Yí rì bú jiàn,

如三月兮。
rú sānyuè xī.

시어 풀이

采(캘 채): 캐다.

葛(칡 갈): 칡.

彼(저 피): 저기.

兮(어조사 혜): 문장의 끝에 오는 어조사이다.

如(같을 여): ~같다.

이해와 감상

옛말에 "일각一刻이 여삼추如三秋"라는 말이 있다. '아주 짧은 촌각의 시간이 마치 세 번의 가을같이 길게 느껴진다'는 의미이다.

이 시에서 주인공은 칡을 캐며 만나는 연인과 하루라도 만나지 못하면, 마치 석 달이나 못 만난 것 같다고 토로한다. 젊은이의 애틋한 사랑을 여과 없이 그대로 드러내고 있다.

> **시가 해석**
> **칡 캐러 가세**
> ₁저기 ₂칡 ₃캐러 ₄가세.
> ₁하루를 ₂못 ₃보니
> ₁석 달이나 ₂못 본 듯 ₃하네.

小雅·采薇
소아·채미

| 昔我往矣， | 옛날 내가 집 떠날 땐, |
| 석 아 왕 의 | |

楊柳依依。
양 류 의 의
버드나무 가지 무성했었네.

今我來思，
금 아 래 사
지금 내가 올 때는,

雨雪霏霏。
우 설 비 비
눈이 펄펄 내리는구나.

行道遲遲，
행 도 지 지
가는 길 더디고 더디어,

載渴載饑。
재 갈 재 기
목도 마르고 배도 고프네.

我心傷悲，
아 심 상 비
나의 마음 비통하지만,

莫知我哀。
막 지 아 애
아무도 내 마음 몰라준다네.

🐌 小雅 · 采薇
Xiǎoyǎ · Cǎi wēi

昔我往矣，
Xī wǒ wǎng yǐ,

杨柳依依。
yángliǔ yīyī.

今我来思，
Jīn wǒ lái sī,

雨雪霏霏。
yǔ xuě fēifēi.

行道迟迟，
Xíngdào chíchí,

载渴载饥。
zài kě zài jī.

我心伤悲，
Wǒxīn shāngbēi,

莫知我哀。
mò zhī wǒ āi.

▌시어 풀이

昔(옛날 석): 예전. 옛날.

往(갈 왕): 가다.

楊柳(버들 양, 버들 류): 버드나무.

依依(의지할 의): 무성한 모양.

思(생각 사): 여기서는 뜻이 없는 조사로 쓰였다.

霏霏(눈 펄펄 내릴 비): 눈비가 부슬부슬 내리는 모양.

遲遲(늦을 지): 늦고 더딘 모양.

載…載…(실을 재): ~하기도 하고, ~하기도 하다.

莫(없을 막): 아무도 ~못 하다.

▌이해와 감상

전체 6장 48구 가운데 본문에는 마지막 제6장의 8구만을 절록하여 실었다. 변경의 수비를 위해 전쟁터에 나간 사람이 자신의 노고를 읊은 시이다. 특히 마지막 구절은 경물 묘사를 통해 자신의 서글픈 감정을 풀어내는 높은 예술 성취를 이룬 것으로 평가받는다.

옛날昔과 지금今이라는 시간과 떠났다往가 돌아오는來 상황이 대비되고, 그때는 버드나무 가지가 무성했는데楊柳依依, 지금은 눈만 펄펄 내리는雨雪霏霏 상황의 대비는 매우 극적인 예술 효과를 보여 주고 있다. 동진東晉의 사현謝玄은 이 구절을 『시경』에서 가장 아름다운 구절로 평가하기도 했다.

▌생각해 보기

중국 고대에 이별하는 사람이 서로 버드나무楊柳를 꺾어 이별의 선물로 주던 풍속에 대해 찾아봅시다.

周頌·維天之命

주송·유천지명

維天之命, 유 천 지 명	하늘의 명령은,
於穆不已。 어 목 불 이	아! 그윽하기 그지없다네.
於乎不顯, 어 호 불 현	아! 크게 밝을지니,
文王之德之純! 문 왕 지 덕 지 순	문왕의 순수한 덕이여!
假以溢我, 가 이 일 아	크게 우리를 이롭게 하셨으니,
我其收之。 아 기 수 지	우리는 그 덕을 받아,
駿惠我文王, 준 혜 아 문 왕	힘써 우리 문왕을 따르리니,
曾孫篤之。 증 손 독 지	자손들은 독실하게 그 덕을 지킬지어다.

周颂 · 维天之命
Zhōusòng · wéi tiānzhīmìng

维天之命,
Wéi tiānzhīmìng,

於穆不已。
wū mù bùyǐ.

於乎不显,
Wū hū pīxiǎn,

文王之德之纯!
Wénwáng zhī dézhīchún!

假以溢我,
Jiǎ yǐ yì wǒ,

我其收之。
wǒ qí shōu zhī.

骏惠我文王,
Jùnhuì wǒ Wénwáng,

曾孙笃之。
zēngsūn dǔ zhī.

주문왕

시어 풀이

維(바 유): 어조사.

於(어조사 어): '아!'하며 탄식하는 소리이다.

穆(화목할 목): 여기서는 '아름답다美'는 뜻이다.

不已(아니 불, 그칠 이): 그지없다.

不顯(아니 불, 나타날 현): 여기서의 '不'은 '조 클 비'의 의미로, 크게 나타나 밝게 빛난다는 뜻이다.

假(빌릴 가): 여기서는 '크다大'는 뜻이다.

溢(넘칠 일): 여기서는 '益 이익 익'의 의미로, '이익이 되게 하다'의 뜻이다.

收(거둘 수): 여기서는 '受 받을 수'의 의미로, '받아들이다'의 뜻이다.

駿(준마 준): 크게 하다. 힘써 하다.

惠(은혜 혜): 여기서는 '順(따를 순)'의 의미로, '순종하다'는 뜻이다.

曾孫(일찍 증, 손자 손): 손자의 아들 이하는 모두 증손으로 불렀다. 즉 후대의 모든 왕을 가리킨다.

篤(도타울 독): 독실하게 잘 받들다.

이해와 감상

제목의 '송頌'은 본래 종묘宗廟의 악가樂歌로서, 제사 지낼 때 조상의 공덕功德을 찬송하는 것이 가장 주된 내용이다. 이 시의 내용은 바로 그러한 조상, 즉 주周나라 건국 조상인 문왕文王의 공덕을 찬미하고 그 성덕盛德을 잘 이어받자는 내용을 담고 있다.

전체적으로 화려한 수식이 없는 질박한 스타일로 압운도 하지 않은 것으로 보아 『시경』 중에서도 가장 오래된 시 중의 하나일 것으로 추측된다.

생각해 보기

주周 왕조의 건국과 관련된 인물 주문왕周文王, 주무왕周武王, 강태공姜太公의 스토리를 찾아봅시다.

읽을거리

 『시경』과 공자

『시경』과 공자는 불가분의 관계에 있다.

옛날부터 『시경』은 공자가 편찬한 것이라고 믿어왔다. 사마천司馬遷은 『사기史記』에서 옛날부터 전해져오던 3천여 편의 시 가운데 공자께서 중복되는 것은 빼고 예의에 합당한 것만을 골라 305편의 시경을 만들었다고 기록하고 있다. 이를 이른바 산시설刪詩說이라고 한다.

공자

또한 공자는 제자를 가르치면서 『시경』을 매우 중시했다. 『논어論語·위정爲政』에서 "『시경』을 한마디로 평한다면, 생각에 사악함이 없는 것이다. 子曰, 詩三百, 一言以蔽之, 思無邪."라고 하였고, 「계씨季氏」 편에서는 "『시경』을 배우지 않으면 말할 수 있는 것이 없다. 不學詩, 無以言."라고까지 극단적으로 말했다. 심지어 「양화陽貨」 편에서는 아들에게 시경을 공부하면 "조수와 초목의 이름을 많이 알게 된다. 多識於鳥獸草木之名"며 자연과학적 지식 함양에도 도움이 된다고 했다.

이러한 연유로, 유교가 절대적 지위를 확보하게 된 한대 이후로 『시경』의 시는 단순한 문학작품의 수준을 뛰어넘게 되었다. 아울러 시가 장르 역시 중국문학사에서 일찌감치 가장 중요한 지위를 확보하게 되었다.

Chapter
02

창장강의 노래,
초사

『시경』이 고대 중국의 황허黃河강 중심의 북방 문학을 대표한다면 『초사楚辭』는 창장長江강 중심의 남방 문학을 대표한다. '초사'는 전국 시대 말기 초나라의 굴원屈原에서 비롯된 것으로, "초인楚人의 사辭", "초인의 문학", "초인의 노래"라는 뜻이다.

『초사』는 6언 또는 7언 중심의 시가로 초나라의 독특하고 낭만적인 특성이 농후하며, 4언 중심의 『시경』과는 그 내용과 형식에서 크게 다르다. 또 『시경』에 수록된 시들이 대부분 작자 미상인 반면, 『초사』의 시들은 굴원과 굴원의 문하생 송옥宋玉 및 굴원을 추종한 한대漢代 문인들의 작품이 대부분이다.

굴원과 초사

『초사』의 작품에는 초나라 때 지어진 것으로 알려진 「이소離騷」 1편, 「구가九歌」 11편, 「천문天問」 1편, 「구장九章」 9편과 한나라 때 지어진 것으로 추정되는 「원유遠遊」 1편, 「복거卜居」 1편, 「어부漁父」 1편 등 총 25편이 수록되어 있다. 내용면에서는 현실 정치에서의 불우함과 울분을 초현실적이고 환상적으로 표현하거나, 한 개인이 느끼는 고뇌와 번민 등을 풍부한 상상력으로 묘사하고 있다. 특히 '미인美人'과 '향초香草' 등의 비유적인 수법과 낭만적인 표현은 중국 문학의 예술성을 크게 고양시켰다. 즉 『초사』에는 한 개인의 정서가 잘 드러나 있으며, 남방 특유의 상상력과 낭만성이 잘 표현되어 있어, 중국 문학의 새로운 경지를 연 것으로 평가할 수 있다. 또한 그 형식적인 측면에서는 구의 중간이나 끝부분에 남방 방언에 해당하는 '싀어조사 혜'[01] 자가 습관적으로 들어 있는 경우가 많다.

『초사』는 대부분 작가가 자기의 사상과 감정을 직서直敍한 운문으로, 후에 한나라 때의 대표 문학인 '사부辭賦' 혹은 '부賦'의 탄생에 지대한 영향을 주었다.

---

01 뜻 없이 글자수와 박자만 맞추기 위해 쓰는 어조사이다.

전한前漢 시기 유향劉向 기원전77-기원전6이 처음으로 굴원과 송옥 등의 작품을 엮어 『초사』라고 명명했는데, 이것은 지금 전하지 않는다. 오늘날 우리가 보는 『초사』는 후한後漢 시기 왕일王逸이 엮은 『초사장구楚辭章句』에서 비롯되었으며, 송宋나라 때 주희朱熹가 『초사집주楚辭集注』를 엮었다.

굴원이 투신 자살한 장시江西성의 미뤄汨罗강

작품 감상

작품 01 「근심을 만나다」

離騷
이소

屈原

帝高陽之苗裔兮,
제 고 양 지 묘 예 혜
고양高陽 임금님의 먼 후손이셨던

朕皇考曰伯庸。
짐 황 고 왈 백 용
내 선친께선 백용伯庸 어른이시네.

攝提貞於孟陬兮,
섭 제 정 어 맹 추 혜
인寅의 해 음력 정월

惟庚寅吾以降。
유 경 인 오 이 강
경인庚寅 날에 이 몸이 태어났네.

皇覽揆余初度兮,
황 람 규 여 초 도 혜
아버지는 내가 갓 태어났을 때 유심히 살피시어

肇錫余以嘉名。
조 석 여 이 가 명
내게 좋은 이름 바로 지어주셨네.

名余曰正則兮,
명 여 왈 정 칙 혜
내 이름은 정칙正則이라 하셨고

字余曰靈均。
자 여 왈 영 균
내 자字는 영균靈均이라 하셨네.

......

亂曰,
난 왈

마지막으로 이르기를

已矣哉,
이 의 재

그만둘지어다.

國無人莫我知兮,
국 무 인 막 아 지 혜

이 나라에 나를 알아줄 이 하나 없으니

又何懷乎故都?
우 하 회 호 고 도

조국을 마음에 품은들 무엇하겠는가?

旣莫足與為美政兮,
기 막 족 여 위 미 정 혜

바른 정치 함께 할 이 없으니

吾將從彭咸之所居。
오 장 종 팽 함 지 소 거

나는 팽함이 산다는 곳으로 따라가려네.

시어 풀이

高陽(높을 고, 볕 양): 오제五帝 중 전욱顓頊의 호.

苗裔(모 묘, 후손 예): 여러 대를 거친 먼 후손.

兮(어조사 혜): 초사에 사용되는 어조사. 구의 중간이나 끝에 사용되어 운율미
　　　　를 높인다.

朕(나 짐): 나. 1인칭 대명사.

皇考(임금 황, 생각할 고): 돌아가신 선친.

伯庸(맏 백, 쓸 용): 굴원의 부친 굴장屈章. '백용'은 굴장의 자字이다.

攝提(당길 섭, 끌 제): 섭제격攝提格의 줄임말로, 인寅의 해를 가리키는 말이다.

貞(곧을 정): 마침 어떤 시기나 단계에 즈음하다. 바야흐로 ~한 때에 이르다.

孟陬(맏 맹, 모퉁이 추): 음력 정월.

覽揆(볼 람, 헤아릴 규): 꼼꼼히 살펴보다. 관찰하다.

初度(처음 초, 법도 도): 첫 번째. 생일이나 막 태어난 때를 가리킨다.

肇錫(비롯할 조, 주석 석): 처음으로 주다(하사하다).

正則(바를 정, 법칙 칙): 굴원의 이름인 평平의 자의字義.

靈均(신령 령, 고를 균): 굴평의 자인 원原의 자의.

亂(어지러울 난): 초사에서 작품의 내용을 요약하는 마지막 부분으로, 노래를
　　　　마칠 때 일제히 합창으로 마무리하는 부분이다.

莫我知(없을 막, 나 아, 알 지): 나를 알지 못한다. 원래의 순서는 '莫知我'인데,
　　　　목적어 '我'를 동사 '知' 앞으로 도치한 문장이다.

彭咸(성 팽, 다 함): 은殷나라 대부로, 임금에게 충간했지만 받아들여지지 않
　　　　자 강물에 뛰어들어 죽었다.

이해와 감상

이 시는 전국 시기戰國時期 초나라 굴원이 지은 장편시로, 『초사』의 대
표작이다. '이소離騷'는 "근심을 만나다"라는 뜻으로, 굴원의 원망하
는 마음이 잘 드러나 있다.

시는 굴원 자신의 가계와 출생, 이름과 자字의 유래로 시작한다. 중간
에 생략된 부분에는 굴원이 충정을 다했지만 오히려 버림받자, 자신
을 알아줄 이를 찾아 하늘과 땅을 오가며 자신의 미래를 점쳐보지만
결국 실망하고 슬퍼한다는 내용을 담고 있다. 마지막 부분에서는 모

离骚
Lísāo

帝高阳之苗裔兮,
Dì Gāoyáng zhī miáoyì xī,

朕皇考曰伯庸。
zhèn huángkǎo yuē
Bóyōng.

摄提贞于孟陬兮,
Shètí zhēn yú mèngzōu xī,

惟庚寅吾以降。
wéi gēngyín wú yǐ jiàng.

皇览揆余初度兮,
Huáng lǎn kuí yú chūdù xī,

肇锡余以嘉名。
zhào xī yú yǐ jiāmíng.

名余曰正则兮,
Míng yú yuē Zhèngzé xī,

字余曰灵均。
zì yú yuē Língjūn.

......

乱曰,
Luàn yuē,

已矣哉,
yǐ yǐ zāi,

国无人莫我知兮,
guó wúrén mòwǒzhī xī,

又何怀乎故都?
yòu hé huái hū gùdū?

既莫足与为美政兮,
Jì mò zú yǔwéi měizhèng xī,

吾将从彭咸之所居。
wú jiāng cóng Péngxián zhī suǒjū.

든 것을 다 버리고 존경해마지 않던 팽함의 곁에 가서 살기로 결심하는 것으로 끝맺고 있다. 「이소」는 후대에 '회재불우懷才不遇(재주가 있어도 재주를 펼 수 없음)'를 표현한 시의 기원이 되었다.

▌생각해 보기

1. 『초사』의 대표 작가인 굴원의 생애에 대해 알아봅시다.
2. 굴원이 단오절 멱라강汨羅江에 투신 자살하자 사람들이 모두 배를 몰고 나와서 굴원의 시신을 찾았다고 전해집니다. 여기에서 비롯된 중국의 단오절 풍속에 대해 알아봅시다.

용선龍船 경기

漁父辭
어부사

屈原

．．．．．．

屈原曰，．．．．．．
굴 원 왈

굴원이 말하노니 …

新沐者必彈冠，
신 목 자 필 탄 관

막 머리를 감은 이는 반드시 관을 털어야 하고,

新浴者必振衣。
신 욕 자 필 진 의

막 목욕을 한 이는 반드시 옷을 털어야 하네.

．．．．．．

漁父．．．．．．
어 부

어부가 …

乃歌曰，
내 가 왈

이에 노래하기를

滄浪之水淸兮，
창 랑 지 수 청 혜

창랑의 물이 맑으면

可以濯吾纓。
가 이 탁 오 영

내 갓끈을 씻을 수 있고,

滄浪之水濁兮，
창 랑 지 수 탁 혜

창랑의 물이 더러우면

可以濯吾足。
가 이 탁 오 족

내 발을 씻을 수 있네.

遂去不復與言。
수 거 불 부 여 언

어부는 마침내 떠나가 다신 더불어 얘기하지 않았네.

渔父辞
Yúfùcí

......

屈原曰，......
Qū Yuán yuē,

新沐者必弹冠，
Xīn mùzhě bì tán guān,

新浴者必振衣。
xīn yùzhě bì zhèn yī.

......

渔父 ......
Yúfù

乃歌曰，
nǎi gē yuē,

沧浪之水清兮，
Cānglàng zhī shuǐ qīng xī,

可以濯吾缨。
kěyǐ zhuó wú yīng.

沧浪之水浊兮，
Cānglàng zhī shuǐ zhuó xī,

可以濯吾足。
kěyǐ zhuó wú zú.

遂去不复与言。
Suì qù búfù yǔyán.

창랑

▌시어 풀이

沐(머리감을 목): 몍을 감다, 머리를 감다.

彈(탄알 탄): (손가락 등으로) 튕기다. 탄알.

冠(갓 관): 관. 갓. 모자.

浴(목욕할 욕): 물로 몸을 씻다.

振(떨칠 진): 떨다. 떨치다.

濯(씻을 탁): 씻다.

纓(갓끈 영): 갓끈.

遂(이를 수): 마침내. 드디어.

▌이해와 감상

굴원의 「어부사」는 굴원의 작품이 아니라 후세인의 작품이라는 설도 있다. 굴원은 강직한 성격 때문에 누나 여수女嬃에게 질책 받는 장면이 「이소」에도 등장한다. 자신의 정의로운 신념을 위해서라면 죽음도 불사하겠다는 굴원에게 어부는 시류에 따라 살아가라고 충고한다.

이러한 두 세계관에 대해 어느 것이 옳고 그른지 두부 자르듯 단정할 수는 없다. 이 시를 읽다 보면 어부의 충고에도 눈물이 나고 굴원의 결기 넘친 절규에도 눈물이 나는 것은 필자만의 감정일까.

▌생각해 보기

「어부사」에서 비롯된 '탁영탁족濯纓濯足'이라는 성어가 현재 어떤 의미로 사용되는지 찾아봅시다.

원문의 해석 순서를 보고 직접 해석해 보세요.

◆「굴원을 애도하며」

吊屈原賦
조굴원부

賈誼

......

側聞屈原兮,
측 문 굴 원 혜

自沉汨羅。
자 침 멱 라

造託湘流兮,
조 탁 상 류 혜

敬吊先生。
경 조 선 생

遭世罔極兮,
조 세 망 극 혜

乃殞厥身。
내 운 궐 신

嗚呼哀哉!
오 호 애 재

逢時不祥,
봉 시 불 상

鸞鳳伏竄兮,
난 봉 복 찬 혜

鴟鴞翺翔。
치 효 고 상

......

🐚 吊屈原賦
Diào Qū Yuán fù

......

側闻屈原兮，
Cèwén Qū Yuán xī,

自沉汨罗。
zìchén Mìluó.

造讬湘流兮，
Zàotuō Xiāngliú xī,

敬吊先生。
jìng diào xiānsheng.

遭世罔极兮，
Zāoshì wǎngjí xī,

乃殒厥身。
nǎi yǔn jué shēn.

呜唿哀哉！
Wū hū āi zāi!

逢时不祥，
Féng shí bùxiáng,

鸾凤伏窜兮，
luánfèng fúcuàn xī,

鸱枭翱翔。
chīxiāo áoxiáng.

......

현재의 샹강(멱라강)

▌시어 풀이

吊(조문할 조): 조문하다. 문안하다.

側聞(곁 측, 들을 문): 옆에서 얻어듣다. 풍문으로 떠도는 말을 듣다.

自沉(스스로 자, 잠길 침): 스스로 물에 빠져 죽다.

汨羅(강이름 멱, 비단 라): 멱라강. 샹강湘江의 지류로, 후난湖南성 웨양岳陽시
　　　에 있다.

造託(지을 조, 부탁할 탁): 이 글에서 '조'는 '이르다, 다다르다'는 의미이고, '탁'
　　　은 '맡기다, 의탁하다, 기탁하다'는 의미이다.

湘流(상수 상, 흐를 류): '샹강'을 가리킨다.

遭世(만날 조, 세상 세): 재난을 겪다. 액을 만나다.

罔極(그물 망, 다할 극): 망극하다. 끝이 없다. 무한하다.

殞(죽을 운): 생명이 없어지거나 끊어지다.

厥(그 궐): 그. 그것. 굴원을 가리킨다.

鸞鳳(난새 난, 봉새 봉): 상상 속의 난새와 봉황. 덕이 높은 군자를 비유한다.

伏竄(엎드릴 복, 숨을 찬): 피하여 숨다. 모습을 감추다.

鴟梟(올빼미 치, 올빼미 효): 부엉이나 올빼미 종류의 새로, 불길함을 상징하며
　　　소인배를 비유한다.

翺翔(날 고, 날 상): 비상하다. 힘차게 선회하며 날다.

▌이해와 감상

이 시는 전한前漢 시기 가의賈誼 기원전200-기원전168가 썼다. 가의는 모
함받아 장사長沙로 쫓겨가는 길에 샹강을 지나다가, 100여 년 전 참
소 당한 뒤 샹강가의 지류인 멱라강에 빠져 죽은 굴원의 처지가 자신
과 비슷함을 애통해하면서 지은 것이다. 사마천司馬遷의 『사기史記』에
는 처지가 비슷한 굴원과 가의를 한데 묶어 쓴 「굴원가생열전屈原賈
生列傳」이 있다.

이 시는 서정성과 비유가 뛰어난 굴원의 문학적 특징을 계승한 소체
부騷體賦01 중의 명작으로, 문학사에서는 초사楚辭에서 한부漢賦로

---

01 고전문학 체제의 일종으로 굴원屈原의 이소체離騷體의 형식을 모방하여 이름하였다.

넘어가는 과도기적 작품으로 평가된다. 절록한 부분만을 보아도 굴원을 애도하는 작가의 감정이 잘 담겨 있다. 간신과 충신을 비유하는 올빼미와 봉황 등의 대구對句가 자연스러울 뿐 아니라 음절 또한 아름답다.

🌸 **시가 해석**

굴원을 애도하며

......

1소문에 2그 옛날 굴원이

1스스로 2멱라강에 3몸을 던졌다 하네.

1상강 물줄기를 2따라서

1굴원 선생을 2깊이 3애도하네.

1세상에 2망극한 일을 3당하시어

1그 2목숨을 3끊으셨도다.

1아! 2슬프도다!

1시운이 2상서롭지 3못한 4때를 만나

1난새와 봉황은 2숨어 살고

1솔개와 올빼미가 2멋대로 활개치네.

......

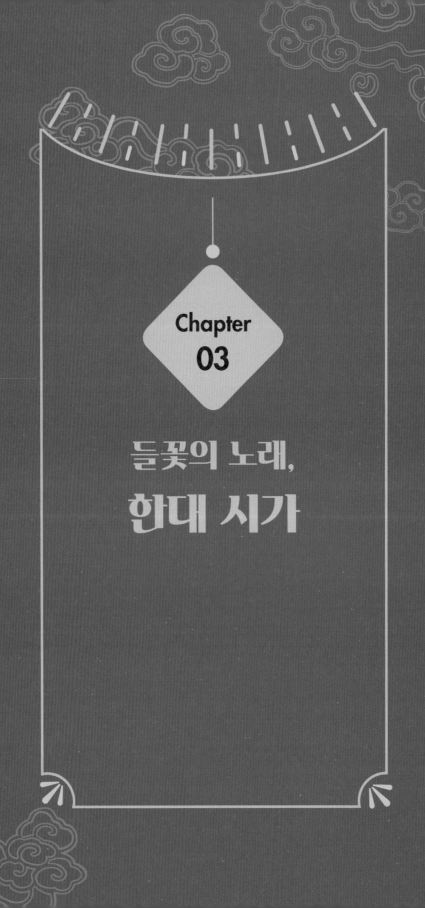

Chapter
03

들꽃의 노래,
한대 시가

한대漢代는 전한前漢 기원전206-8과 후한後漢 25-220을 아우르는 명칭이다. 최초로 중국을 통일한 진秦은 오래가지 못했고, 유방劉邦이 라이벌 항우項羽를 꺾고 전한前漢을 세웠다. 이후 왕망王莽이 세운 신新나라에게 전한이 멸망 당하자 유수劉秀가 다시 후한을 건국했다. 전한은 장안長安(지금의 시안西安)에 도읍하였고 후한은 낙양洛陽에 도읍하였기 때문에 각각 서한西漢과 동한東漢이라고도 불린다.

한대에는 『시경』의 전통을 계승한 4언체 시가는 물론이고 『초사』를 계승한 초가楚歌도 유행했다. 또 오언시와 칠언시도 창작되기 시작했지만, 역시 한대 시가를 대표하는 것은 악부시樂府詩다. '악부'는 원래 음악을 관장하는 관청이었다. 조정의 제사와 연회에 필요한 음악을 만들고, 악공을 훈련하며, 민간의 가요를 채집하고, 문인의 시부詩賦에 곡을 붙이는 등의 일을 목적으로 한무제가 건립했다. 이 악부에서 채집하고 정리한 노래의 가사를 후세에 '악부시' 또는 '악부'라고 불렀다. 후세에 이러한 악부를 모방하여 지은 시 또한 '악부시'라고 부른다.

한대에는 '초사'가 소체부騷體賦를 거쳐 대부大賦로 발전하며 크게 흥성했지만, 그 내용과 형식에서 모두 현실과는 동떨어진 면모를 보여준다. 반면 한대의 민간 악부시는 고아, 부녀자, 유민, 병사 등의 현실적인 모습을 매우 생생하게 묘사하고 있어, 『시경』의 현실주의 전통을 잘 계승한 것으로 평가된다.

한대 악부시는 서사시의 발전에도 크게 기여했다. 한대 이전의 서사시는 편수도 적고 질적으로도 그다지 훌륭하지 못했다. 그러나 한대 민간 악부시에서는 장편서사시의 비중이 클 뿐만 아니라 질적으로도 큰 성공을 이루었다. 또 한대 악부 민가에서 여성을 제재로 한 시 역시 큰 의의를 갖는다. 대표적인 작품으로 「공작동남비孔雀東南飛」와 「맥상상陌上桑」이 있고, 월트 디즈니의 애니메이션 〈뮬란〉으로 더 유명해진 「목란시木蘭詩」도 모두 여성을 주인공으로 한 악부시이다.

송대宋代에 이르러 곽무천郭茂倩 1041-1099이 악부가사집인『악부시집樂府詩集』을 편집해, 역대 악부시를 광범위하게 수집하고 체계적으로 분류했다.

한편, 민간에서 발생한 오언시五言詩는『고시십구수古詩十九首』에 이르러 성숙한 경지로 진입하게 된다. 이 열아홉 수의 시들은 남조南朝 양梁나라 소명태자昭明太子가 편찬한『문선文選』에 수록되어 전하고 있기에 편의상 '고시십구수'라고 이름했다. 또한 열아홉 수 각각의 시는 제목도 전하지 않기 때문에, 문학사에서는 각 시가의 첫 구절을 따서 제목으로 삼고 있다.『고시십구수』의 작가에 대해서는 여러 설이 있지만, 오늘날에는 열아홉 수 모두 동한 말기의 이름 없는 시인의 작품으로 보고 있다. 중국 시가사에서 본격적인 오언시의 시대를 열게 해 준「고시십구수」의 예술성은 매우 뛰어난 것으로 평가된다. 종영鍾嶸은『시품詩品』에서 "한 글자 한 글자가 모두 천금一字千金"이라 호평하였고, 유협劉勰은『문심조룡文心雕龍』에서 "오언시 중의 최고五言之冠冕"라고 극찬한 바 있다.

 오언시五言詩의 발전

『시경』시대 시가의 기본 형식은 4언이었지만 진한秦漢 이후에는 점차 5언으로 대체되었다. 한대 이후 사회가 복잡해지며 사상과 언어표현 능력이 고양되어, 한 음절의 단어가 두 음절로 나뉜 쌍음사雙音詞가 증가하게 되면서 4언 형식으로는 완전한 의사전달이 쉽지 않게 되었다. 이러한 이유 때문에 한대 이후 사언시 작가로는 조조曹操, 혜강嵇康 등만을 꼽을 수 있을 뿐이다.

오언시의 발전은 음악과도 매우 밀접한 관계가 있다. 고대 중국 시가의 특징이 바로 '시와 노래가 하나詩歌一體'였기 때문이다. 오언은『시경』의 풍시風詩에도 적잖이 있듯이 민간에서 유래하여 민간의 집단창작을 통해 발전했다. 오언은 사언에 비해서 음절 하나가 증가했을 뿐이나, 그 실제 효용은 몇 배로 증폭되었다. 즉 다양한 음절의 변화를 통해 섬세한 감정 표현에 훨씬 더 유리했던 것이다. 이렇게 발전한 오언시는 한대 말엽 무명씨無名氏의『고시십구수』에 이르러 완전한 성숙을 알리게 되었다.

작품 01 「그리움」

有所思
유소사

有所思, 유 소 사	그리운 임
乃在大海南。 내 재 대 해 남	큰 바다 남쪽에 계시네.
何用問遺君, 하 용 문 유 군	무엇을 보내어 내 마음 보일까
雙珠玳瑁簪, 쌍 주 대 모 잠	쌍구슬 단 대모 비녀
用玉紹繚之。 용 옥 소 료 지	옥으로 휘감아 보내려 했네.
聞君有他心, 문 군 유 타 심	그대 다른 마음 품었단 말 듣고
拉雜摧燒之。 랍 잡 최 소 지	동강동강 부러뜨려 태워버렸네.
摧燒之, 최 소 지	부러뜨려 태워버리고는
當風揚其灰。 당 풍 양 기 회	그 잿가루 바람에 날려버렸다네.

從今以往, 종 금 이 왕	지금부터는
勿復相思, 물 부 상 사	다시는 그리워 않고,
相思與君絕。 상 사 여 군 절	그대 그리움 끊어버리리.
雞鳴狗吠, 계 명 구 폐	닭 울고 개 짖으면
兄嫂當知之。 형 수 당 지 지	형수도 알게 되리라.
妃呼豨! 비 호 희	아아!
秋風肅肅晨風颸, 추 풍 숙 숙 신 풍 시	휘익 휘익 가을 바람 속 신풍새의 그리움
東方須臾高知之。 동 방 수 유 고 지 지	동방이 밝아오면 내 마음도 분명해지리.

▌시어 풀이

何用(어찌 하, 쓸 용): 무엇을 가지고서. 무엇으로써.

問遺(물을 문, 남길 유): 안부를 묻고 물건을 선사하다. '유遺'의 일반적인 중국어 발음은 'yí'이나, '증여하다, 선사하다'는 의미로 사용될 때에는 'wèi'로 발음한다.

珠(구슬 주): 구슬.

玳瑁簪(대모 대, 옥홀 모, 비녀 잠): 대모로 만든 비녀. 대모는 바다거북의 등딱지로, 귀중한 공예품이나 장식품 등을 만드는 데 사용된다.

紹繚(이을 소, 감길 료): 빙빙 감돌다. 맴돌다. 휘감다. 얽히다.

拉雜(끌 랍, 섞일 잡): '랍拉'은 '꺽다, 부러뜨리다', '잡雜'은 '어수선하다, 번다하다'는 의미로, '랍잡'은 '동강동강 산산조각으로 부러뜨린 것'을 묘사한다.

摧燒(꺾을 최, 불사를 소): 원래는 '꺽어서 불살라버리다'라는 의미이나, '청소하다, 제거하다, 없애다'는 의미로도 사용된다.

揚(오를 양): 위로 오르다. 바람에 흩날리다.

灰(재 회): 불타고 남은 재.

絶(끊을 절): 끊다. 단절하다. 끝나다.

雞鳴狗吠(닭 계, 울 명, 개 구, 짖을 폐): 닭이 울고 개가 짖다. 고시에서는 남녀의 은밀한 만남을 의미한다.

嫂(형수 수): 결혼한 여성.

妃呼豨(왕비 비, 부를 호, 돼지 희): 놀라거나 힘들 때 내는 "어이쿠! 아이구!"와 같은 소리. 현대의 독음은 'fēihūxī'이나 고음古音에 의거해 'bēixūxī'로 낭송하는 경우도 있다.

肅肅(엄숙할 숙): '쐐쐐, 솨솨'. 바람 부는 소리를 나타내는 의성어이다.

晨風颸(새벽 신, 바람 풍, 시원한 바람 시): 신풍새가 그리워하다. 신풍은 새 이름으로, 『모전毛傳』에서는 '송골매鸇'로, 한국어 사전에서는 '쏙독새'로 풀이하고 있다. '시颸'는 '사思 그리워하다'와 해음諧音으로, '연모하다'는 의미로 사용되었다.

須臾(모름지기 수, 잠깐 유): 잠시. 잠깐.

高(높을 고): 이 시에서는 '호皜 희다' 또는 '호皓 희다, 밝다'의 가차자로 사용되었다. 즉 해가 떠서 동쪽 하늘부터 밝아진다는 뜻이다. 낭송자에 따라 'gāo' 대신 'hào'로 읽기도 한다.

🐌 有所思
Yǒu suǒ sī

有所思,
Yǒu suǒ sī,

乃在大海南。
nǎi zài dàhǎi nán.

何用问遗君,
Hé yòng wènwèi jūn,

双珠玳瑁簪,
shuāngzhū dàimào zān,

用玉绍缭之。
yòng yù shàoliáo zhī.

闻君有他心,
Wén jūn yǒu tāxīn,

拉杂摧烧之。
làzá cuīshāo zhī.

摧烧之,
Cuīshāo zhī,

当风扬其灰。
dāng fēng yáng qí huī.

从今以往,
Cóng jīn yǐ wǎng,

勿复相思,
wù fù xiāngsī,

相思与君绝。
xiāngsī yǔ jūn jué.

鸡鸣狗吠,
Jī míng gǒu fèi.

兄嫂当知之。
xiōngsǎo dāng zhī zhī.

妃呼豨!
Bēi xūxī!

秋风肃肃晨风飔,
Qiūfēng sùsù chénfēngsī,

东方须臾高知之。
dōngfāng xūyú hào zhī zhī.

■ 이해와 감상

이 시는 한대의 악부시로, 요가鐃歌 18곡 중 12번째 곡이다. 요가는 원래 군악軍樂이었지만, 이 시는 여성의 입장에서 자신의 복잡한 감정을 표현한 애정시에 속한다.

멀리 떠난 임에게 선물할 '쌍구슬 장식 대모 비녀'를 놓고 선물을 줄까 말까, 동강동강 부러뜨려 불태우고 재마저도 날려버릴까, 다시는 임 생각 안 하리라 다짐도 해보지만, 날이 밝도록 결심하지 못하고 밤을 꼬박 새우는 여인의 마음을 잘 표현했다. 애정과 미움 사이에서 이러지도 저러지도 못하며 잠 못 들고 고민하는 여인의 마음을 그린 듯하다.

■ 생각해 보기

'악부樂府'와 '악부시樂府詩'의 연원에 대해 알아봅시다.

行行重行行
행행중행행

行行重行行,
행 행 중 행 행

가고 가고 또 가고 가서,

與君生別離。
여 군 생 별 리

그대와 생으로 이별하였네.

相去萬餘里,
상 거 만 여 리

서로 만 리도 더 떨어져

各在天一涯。
각 재 천 일 애

각자 이쪽저쪽 하늘 끝에 살고 있다오.

道路阻且長,
도 로 조 차 장

길이 험하고도 아득히 머니

會面安可知。
회 면 안 가 지

그대 얼굴 볼 날을 어찌 알 수 있을까.

胡馬依北風,
호 마 의 북 풍

오랑캐 말은 북풍에 몸을 맡기고,

越鳥巢南枝。
월 조 소 남 지

월 땅의 새는 남쪽 가지에 둥지를 트네.

相去日已遠,
상 거 일 이 원

서로 헤어져 하루하루 멀어져 가니

衣帶日已緩。
의 대 일 이 완

옷에 매는 띠는 날마다 더 헐거워지네.

浮雲蔽白日,
부 운 폐 백 일

뜬구름이 밝은 해를 가리니

遊子不顧反。
유 자 불 고 반

길 떠난 님은 돌아올 생각을 안 하시네.

思君令人老,
사 군 령 인 로

그대 그리움에 몸은 초췌해지고

歲月忽已晩。
세 월 홀 이 만

어느덧 한 해가 저물어 가네.

棄捐勿復道,
기 연 물 복 도

버림받았다고 다시는 말하지 않으오리니

努力加餐飯。
노 력 가 찬 반

애써 밥이라도 잘 챙겨 드시옵소서.

▌ 시어 풀이

行行(갈 행): 쉼 없이 계속 여행하다.

重(무거울 중): 거듭. 또.

與(더불 여): (둘 이상의 사람이) 함께 하다. ~와 (함께).

君(임금 군): 2인칭 대명사. 그대.

生(날 생): 억지로. 생으로.

阻(막힐 조): 막히다. 험(난)하다.

安(편안 안): 의문사 '어찌'의 뜻으로 쓰였다.

胡馬依北風(오랑캐 호, 말 마, 의지할 의, 북녘 북, 바람 풍): '만리장성 넘어 북쪽 지역에서 나는 말은 북풍이 불 때마다 북쪽을 바라본다.'는 뜻으로, 고향을 몹시 그리워한다는 의미이다.

越鳥巢南枝(월나라 월, 새 조, 집 소, 남녘 남, 가지 지): '남쪽 월나라에서 온 새는 고향을 바라볼 수 있는 남쪽 가지에 깃들인다.'는 뜻으로, 고향을 몹시 그리워한다는 의미이다.

日(날 일): 날마다. 점점 더.

遠(멀 원): 오래다. 시간이 길다.

衣帶(옷 의, 띠 대): 옷과 띠. 띠는 둘러매는 끈으로, 너비가 좁고 기다랗다.

緩(느릴 완): 느슨하다. 헐겁다.

浮雲(뜰 부, 구름 운): 하늘에 떠다니는 구름. 나그네가 고향에 돌아올 수 없는 무언가의 이유를 비유한 것으로 볼 수도 있다.

蔽(덮을 폐): 덮다. 가리다.

白日(흰 백, 날 일): 구름이 끼지 않은 밝은 해. 나그네를 비유하는 단어로 볼 수도 있다.

不顧(아니 불, 돌아볼 고): 고려하지 않다. 상관하지 않다.

令(명령할 령): ~에게 ~하게 하다. ~을 시키다.

歲月(해 세, 달 월): 우리말의 '세월'이라는 의미가 아닌 지금 현재의 시간을 나타낸다.

晩(저물 만): 이 시에서는 '세밑, 세모, 연말'의 의미로 사용되었다.

棄捐(버릴 기, 버릴 연): 내어 버리다. 버림을 받다. 주로 여자가 남편에게 버림 받은 것을 가리킨다. '그만두다'는 뜻으로 볼 경우, 이 구절도 "그만둡시다, 더이상 말하지 맙시다"로 해석이 가능하다.

道(길 도): 말하다.

餐飯(밥 찬, 밥 반): 밥. 식사. 밥과 반찬. 음식.

🐌 **行行重行行**
Xíngxíng chóng xíngxíng

行行重行行,
Xíngxíng chóng xíngxíng,

与君生别离。
yǔ jūn shēng biélí.

相去万余里,
Xiāng qù wànyú lǐ,

各在天一涯。
gè zài tiān yì yá.

道路阻且长,
Dàolù zǔ qiě cháng,

会面安可知。
huìmiàn ān kě zhī.

胡马依北风,
Húmǎ yī běifēng,

越鸟巢南枝。
yuèniǎo cháo nánzhī.

相去日已远,
Xiāng qù rì yǐ yuǎn,

衣带日已缓。
yīdài rì yǐ huǎn.

浮云蔽白日,
Fúyún bì báirì,

游子不顾反。
yóuzǐ bú gùfǎn.

思君令人老,
Sījūn lìng rén lǎo,

岁月忽已晚。
suìyuè hū yǐ wǎn.

弃捐勿复道,
Qìjuān wù fùdào,

努力加餐饭。
nǔlì jiā cānfàn.

▌이해와 감상

이 시는 동한東漢 말기의 혼란한 시절을 겪으면서 길 떠난 남편을 그리워하는 아내의 심정을 잘 표현했다. 생으로 이별하였으니 그리움 또한 더 클 것이다. 통신 수단이 전혀 없던 시절이니 시간이 갈수록 이별의 고통이 더욱 커질 뿐이다. 짐승들도 고향을 그리워하는 것이 자연의 이치이니 임께서 고향을 그리워하지 않을 리가 없는데, 혹시 남편에게 돌아오지 못할 일이 생긴 것은 아닐까? 이런저런 불안과 그리움으로 몸은 갈수록 야위어 간다. 모든 것을 체념하고 싶어 하다가도, 결국 남편의 건강을 걱정하는 것으로 끝맺고 있다. 시어는 평범하지만 화자인 여인의 간절한 마음과 진솔한 감정이 생생하게 전해진다.

▌생각해 보기

'부운폐백일浮雲蔽白日'의 '부운'과 '백일'이 이 시에서 비유하는 것이 무엇인지 살펴봅시다.

01 〈뮬란〉과 「목란사」

2020년 9월 월트 디즈니Walt Disney의 야심작 영화 〈뮬란Mulan〉이 개봉되었다. 우리에게도 익숙한 유역비劉亦菲, 견자단甄子丹, 이연걸李連傑, 공리鞏俐 등이 출연하기 때문에 한국 관객들도 기대가 컸던 작품이다. 그러나 작품을 개봉하자마자 인권 문제로 국제적인 비난을 받고 있는 신장新疆위구르족자치구 정보보안국에 고맙다는 내용의 엔 딩크레딧을 올려 곤욕을 치르다가 관객의 외면을 받았다.

영화 〈뮬란〉은 1998년에 개봉된 월트 디즈니의 동명의 애니메이션 〈뮬란〉을 실사화한 작품이다. 애니메이션 〈뮬란〉이 처음 개봉되었을 때 여전사 뮬란木蘭이 아버지를 대신하여 전장에 나가 공을 세운다는 내용이 굉장히 신선하고도 재미있었다.

사실 이 〈뮬란〉은 바로 위진남북조魏晉南北朝 시기 북조北朝의 민가인 「목란사木蘭辭」를 애니메이션으로 구현한 작품인데, 당시 이 애니메이션이 중국의 문학작품을 토대로 만들어졌다는 것을 아는 관객은 거의 없었다. 그냥 단순히 월트 디즈니의 상상력으로 만들어진 재미있는 만화영화 정도로 인식했다.

「목란사」는 여주인공 목란이 아버지를 대신하여 남장을 하고 전장에 나가서 공을 세워 금의환향하는데, 동료들조차 그제서야 목란이 여자임을 알게 되었다는 내용의 민가이다. 물론 목란이라는 인물이 실제로 존재했는지는 그다지 중요하지 않다. 목란의 설화는 대중의 사랑을 받았으며 원명청元明淸 시기에는 잡극과 소설로도 창작되었다.

Chapter
04

비분강개의 노래,
건안 시가

위魏나라 시가는 건안建安 시가와 정시正始 시가로 나눌 수 있다. 건안시가는 조조曹操 삼부자가 문단을 영도하던 후한 말 건안부터 위나라 경초景初 말년까지 창작된 시가를 말한다.[01] 건안建安은 후한의 마지막 황제인 헌제獻帝의 연호年號이다. 후한은 황건적의 난 이후에도 계속된 폭정과 내전으로 황권과 국력이 더욱 약화되고 쇠퇴해갔다. 이에 헌제가 재위했던 건안 연간196-220에는 세력이 강해진 조조가 실권을 장악했는데, 그는 업성鄴城[02]에 문인들을 불러 모아 창작 활동을 장려했다. 이렇게 하여 조조 삼부자를 중심으로 업하鄴下 문인 집단이 형성되었다.

조조 삼부자

건안 시가의 주요 작가로는 삼조三曹, 건안칠자建安七子, 여류시인 채염蔡琰 등이 있다. 삼조는 조조, 조비曹丕, 조식曹植 삼부자를 말한다. 건안칠자는 공융孔融, 왕찬王粲, 유정劉楨, 완우阮瑀, 서간徐幹, 진림陳琳, 응창應瑒이다. 건안 작가들은 악부시樂府詩나 오언시를 주로 창작하였으며, 동한東漢 말의 부패하고 혼란한 사회 모습과 처참한 민중의 생활을 불만과 좌절이 아닌 강개慷慨와 격정으로 표현했다.**TIP**

이들 가운데서도 대표적인 건안 시인은 삼조이다. 조조는 자신의 정치 이상과 포부 및 사회 현실과 전쟁의 괴로움을 노래했다. 주로 악부시를 많이 창작했는데, 악부체를 빌어 자신이 직접 경험한 내용을 노래해 악부시의 새로운 면모를 보여주었다. 조비는 사회 현실을 반영하는 내용 외에 남녀의 사랑이나 인생의 짧음을 노래한 시를 많이 지었다. 특히 그의 「연가행燕歌行」은 중국문학사에 있어 현존하는 칠

TIP

건안풍골建安風骨
위진풍골魏晉風骨이라고도 한다.
건안 작가들은 시가를 통해 동한 말의 암울한 사회상을 반영하고, 천하통일의 이상과 포부를 표현했다. 또한 인생의 짧음과 웅대한 뜻을 이루지 못한 슬픔과 원망의 정감도 묘사했다. 시에 드러난 이러한 슬프고도 격정적이며 강건한 경향은 다른 시대의 시에서는 볼 수 없는 독특한 것이기에 이를 '건안풍골'이라 한다.

01 건안建安은 동한 헌제의 연호이기에 건안 시가를 헌제 때 창작된 한나라 시가로 오해하기 쉽다. 하지만 문학사에서는 건안 시기를 일반적으로 황건적黃巾賊의 난이 일어난 때부터 위나라 명제明帝의 경초景初 말년까지 50여 년의 기간을 말하므로, 건안 시가를 위나라 시가로 본다.

02 업성鄴城은 동한 말에 조조가 원소袁紹를 무찌르고 차지한 지역이다. 업성은 업하鄴下라고도 하며, 지금의 허베이河北성 린장臨漳현 서쪽과 허난河南성 안양安陽시 북쪽 교외 일대이다.

언시 가운데 가장 오래되고 완정한 시로 평가된다. 조식은 삼조 중에서도 문학적 성취가 가장 뛰어났다. 그의 작품은 후대 많은 문인에게 본보기가 되었다. 조식의 시는 조조가 죽고, 조비가 황제가 되는 건안 25년220을 기점으로 전후기로 나뉜다. 전기의 시가 정치적 이상과 포부를 자신감 있게 낙관적으로 표현했다면, 형 조비의 핍박을 받던 후기의 시는 이상과 현실의 모순에서 오는 분노와 슬픔을 노래했다.

한편 정시 시가는 정시正始 연간240-248부터 진晉나라가 세워질 때까지 창작된 시가를 말한다. 정시는 조방曹芳의 연호이다. 위나라 명제明帝인 조예曹叡의 뒤를 이어 양자인 조방이 어린 나이에 황제가 되자 왕의 친척인 조상曹爽과 권세가인 사마의司馬懿 간에 세력다툼이 격렬하게 일어났다. 이 과정에서 왕의 친척과 외척은 물론이고 많은 관료와 지식인이 죽었다. 살아남은 지식인은 죽음의 공포 속에서 위기감을 느껴야 했다.

실권자인 사마씨가 현학玄學을 배척하지 않아 정시 시기에는 현학이 성행했다.**TIP** 당시 지식인 중에서 암담한 현실 문제를 해결하려 하지 않고 대나무 숲에 모여 세속적 가치를 초월한 현학적 청담을 즐긴 이들이 바로 죽림칠현竹林七賢이다. 죽림칠현은 완적阮籍, 혜강嵇康, 산도山濤, 향수向秀, 완함阮咸, 왕융王戎, 유영劉伶을 말한다.

죽림칠현 가운데 완적과 혜강의 문학 성취가 가장 뛰어나다. 완적과 혜강은 잔혹하고 부조리한 현실 속에서 겪는 이상과 포부의 좌절을 시가 속에 고스란히 담았다. 특히 완적의 「영회詠懷」 시 82수는 현실의 고통과 인생무상을 노래한 것으로, 오언시 발전에 큰 기여를 했다.

TIP

정시지음正始之音
철학가 하안何晏과 왕필王弼 등은 유가사상과 결합된 노장사상을 중심으로 형이상학적인 철학적 담론을 펼쳤다. 정시 연간에는 이처럼 심오한 이치인 현리玄理를 말하는 청담의 풍조가 유행하였는데, 이를 정시지음이라 한다. 정시 문학을 대표하는 죽림칠현 또한 청담을 즐겼다.

작품 01 「짧은 노래」

短歌行
단가행

曹操

對酒當歌,	술을 마주하고 노래하세,
대 주 당 가	
人生幾何?	인생이 얼마나 되랴?
인 생 기 하	
譬如朝露,	아침 이슬 같은 인생,
비 여 조 로	
去日苦多。	지난날의 고난 많기도 하여라.
거 일 고 다	
慨當以慷,	슬퍼하고 탄식해도,
개 당 이 강	
憂思難忘。	근심은 잊기 어려워라.
우 사 난 망	
何以解憂,	무엇으로 시름 잊으리,
하 이 해 우	
唯有杜康。	오로지 술뿐이라네.
유 유 두 강	

……

月明星稀,
월 명 성 희

달은 밝고 별은 드문데,

烏鵲南飛。
오 작 남 비

까막까치 남으로 날아가네.

繞樹三匝,
요 수 삼 잡

나무 주위를 맴돌아도,

何枝可依。
하 지 가 의

어느 가지에 의지하랴.

山不厭高,
산 불 염 고

산은 높음을 마다 않고,

海不厭深。
해 불 염 심

바다는 깊음을 싫다 않네.

周公吐哺,
주 공 토 포

주공은 먹던 것을 뱉어내,

天下歸心。
천 하 귀 심

천하의 마음 얻었다네.

시어 풀이

短歌行(짧을 단, 노래 가, 다닐 행): '짧은 노래'라는 의미의 한대 악부 제목. '가歌'와 '행行'에는 '노래'라는 뜻이 있다.

對酒當歌(대할 대, 술 주, 마땅 당, 노래 가): 술 마시면 노래하는 것이 마땅하다.

幾何(몇 기, 어찌 하): 얼마.

譬如(비유할 비, 같을 여): 비유컨대 ~와 같다.

朝露(아침 조, 이슬 로): 아침 이슬. 인생의 짧음을 비유한다.

去日(갈 거, 날 일): 지난날.

苦(쓸 고): 고난. 괴로움.

慨當以慷(슬퍼할 개, 마땅 당, 써 이, 강개할 강): 슬퍼하고 탄식하다. 마음이 격앙되다.

憂思(근심 우, 생각 사): 근심스러운 생각.

難忘(어려울 난, 잊을 망): 잊기 어렵다.

何以(어찌 하, 써 이): 무엇으로. 어떻게.

解憂(풀 해, 근심 우): 근심을 풀다.

杜康(막을 두, 편안할 강): 중국에서 처음으로 술을 만든 사람. '술'을 가리키는 일반명사로 사용되기도 한다.

月明星稀(달 월, 밝을 명, 별 성, 드물 희): 달빛이 밝아 별빛이 흐리다.

烏鵲南飛(까마귀 오, 까치 작, 남녘 남, 날 비): 까마귀와 까치가 남쪽으로 날다.

繞(두를 요): 돌다.

三匝(석 삼, 돌 잡): 세 바퀴를 돌다. '삼三'에는 많다는 뜻이 있기에, 여러 번 빙빙 맴도는 것을 뜻한다.

何(어찌 하): 어찌. 어느. 무엇.

依(의지할 의): 의지하다.

山不厭高(뫼 산, 아닐 불, 싫어할 염, 높을 고): 산은 높은 것을 싫어하지 않는다.

海不厭深(바다 해, 아닐 불, 싫어할 염, 깊을 심): 바다는 깊은 것을 싫어하지 않는다.

周公(두루 주, 공평할 공): 주공. 주나라 무왕武王의 아들. 무왕을 도와 상商나라를 멸망시켰고, 무왕이 죽자 조카인 성왕成王을 도와 주 왕조의 기틀을 확립했다.

吐哺(토할 토, 먹일 포): 먹던 것을 뱉다. 주공이 "한 끼 밥을 먹으면서 세 번이나 먹던 것을 뱉으며一飯三吐哺" 어진 인재를 예로써 극진히 맞이했다.

歸心(돌아갈 귀, 마음 심): 깊이 사모하여 마음이 이끌리다.

🐚 短歌行
Duǎngēxíng

对酒当歌,
Duì jiǔ dāng gē,

人生几何?
rénshēng jǐ hé?

譬如朝露,
Pì rú zhāo lù,

去日苦多。
qùrì kǔ duō.

慨当以慷,
Kǎi dāng yǐ kāng,

忧思难忘。
yōusī nánwàng.

何以解忧,
Héyǐ jiěyōu,

唯有杜康。
wéi yǒu Dùkāng.

……

月明星稀,
Yuèmíng xīngxī,

乌鹊南飞。
wūquè nán fēi.

绕树三匝,
Rào shù sānzā,

何枝可依。
hé zhī kě yī.

山不厌高,
Shān búyàn gāo,

海不厌深。
hǎi búyàn shēn.

周公吐哺,
Zhōugōng tǔbǔ,

天下归心。
tiānxià guī xīn.

조조

이 시는 『삼국지』로 유명한 조조曹操 150-220의 작품이다. 조조는 뛰어난 군인이고 전략가이며 정치가인 동시에 결코 소홀히 할 수 없는 시인이도 하다. 건안 시단의 실질적인 리더이기도 했던 조조는 특히 악부 민가체를 좋아했다.

이 시 역시 4언 악부시로, 조조가 북방을 평정한 후 백만 대군을 이끌고 적벽赤壁에서 손권孫權과 전투를 벌일 무렵에 지은 것이다. 전체 총 36구로, 본문에서는 첫 8구와 마지막 8구을 절록하여 실었다.

이 시에서 조조는 인생의 짧음과 고단함에 대해 탄식하면서도 세상을 평정하겠다는 진취적인 정신을 그려내고 있다. 첫 두 구 "술을 마주하고 노래하세, 인생이 얼마나 되랴? 對酒當歌, 人生幾何?"는 천하의 명구로 지금까지도 인구에 회자된다.

■ 생각해 보기

1. '주공토포周公吐哺'의 유래를 찾아봅시다.

2. 조조의 「단가행」과 연관이 있는 소식蘇軾의 「적벽부赤壁賦」를 찾아 읽어봅시다.

詠懷
영회

阮籍

夜中不能寐, 야 중 불 능 매	한밤에 잠 못 이루어
起坐彈鳴琴。 기 좌 탄 명 금	일어나 앉아 금을 타네.
薄帷鑒明月, 박 유 감 명 월	얇은 휘장에는 밝은 달 비치고,
淸風吹我襟。 청 풍 취 아 금	맑은 바람은 내 옷깃에 불어오네.
孤鴻號外野, 고 홍 호 외 야	외로운 기러기 바깥 들판에서 울고,
翔鳥鳴北林。 상 조 명 북 림	비상하는 새 북쪽 숲에서 우네.
徘徊將何見? 배 회 장 하 견	배회하며 무엇을 보려는가?
憂思獨傷心。 우 사 독 상 심	슬픈 생각에 홀로 마음 아파하네.

咏怀
Yǒnghuái

夜中不能寐,
Yèzhōng bùnéng mèi,

起坐弹鸣琴。
qǐzuò tán míngqín.

薄帷鉴明月,
Bówéi jiàn míngyuè,

清风吹我襟。
qīngfēng chuī wǒ jīn.

孤鸿号外野,
Gūhóng háo wàiyě,

翔鸟鸣北林。
xiángniǎo míng běilín.

徘徊将何见?
Páihuái jiāng hé jiàn?

忧思独伤心。
Yōusī dú shāngxīn.

중국 고대의 금琴

■ 시어 풀이

詠懷(읊을 영, 품을 회): 늘 마음속에 품고 있던 생각을 노래로 읊다.

夜中(밤 야, 가운데 중): 밤중. 한밤. 여연제呂延濟는 '야중夜中(한밤)'은 세상의 어지러움을 비유한다고 보았다.

寐(잘 매): 자다.

彈(탄알 탄): (악기를) 타다.

鳴(울 명): 타다. '탄彈'과 같은 뜻이다. 이 시에서 '탄彈'과 '명鳴'을 중복 사용한 것은 글자 수를 맞추기 위해서이다.

琴(거문고 금): 중국의 전통 악기 금. 중국의 금은 우리나라의 거문고와는 다른 악기이다.

薄帷(얇을 박, 휘장 유): 엷은 휘장(커튼).

鑒(거울 감): 비추다.

襟(옷깃 금): 옷깃.

孤鴻(외로울 고, 기러기 홍): 외로운 기러기. 『문선육신주文選六臣注』에서 여향呂向은 '고홍외기러기'을 소외되어 고독한 현신賢臣을 비유한 것이라 했다.

號(부르짖을 호): 울다. 이 경우 현대중국어에서는 'háo'로 발음한다.

翔鳥(날 상, 새 조): 비상하는 새. 하늘을 빙빙 돌며 선회하는 새. 여향은 '翔鳥비상하는 새'는 임금 곁에 있는 권신權臣을 비유하는 것이라 했다.

鳴(울 명): 울다.

北林(북녘 북, 수풀 림): 북쪽 숲.

徘徊(어정거릴 배, 머뭇거릴 회): 배회하다. 서성이다.

將(장차 장): 장차.

何(어찌 하): 어찌. 어느. 무엇.

見(볼 견): 보다.

憂思(근심 우, 생각 사): 근심스러운 생각.

獨(홀로 독): 홀로.

傷心(다칠 상, 마음 심): 상심하다. 슬픔이나 걱정으로 속상함을 말한다.

완적阮籍 210-263은 건안칠자인 완우阮瑀의 아들이다. 그는 학식이 풍부하고, 노장사상을 숭상하였으며, 술을 좋아하고 거문고를 잘 탔다. 대표작 「영회」 시 82수는 특정한 시기에 한 곳에서 지은 시가 아니라, 일생 동안 지은 시에 「영회」라는 제목을 붙인 것으로 추정된다. 완적은 어지러운 세상에 느끼는 불만과 세상사의 흥망성쇠에 대한 탄식, 출로를 찾지 못하고 헤매는 고통을 「영회」 시 82수에 모두 담아내었다.

이 시의 제1구와 2구는 근심으로 잠 못 드는 작가의 모습을 그리고 있고, 제3구와 4구는 밝은 달과 맑은 바람으로 쓸쓸하고 처량한 분위기를 자아낸다. 제5구와 6구에서는 작가의 감각이 시각과 촉각에서 청각으로 전환되는데, 공중에서 배회하는 기러기와 새의 울음소리는 작가의 고독과 번민을 더욱 두드러지게 한다. 마지막 두 구에서는 배회하며 본 것이 결국은 칠흑 같은 어둠이라는 설정을 통해 출로를 찾지 못해 근심하는 시인의 모습을 그렸다.

이 시는 밝은 달이 비치는 '적막한 밤'이라는 정적인 배경에 '바람', '기러기와 새 울음'이라는 동적인 울림이 어우러져 작가의 내면에 가득 찬 고독, 처량, 방황, 슬픔, 근심 등의 복잡한 정서를 효과적으로 묘사했다.

■ 생각해 보기

완적과 혜강嵇康의 '청안백안青眼白眼' 이야기를 찾아봅시다.

조식曹植이 일곱 걸음을 걸으며 지은 칠보시七步詩

조조는 조식을 총애하여 후계자로 삼으려 했으나, 대신들의 반대로 뜻을 이루지 못했다. 조조가 죽은 후, 큰 아들 조비가 아버지의 뒤를 이었으며, 한나라를 멸하고 황제국인 위나라의 문제文帝가 되었지만, 학문과 정치적 야망을 지닌 동생 조식을 여전히 위협적인 존재로 여겨 조식의 작위를 낮추고 박해했다.

그리고 조식을 없애고자 일곱 걸음을 걷는 동안 시를 지을 것을 명했는데, 시에서 형제를 묘사하되 형兄과 제弟 두 글자가 있어서는 안 된다는 조건이었다. 조식은 조비가 자기를 음해하려는 것을 알고 있었기에 비통한 마음으로 일곱 걸음을 옮기며 시를 짓기 시작했다.

煮豆持作羹,　　　　　콩 삶아 국을 끓이고
자 두 지 작 갱

漉菽以爲汁。　　　　　콩물 걸러 즙을 만드네.
록 숙 이 위 즙

萁在釜下燃,　　　　　콩깍지는 솥 아래서 타고
기 재 부 하 연

豆在釜中泣。　　　　　콩은 솥 안에서 울고 있구나.
두 재 부 중 읍

本自同根生,　　　　　본시 한 뿌리에서 났거늘
본 자 동 근 생

相煎何太急?　　　　　어찌 이리 급하게 지지고 볶는가?
상 전 하 태 급

이 시에서 조식은 자신을 콩에, 조비를 콩깍지에 비유하며 동생인 자신을 해치려는 조비에 대한 서운함과 불만을 드러내고 있다. '운다'는 의미의 '읍泣'이라는 글자는 소리 없이 눈물을 흘리는 것을 뜻한다. 숨죽여 울 수밖에 없는 상황을 통해 통치 집단 내부의 잔혹한 투쟁과 사면초가四面楚歌의 곤경에 처한 시인의 암울하고 슬픈 마음을 응축하여 묘사했다. 이 시를 들은 조비는 양심의 가책을 느끼고 조식을 봉읍지로 돌려보냈다고 한다.

Chapter
05

은일의 노래,
도연명의 시

도연명

　도연명陶淵明 365-427은 중국 시가사에서 이백李白, 두보杜甫, 소식蘇軾 등과 함께 위대한 시인의 반열에 이름을 올리고 있다. 동진東晉의 심양군尋陽郡(지금의 장시江西성 주장九江현 서남쪽) 출신으로, 도잠陶潛이라고도 하며 자호自號는 오류선생五柳先生이다.

　몰락한 사대부 가문 출신으로, 일찍부터 유가적인 교육을 받아 큰 뜻을 품었지만, 성장하면서 당시 유행하던 노장老莊사상에 관심을 갖고 심취했다. 그는 혼란한 정치 현실에서 출사出仕와 은일隱逸 사이에서 고민하고 갈등했다. 젊었을 때 낮은 벼슬에 나갔으나 세속의 명리에 뜻을 두지 않았고, 41세 때 팽택령彭澤令을 마지막으로 사직한 후, 은거 생활을 시작했다. 팽택령을 하던 시기에 군郡에서 시찰 나온 상급 관리에게 허리를 굽히며 아부해야 했는데, 그는 "내 어찌 쌀 다섯 말 때문에 허리를 굽혀 향리의 어린아이에게 절할 수 있겠는가? 我豈能爲五斗米, 折腰向鄕里小兒?"라고 한탄하고는 「귀거래사歸去來辭」를 부르며 관직을 버리고 낙향했다. 그 후 63세에 생을 마칠 때까지 다시는 벼슬길에 오르지 않고 20여 년간 전원생활을 즐기며 은거했다. '자연과 더불어 사는 삶'을 추구하며 안빈낙도安貧樂道의 생활을 실천했고, 인생에 대한 철학적 사고를 진솔하고 자연스러운 시풍으로 표현했다.

　도연명은 「귀원전거歸園田居」, 「음주飮酒」, 「잡시雜詩」, 「형가를 노래하다詠荊軻」, 「가난한 선비를 노래하다詠貧士」, 「산해경을 읽고讀山海經」 등의 시와 「도화원기桃花源記」, 「오류선생전五柳先生傳」 등의 산문, 「귀거래사」, 「한정부閑情賦」 등의 사부辭賦를 남겼다. 그는 평이하고 소박한 언어로 속세에서 벗어나 '자연과 더불어 사는 삶'에서 느끼는 인생의 진솔한 의미를 시속에서 잘 표현했다. 또한 「도화원기」에서는 동양의 유토피아에 해당하는 '무릉도원武陵桃源'을 제시하기도 했다.

　그가 즐겨 노래한 산수전원시山水田園詩와 은일시隱逸詩는 후세의 시파 형성에 지대한 영향을 주었으며, 그의 진솔한 시 창작은 후세의

많은 시인에게 큰 영감을 주었다. 당대唐代의 왕유王維, 맹호연孟浩然,
송대宋代의 왕안석王安石, 소식 등은 모두 그에게 깊은 영향을 받은
것으로 평가된다.

도연명의 고향 장시江西성 주장九江시의 고대 성곽

飲酒
음주

陶淵明

結廬在人境, 결 려 재 인 경	초가집 짓고 마을 근처에 살아도
而無車馬喧。 이 무 거 마 훤	수레나 말 시끄럽지 않다.
問君何能爾, 문 군 하 능 이	그대에게 묻노니 어찌하여 그럴 수 있는가?
心遠地自偏。 심 원 지 자 편	마음 멀어지면 사는 곳도 자연 외진 곳이 된다오.
採菊東籬下, 채 국 동 리 하	동쪽 울타리 밑에서 국화를 따노라니
悠然見南山。 유 연 견 남 산	유연히 남산南山이 눈에 들어온다.
山氣日夕佳, 산 기 일 석 가	산 기운은 저녁에 아름답고
飛鳥相與還。 비 조 상 여 환	날아다니던 새들도 무리 지어 돌아오누나.
此中有眞意, 차 중 유 진 의	이 가운데 참뜻 있느니
欲辨已忘言。 욕 변 이 망 언	말하고자 해도 말을 잊었노라.

시어 풀이

結廬(집 지을 결, 초가집 려): 초가집을 짓다.

人境(사람 인, 곳 경): 세속의 사람들이 살고 있는 곳.

喧(시끄러울 훤): 시끄럽다. 소란하다.

心遠(마음 심, 멀 원): 마음이 세속과 멀어지다.

偏(한쪽에 치우칠 편): 한쪽으로 치우치다. 외지다.

籬(울타리 리): 울타리.

悠然(한가할 유, 그럴 연): 한가하다.

眞意(참 진, 뜻 의): 참뜻. 자연의 섭리에 맡기고 따르는 이치.

辨(분별할 변): 분별하다.

이해와 감상

이 시는 도연명의 「음주飮酒」시 총 20수 가운데 가장 많이 알려진 제5수이다.

제1구에서 4구까지는 자연과 인간의 경계쯤에 초가집 짓고 사는 은자隱者의 마음이 세속을 벗어나 있음을 묘사했다. 이어서 제5구에서 8구까지는 자연과 하나가 되는 은일의 삶을 노래했다. 특히 "동쪽 울타리 아래서 국화를 따다가, 유연히 남산 바라보네.採菊東籬下, 悠然見南山。"라는 구절은 자연과 하나가 되는 경지인 동시에 물아일체物我一體가 되는 순간을 그려낸 것으로, 인구에 회자되는 도연명의 명구이기도 하다. 마지막 두 구절에서는 '참된 뜻眞意'은 말로 드러낼 수 없으며 '참된 뜻'을 얻으면 언어는 잊어버린다고 하여, 장자莊子의 "뜻을 얻으면 말을 잊는다得意忘言"의 경지를 체현하고 있다.01

饮酒
Yǐn jiǔ

结庐在人境,
Jiélú zài rénjìng,

而无车马喧。
ér wú chēmǎ xuān.

问君何能尔,
Wèn jūn hé néng ěr,

心远地自偏。
xīnyuǎn dì zìpiān.

采菊东篱下,
Cǎijú dōnglí xià,

悠然见南山。
yōurán jiàn nánshān.

山气日夕佳,
Shānqì rìxī jiā,

飞鸟相与还。
fēiniǎo xiāngyǔ huán.

此中有真意,
Cǐzhōng yǒu zhēnyì,

欲辨已忘言。
yù biàn yǐ wàngyán.

---

01 본문의 해석은 이치수, 『도연명전집』의 해석을 인용하였다.

작품 02 「전원으로 돌아와 살며」

歸園田居
귀원전거

陶淵明

少無適俗韻, 소 무 적 속 운	어려서부터 세속에 영합하는 기질 없고
性本愛丘山。 성 본 애 구 산	천성은 본시 언덕과 산을 사랑하였다.
誤落塵網中, 오 락 진 망 중	잘못하여 티끌 세상 그물 속에 떨어져
一去三十年。 일 거 삼 십 년	단숨에 삼십 년이 지나갔구나.
羈鳥戀舊林, 기 조 연 구 림	새장의 새는 옛 숲을 그리워하고
池魚思故淵。 지 어 사 고 연	못의 물고기는 옛 호수를 생각하누나.
開荒南野際, 개 황 남 야 제	남쪽 들판 가의 황무지 개간하며
守拙歸田園。 수 졸 귀 전 원	우둔한 천성이나 지키려고 전원으로 돌아왔다.
方宅十餘畝, 방 택 십 여 무	네모난 대지 십여 묘에
草屋八九間。 초 옥 팔 구 간	초가집은 여덟아홉 칸.

榆柳蔭後簷,	느릅나무 버드나무는 뒤 처마에 그늘 드리우고
유 류 음 후 첨	
桃李羅堂前。	복숭아나무 오얏나무는 집 앞에 늘어서 있구나.
도 리 라 당 전	
曖曖遠人村,	아스라이 멀리 촌락이 보이고
애 애 원 인 촌	
依依墟里煙。	모락모락 마을에 연기 피어오른다.
의 의 허 리 연	
狗吠深巷中,	개는 깊은 골목 안에서 짖고
구 폐 심 항 중	
鷄鳴桑樹顚。	닭은 뽕나무 꼭대기에서 운다.
계 명 상 수 전	
戶庭無塵雜,	뜰에는 먼지나 잡된 것 없고
호 정 무 진 잡	
虛室有餘閒。	빈방엔 한가로움이 넉넉하다.
허 실 유 여 한	
久在樊籠裏,	오랫동안 새장에 갇혀 있다가
구 재 번 롱 리	
復得返自然。	다시금 자연으로 돌아오게 되었네.
부 득 반 자 연	

归园田居
Guī yuántián jū

少无适俗韵，
Shào wú shìsú yùn,

性本爱丘山。
xìng běn ài qiūshān.

误落尘网中，
Wùluò chénwǎng zhōng,

一去三十年。
yíqù sānshí nián.

羁鸟恋旧林，
Jīniǎo liàn jiùlín,

池鱼思故渊。
chíyú sī gùyuān.

开荒南野际，
Kāihuāng nányě jì,

守拙归田园。
shǒuzhuō guī tiányuán.

方宅十馀亩，
Fāngzhái shíyú mǔ,

草屋八九间。
cǎowū bājiǔ jiān.

榆柳荫后檐，
Yúliǔ yìn hòuyán,

桃李罗堂前。
táolǐ luó tángqián.

暧暧远人村，
Àiài yuǎn réncūn,

依依墟里烟。
yīyī xūlǐ yān.

狗吠深巷中，
Gǒu fèi shēnxiàng zhōng,

鸡鸣桑树颠。
jī míng sāngshù diān.

户庭无尘杂，
Hùtíng wú chénzá,

虚室有余闲。
xūshì yǒu yúxián.

久在樊笼里，
Jiǔ zài fánlóng lǐ,

复得返自然。
fùdé fǎn zìrán.

시어 풀이

適俗韻(어울릴 적, 세속 속, 풍기 운): 세속에 어울리는 기질, 성격.

塵網(티끌 진, 그물 망): 티끌 세상의 그물. 속세.

三十年(석 삼, 열 십, 해 년): 혼탁한 벼슬살이에 오랫동안 빠져있었음을 강조한 부분이다. 이에 대해 도연명의 재직기간 13년에 근거해 '십삼년十三年' 혹은 '이십년已十年'의 오기誤記로 보는 견해가 있다.

羈鳥(굴레 기, 새 조): (새장에) 갇힌 새.

守拙(지킬 수, 어리석을 졸): 졸박拙樸함을 지키다. '자연 속에서 꾸밈이 없고 우직하게 살아가다'라는 뜻이다.

畝(이랑 무): 전답의 면적 단위.

榆柳(버드나무 유, 버드나무 류): 느릅나무와 버드나무.

蔭(그늘 음): 그늘이 지다. 덮어 가리다.

簷(처마 첨): 처마.

曖曖(가릴 애): 어슴푸레한 모양.

依依(의지할 의): 가볍게 하늘거리는 모양.

吠(짖을 폐): 개가 짖다.

顚(꼭대기 전): 꼭대기.

塵雜(티끌 진, 잡스러울 잡): 잡티. 먼지. 여기서는 세속적인 욕망을 뜻한다.

樊籠(울타리·새장 번, 새장 롱): 새장. 구속되어 자유롭지 못한 벼슬살이를 비유한다.

得(얻을 득): ~할 수 있다.

返(돌아올 반): 돌아오다.

이해와 감상

이 시는 도연명 전원시의 대표작품으로, 전체 5수 중의 제1수이다. 도연명이 팽택현령을 사직하고 은거한 이듬해인 42세 때 지었다.

시의 도입부에서부터 산과 전원으로 상징되는 자연과, 먼지와 새장으로 상징되는 세속을 대비하면서 출사出仕와 은일隱逸의 갈등 속에서 은일을 선택한 이유를 밝히고 있다. 관직 생활을 하는 자신의 모습을 '새장 속의 새羈鳥'와 '연못 속의 물고기池魚'에 비유하며, 세속을 벗어나 전원으로 돌아가고자 하는 간절한 갈망을 읊고 있다.

도연명은 졸박拙樸함을 지키기 위해서 전원으로 돌아왔다고 밝혔는데, 그가 지키고자 했던 졸박함이란 바로 세속적인 영리榮利를 추구하려고 하지 않는 질박하고 순진한 마음이다. 이를 통해 그가 노자老子의 무위자연無爲自然을 추구하고 있음을 알 수 있다. 도연명이 머무는 전원이야말로 졸박함을 몸소 실천할 수 있는 삶의 현장인 셈이다.**TIP** 느릅나무, 버드나무, 복사나무, 오얏나무가 늘어선 조그마한 초가집, 저녁밥 짓는 연기가 모락모락 피어오르는 한적한 마을, 잡티 먼지 하나 없는 정결한 뜰, 이곳에서의 삶이 바로 그가 추구하는 자연과 하나가 되는 물아일체物我一體의 경지인 것이다.[01]

---

01 본문의 해석은 이치수, 『도연명전집』의 해석을 인용하였다.

유미주의,
남조 시가

혼란의 삼국시대를 통일한 진晉은 북방 이민족의 침략으로 수도인 낙양洛陽을 잃고 건강建康으로 수도를 옮긴다. 낙양에 도읍하여 대륙 전체를 다스릴 때의 진나라를 서진西晉이라 하고 건강으로 천도한 이후를 동진東晉이라 하는데, 삼국시대 이후 수隋 581-618가 다시 통일하기까지의 분열 시기를 역사적으로는 위진남북조魏晉南北朝 시기라 부른다.

이민족의 통치와 잦은 정권 교체를 겪은 북조北朝01에서는 시가 뿐 아니라 문화 예술에서 뚜렷한 성과를 내지 못했다. 반면 남조南朝02 에서는 황제나 귀족이 중심이 되어 창작활동이 활발히 이루어졌으며, 왕조가 교체될수록 유미주의唯美主義TIP 경향이 더욱 강하게 드러났다. 이 시기의 시가는 송宋의 원가체元嘉體, 제齊의 영명체永明體, 양梁의 궁체시宮體詩로 나눌 수 있다.

원가체는 송문제宋文帝의 재위 기간인 원가元嘉 연간424-453에 성행한 문체이다. 문제는 중앙집권정책 실시, 현명한 인재 등용, 농업 부흥, 문학 장려 등을 통해 정치·경제·사회·문화 전반에 걸쳐 안정과 번영을 이룩했다. 이러한 환경에서 원가 시기의 문학은 더욱 성행할 수 있었다.

원가체는 가지런한 대구, 다듬어진 자구, 다양한 전고, 섬세한 묘

01 위진남북조시대에 강남 지역의 왕조를 남조南朝라 하고, 강북 지역의 왕조를 북조北朝라고 한다. 진晉이 건강으로 천도한 이후, 창장강 북쪽은 흔히 오호五胡(다섯 오랑캐 민족)라 불리던 북방 이민족들이 16개 나라를 번갈아 세우며 정권 교체가 잦았기 때문에, 이 시기를 오호십육국五胡十六國 시기라고도 부른다. 결국 북주北周가 혼란의 강북 지역을 통일하였고, 북주를 찬탈한 수隋가 남조의 진陳나라를 멸망시켜 중국을 통일한다.

02 건강建康(지금의 난징南京)에 도읍을 정한 동진東晉은 황제 사마덕문司馬德文이 자신을 제위에 앉힌 유유劉裕에게 제위를 물려주면서 419년에 멸망하게 된다. 유유는 국호를 송이라 하였고, 송은 다시 제, 양, 진으로 왕조가 교체되는데 이 4개 왕조를 남조라 한다. 삼국시대의 오吳와 동진, 송, 제, 양, 진 6개 왕조가 모두 지금의 난징에 도읍하였기 때문에 이 시기를 육조六朝 시기라고 부른다.

사 등을 통해 아름다운 문장을 추구했다. 대표 작가로는 안연지顔延之, 사영운謝靈運, 포조鮑照가 있는데, 이들을 원가삼대가元嘉三大家라 한다.

안연지는 전고와 대구를 운용해 아름다운 시어를 만드는 데 뛰어났다. 하지만 지나치게 수사를 추구하고, 시구를 갈고 다듬어 자연미보다는 인공미를 지녔다는 부정적인 평가를 받기도 한다. 사영운은 산수의 아름다움을 노래한 산수시를 다수 창작했다. 생동감 있는 섬세한 묘사와 화려한 언어를 사용해 산수를 사실적으로 그려내 후대 산수시 발전에 기여했다. 포조는 대우와 음률을 중시하고 문사가 화려한 시를 창작했는데, 특히 사회에 대한 불만과 백성들의 고난과 같은 현실 생활을 잘 반영했다.

영명체는 제무제齊武帝의 재위 기간인 영명永明 연간483-493에 성행했다. 영명체는 정교한 대구, 화음의 청각적인 아름다움 등을 추구했다. 특히 심약沈約의 사성팔병설四聲八病說**TIP**에 근거해 시의 성률을 중시한 영명체는 형식미를 추구하는 새로운 시가 체제라는 의미에서 신체시新體詩라고도 한다. 대표 작가로는 경릉왕竟陵王 소자량蕭子良의 문인인 경릉팔우竟陵八友가 있는데, 심약, 왕융王融, 사조謝朓, 범운范雲, 임방任昉, 육수陸倕, 소침蕭琛, 소연蕭衍이다. 이 가운데 사조의 성취가 가장 뛰어난데, 사조는 남조의 대표적인 산수시인으로, 사영운과 함께 '이사二謝'라 불린다. 당시 성행한 성률론을 시가 창작에 적용하여 성률이 맞는 아름다운 시가를 창작했다.

궁체시는 양무제梁武帝 소연蕭衍이 재위하는 동안 창작된 시체를 가리킨다. 무제의 아들 간문제簡文帝 소강蕭綱은 태자일 때 자신의 거처에서 문인들과 사물, 연회, 염정艶情, 여성 등을 화려하고 아름다운 어구로 묘사한 시들을 지어 주고 받았다. 궁정에서 유행했고, 궁정 생활을 반영했기 때문에 궁체시라는 명칭이 붙었다. 양조梁朝에서 성행한 궁체시는 진조陳朝에 이르러서는 남녀의 사랑을 노래한 염정시艶情詩 위주로 창작되었으며 이전보다 더욱 색정적으로 바뀌어 갔다. 궁체시의 미려한 어구와 율시에 가까운 엄격한 격률은 시가 형식의 발전에 기여했지만, 내용이 공허하고 소재가 편협하다는 폐단을 지니고 있다. 궁체시의 대표 작가로는 간문제 소강과 서릉徐陵이 있다. 소강은 다양한 제재의 시를 창작하였으나, 여성의 관능미를 묘사하거나 남녀 간의 정을 노래한 시를 많이 지었다. 서릉은 시의 격률을 중시하였으며 염정의 시를 많이 지었다. 저서에 궁체시를 모아 놓은 시선집『옥대신영玉臺新詠』이 있다.

동진시대에 지어진 난징南京시 지밍쓰鷄鳴寺

작품 01 「연못 위 누각에 올라」

登池上樓
등지상루

謝靈運

潛虬媚幽姿,	물속 규룡은 그윽한 자태 아름답고,
잠 규 미 유 자	
飛鴻響遠音。	나는 기러기는 멀리 소리 울리네.
비 홍 향 원 음	
薄霄愧雲浮,	하늘에 닿자니 뜬 구름에 부끄럽고,
박 소 괴 운 부	
棲川怍淵沈。	냇가에 살자니 깊은 못에 부끄럽네.
서 천 작 연 침	
進德智所拙,	나아가 덕을 베풀려 해도 지혜가 모자라고,
진 덕 지 소 졸	
退耕力不任。	물러나 밭을 갈려 해도 힘이 부치네.
퇴 경 력 불 임	
徇祿反窮海,	녹봉을 좇다가 후미진 바닷가로 돌아와,
순 록 반 궁 해	
臥病對空林。	병들어 누워 텅 빈 숲을 마주하네.
와 아 대 공 림	
衾枕昧節候,	이불 속에 있느라 계절도 모르다가,
금 침 매 절 후	
褰開暫窺臨。	휘장 걷어 올려 잠시 밖을 내다보네.
건 개 잠 규 림	

傾耳聆波瀾,
경 이 령 파 란

귀 기울여 물결소리 들어보고,

舉目眺嶇嶔。
거 목 조 구 금

눈 들어 험준한 산도 바라보네.

初景革緒風,
초 경 혁 서 풍

초봄의 햇살에 남겨진 겨울바람 잦아들고,

新陽改故陰。
신 양 개 고 음

갓 내리쬐는 햇볕에 지난 한기 바뀌었네.

池塘生春草,
지 당 생 춘 초

연못가에는 봄풀이 돋아나고,

園柳變鳴禽。
원 류 변 명 금

뜰의 버드나무엔 새소리 바뀌었네.

祁祁傷豳歌,
기 기 상 빈 가

쑥이 무성하니 빈풍 노래에 슬퍼지고,

萋萋感楚吟。
처 처 감 초 음

풀이 우거지니 초사 노래에 감동하네.

索居易永久,
색 거 이 영 구

홀로 있기에 세월은 쉬이 더디고,

離群難處心。
이 군 난 처 심

친구와 떨어져 있어 마음 두기도 어렵네.

持操豈獨古,
지 조 기 독 고

지조를 지킴이 어찌 옛날에만 있었으랴,

無悶徵在今。
무 민 징 재 금

번뇌 없는 마음 지금도 느낄 수 있는데.

登池上楼
Dēng Chíshànglóu

潜虬媚幽姿,
Qiánqiú mèi yōuzī,

飞鸿响远音。
fēihóng xiǎng yuǎnyīn.

薄霄愧云浮,
Bóxiāo kuì yúnfú,

栖川怍渊沉。
qīchuān zuò yuānchén.

进德智所拙,
Jìndé zhì suǒzhuō,

退耕力不任。
tuìgēng lì búrèn.

徇禄反穷海,
Xùnlù fǎn qiónghǎi,

卧病对空林。
wòkē duì kōnglín.

衾枕昧节候,
Qīnzhěn mèi jiéhòu,

褰开暂窥临。
qiānkāi zàn kuīlín.

倾耳聆波澜,
Qīng'ěr líng bōlán,

举目眺岖嵚。
jǔmù tiào qūqīn.

初景革绪风,
Chūjǐng gé xùfēng,

新阳改故阴。
xīnyáng gǎi gùyīn.

池塘生春草,
Chítáng shēng chūncǎo,

园柳变鸣禽。
yuánliǔ biàn míngqín.

祁祁伤豳歌,
Qíqí shāng Bīn gē,

萋萋感楚吟。
qīqī gǎn Chǔ yín.

索居易永久,
Suǒjū yì yǒngjiǔ,

离群难处心。
líqún nán chǔxīn.

持操岂独古,
Chícāo qǐ dúgǔ,

无闷征在今。
wúmèn zhēng zàijīn.

▎시어 풀이

池上樓(못 지, 위 상, 누각 루): 연못 위의 누각. 사영운이 태수로 지낸 영가군 永嘉郡(지금의 저장浙江성 원저우溫州시 융자永嘉현)에 있다. 사영운의 이 시가 유명해지자 후대 사람들이 이 누각을 지상루라고 불렀다.

潛虬(잠길 잠, 규룡 규): 물속에 잠겨 있는 규룡. 규룡은 전설에 나오는 뿔이 난 작은 용으로, 여기서는 숨어 지내는 은자를 비유한다.

幽姿(그윽할 유, 모양 자): 그윽한 자태.

飛鴻(날 비, 기러기 홍): 하늘을 나는 기러기. 여기서는 세상에 나아가 이름을 떨치며 왕성하게 활동하는 벼슬하는 사람을 비유한다.

響遠音(울릴 향, 멀 원, 소리 음): 멀리서 기러기의 울음소리가 울리다.

薄霄(엷을 박, 하늘 소): 하늘에 가까워지다. '박薄'은 '접근하다, 가까워지다'는 뜻이다.

雲浮(구름 운, 뜰 부): 떠 있는 구름. 여기서는 하늘을 나는 기러기를 가리킨다.

棲川(깃들일 서, 내 천): 냇가에 살다.

怍(부끄러워할 작): 부끄러워하다.

淵沈(못 연, 잠길 침): 깊은 연못. 여기서는 깊이 숨어 있는 규룡을 가리킨다.

進德(나아갈 진, 덕 덕): 나아가 덕을 베풀다. 벼슬길에 나아가 공을 세우고, 세상에 은덕을 베푸는 것을 뜻한다. 위의 '하늘을 나는 기러기飛鴻'와 호응한다.

智所拙(슬기 지, 바 소, 옹졸할 졸): 지혜가 부족하다.

退耕(물러날 퇴, 밭갈 경): 물러나 밭을 갈다. 전원으로 돌아가 농사를 짓다. 위의 '물속의 규룡潛虬'과 호응한다.

力不任(힘 력, 아닐 부, 맡길 임): 힘에 부치다.

徇祿(돌 순, 녹 록): 녹봉을 좇다. 벼슬살이 하다.

窮海(궁할 궁, 바다 해): 후미진 바닷가. 여기서는 영가군을 가리킨다.

臥痾(누울 와, 숙병 아): 병들어 눕다.

空林(빌 공, 수풀 림): 텅 빈 숲. 겨울에 낙엽이 다 떨어진 수풀을 뜻한다.

衾枕(이불 금, 베개 침): 이불과 베개. 병상에 누워 있음을 말한다.

昧節候(어두울 매, 마디 절, 기후 후): 어느 계절인지 알지 못하다. 병상에 오래 있어서 겨울이 가고 봄이 온 줄 몰랐음을 뜻한다.

褰開(걷어올릴 건, 열 개): 커튼을 걷어 올리다.

窺臨(엿볼 규, 임할 림): 창밖의 풍경을 내려다 보다. '림臨'에는 '내려다보다'는 뜻이 있다.

傾耳(기울 경, 귀 이): 귀를 기울이다.

聆波瀾(들을 영, 물결 파, 물결 란): 물결치는 소리를 듣다. '파란波瀾'은 '물결, 물결치다'는 뜻이다.

眺(바라볼 조): 바라보다.

嶇嶔(험할 구, 높고험할 금): 높고 험준한 산.

初景(처음 초, 볕 경): 초봄의 햇살.

革(가죽 혁): 제거하다.

緒風(나머지 서, 바람 풍): 봄에 남아 있는 차가운 겨울바람.

新陽(새 신, 볕 양): 갓 비추기 시작한 햇볕. 새로운 양기陽氣.

故陰(연고 고, 그늘 음): 옛날의 음침하고 차가움. 여기서는 지난겨울의 한기寒氣를 말한다.

池塘(못 지, 못 당): 연못. 연못의 둑(제방).

園柳(동산 원, 버들 류): 뜰에 있는 버드나무.

變鳴禽(변할 변, 울 명, 새 금): 새들이 새로이 날아와 새소리가 바뀌었다. 혹은 우는 새가 바뀌었다.

祁祁傷豳歌(성할 기, 다칠 상, 나라이름 빈, 노래 가): 쑥이 무성하니 빈풍의 노래가 생각나 슬프다. '기기祁祁'는 무성한 모양을, '빈가豳歌'는 『시경詩經』의 「빈풍豳风·칠월七月」을 가리킨다. 『시경·빈풍·칠월』에 "봄날은 해가 길어, 산 흰쑥 수북하게 캐네. 내 마음 슬프니, 공자와 함께 돌아가고 싶어라. 春日遲遲, 采蘩祁祁。女心傷悲, 殆及公子同歸。"가 있다.

萋萋感楚吟(우거질 처, 느낄 감, 초나라 초, 읊을 음): 풀이 우거지니 초사의 노래가 떠올라 감개하다. '처처萋萋'는 풀이 우거진 모양을, '초음楚吟'은 『초사楚辞』의 「초은사招隐士」를 가리킨다. 『초사·초은사』에 "왕손은 멀리 떠나 돌아오지 않는데, 봄풀이 돋아나 우거졌구나. 王孫遊兮不歸, 春草生兮萋萋。"가 있다.

索居(쓸쓸할 삭, 살 거): 무리와 떨어져 홀로 살다. 한적한 곳에서 혼자 기거하다.

易永久(쉬울 이, 길 영, 오래 구): 세월이 길다고 쉽게 느끼다. 홀로 있어 시간이 더디게 가기 때문이다.

難處心(어려울 난, 곧 처, 마음 심): 안정되기 어렵다. '처심處心'은 '안정되다'는 뜻으로, 친구들과 떨어져 있어 마음 둘 곳이 없기 때문이다.

持操(가질 지, 잡을 조): 절개를 지키다.

지상루

無悶(없을 무, 답답할 민): 번민이 없다. 『주역周易·건괘乾卦·문언文言』에 "세상에 은둔하여 번민이 없다遁世無悶"라는 문구가 있다.

徵(부를 징): 징험하다. 증명하다. 은거하여 살며 번뇌가 없음을 경험하고 실천함을 말한다.

▌이해와 감상

사영운

사영운謝靈運385-433은 자신의 정치적 좌절과 번뇌를 잊고자 산수를 유람하면서, 산수의 아름다움을 묘사한 산수시를 많이 창작해 산수시파山水詩派의 창시자가 되었다. 이 시는 사영운의 대표적인 산수시이다.

영초永初 3년422 영가군의 태수로 좌천된 사영운은 부임 첫해 오랫동안 병으로 누워 있다가 이듬해 봄 몸이 좋아지자 연못 위 누각에 올라 봄날의 경치를 바라보며 이 시를 지었다. 이 시는 총 22구로 된 5언 고시인데, 정치적 실의로 인한 고통, 진퇴양난의 처지에서 오는 고민, 봄 경치를 바라보는 기쁨, 은거하겠다는 결심 등 작가의 복잡한 정서가 잘 드러나 있다.

▌생각해 보기

사영운의 대표적인 산수시의 명구를 찾아 감상해 봅시다.

擬行路難
의행로난

鮑照

瀉水置平地,
사 수 치 평 지
물을 평지에 쏟으면

各自東西南北流。
각 자 동 서 남 북 류
각자 동서남북으로 흘러간다네.

人生亦有命,
인 생 역 유 명
인생에는 또한 운명이란 게 있으니

安能行嘆復坐愁?
안 능 행 탄 부 좌 수
어찌 가다가 탄식하고, 또 앉아서 근심하리?

酌酒以自寬,
작 주 이 자 관
술을 따라 스스로 위로하고

舉杯斷絕歌路難。
거 배 단 절 가 로 난
잔 들어 마시니 「행로난」 노래도 멈추네.

心非木石豈無感!
심 비 목 석 기 무 감
마음은 목석이 아닐진데 어찌 감정이 없으랴!

吞聲躑躅不敢言。
탄 성 척 촉 불 감 언
울음을 삼키고 주저하며 감히 할 말을 못하네.

拟行路难
Nǐ Xínglùnán

泻水置平地,
Xièshuǐ zhì píngdì,

各自东西南北流。
gèzì dōngxīnánběi liú.

人生亦有命,
Rénshēng yì yǒumìng,

安能行叹复坐愁?
ānnéng xíngtàn fù
zuòchóu?

酌酒以自宽,
Zhuójiǔ yǐ zìkuān,

举杯断绝歌路难。
jǔbēi duànjué gē Lùnán.

心非木石岂无感!
Xīn fēi mùshí qǐ wúgǎn!

吞声踯躅不敢言。
Tūnshēng zhízhú bùgǎnyán.

시어 풀이

擬行路難(비길 의, 다닐 행, 길 로, 어려울 난): 「행로난」을 모방하다. '의擬'는 '모방하다'는 뜻이다. 「행로난」은 악부의 옛 제목으로 잡곡가사雜曲歌辭에 해당하는데, 주로 세상살이의 어려움이나 이별의 슬픔 등을 노래했다. 포조의 「의행로난」은 악부 「행로난」을 모방하여 지은 것으로 총 18수가 있다.

瀉水(쏟을 사, 물 수): 물을 쏟다.

置(둘 치): 놓다. 두다.

各自東西南北流(각각 각, 스스로 자, 동녘 동, 서녘 서, 남녘 남, 북녘 북, 흐를 류): 각자 동서남북으로 흐르다. 일정한 방향이 아니라 흩어져 서로 다른 방향으로 흐르다. 인생의 귀하고 천함, 성공과 실패는 사람마다 각기 다름을 비유한다.

亦(또 역): 또한.

有命(있을 유, 목숨 명): 정해진 운명이 있다. '명命'은 '운명'을 말한다.

安(편안 안): 어찌.

行嘆(다닐 행, 탄식할 탄): 가면서 탄식하다.

復(다시 부): 또.

坐愁(앉을 좌, 근심 수): 앉아서 근심하다.

酌酒(술부을 작, 술 주): (술잔에) 술을 따르다.

以(써 이): ~하여.

自寬(스스로 자, 너그러울 관): 스스로 위로하다. 달래다.

舉杯(들 거, 잔 배): 잔을 들다.

斷絕(끊을 단, 끊을 절): 중단하다. 잔을 들고 술을 마시기에 노래가 중단됨을 말한다.

歌(노래 가): 부르다.

路難(길 로, 어려울 난): 악부 「행로난」을 가리킨다.

木石(나무 목, 돌 석): 목석. 나무와 돌.

豈(어찌 기): 어찌.

無感(없을 무, 느낄 감): 느끼는 것이 없다. 감정이 없다.

吞聲(삼킬 탄, 소리 성): 울음을 삼키다. 침묵하다.

躑躅(머뭇거릴 척, 머뭇거릴 촉): 배회하며 나아가지 못하는 모양.

不敢言(아닐 불, 감히 감, 말씀 언): (할 말은 있지만) 감히 말하지 못하다. '불감不敢'은 '감히 ~하지 못하다'는 뜻이다.

■ 이해와 감상

포조鮑照414-466는 남조 송나라 때의 문학가다. 뛰어난 재능에도 불구하고 출신이 미천해 평생 낮은 관직에 머물러 있어야 했기에, 그의 시에는 뜻을 이루지 못한 불행한 처지와 사회에 대한 강한 불만을 노래한 것이 많다. 인생길의 험난함을 노래한 「의행로난」 18수가 바로 그러한 시인데, 시의 제목만으로도 주제가 무엇인지 짐작할 수 있다. 이작품은 오언과 칠언이 섞인 잡언체 시가이며, 문벌제도로 인한 회재불우懷才不遇의 고통과 번민을 표현했다. 시인은 정해진 운명을 바꿀 수 없는 비참한 현실을 탄식과 원망으로 바라보고 있다.

■ 생각해 보기

문벌사회인 유유의 송나라에 대해 알아봅시다.

◆「자야의 노래」

子夜歌
자야가

蕭衍

恃¹愛³如²欲進,
시 애 여 욕 진

含¹羞⁴未²肯³前。
함 수 미 긍 전

朱¹口³發²豔歌,
주 구 발 염 가

玉¹指³弄²嬌弦。
옥 지 롱 교 현

시어 풀이

恃愛(믿을 시, 사랑 애): (다른 사람의) 사랑을 믿다. 사랑을 등에 업다.

如(같을 여): 마치 ~와 같다.

欲進(하고자할 욕, 나아갈 진): 나아가려고 하다.

含羞(머금을 함, 부끄러울 수): 수줍음을 머금다. 수줍어하다.

未肯前(아닐 미, 즐길 긍, 앞 전): 선뜻 나서지 못하다. '미긍未肯'은 '(기꺼이) ~하려 하지 않다'는 뜻이다.

朱口(붉을 주, 입 구): 붉은 입술.

發(필 발): 노래하다.

豔歌(고울 염, 노래 가): 고운 노래. 고악부古樂府 「염가행豔歌行」으로도 해석이 가능하다.

玉指(구슬 옥, 가리킬 지): 옥같이 희고 깨끗한 아름다운 손가락. 미인의 손가락을 가리켜 '섬섬옥수纖纖玉手'라 한다.

弄(희롱할 롱): 현을 타며 희롱하다.

嬌弦(아리따울 교, 활시위 현): 아름다운 현. '현弦'은 '거문고, 가야금 등의 줄'을 말한다.

🎵 **子夜歌**
Zǐyè gē

恃爱如欲进，
Shì'ài rú yùjìn,

含羞未肯前。
hánxiū wèikěn qián.

朱口发艳歌，
Zhūkǒu fā yàngē,

玉指弄娇弦。
yùzhǐ nòng jiāoxián.

이해와 감상

이 시는 제나라 경릉팔우 중 한 명으로 후에 양무제梁武帝가 된 소연蕭衍464-549이 지었다. 서릉은 『옥대신영』에서 소연이 강남지역의 민가인 「자야가」를 모방해 「자야가」 2수를 지었다고 했는데, 이 시는 그 중 첫 번째 시다. 시에서는 공연 전과 공연 중인 기녀의 모습과 태도를 섬세하게 그리고 있다. 붉은 입술과 옥 같은 손가락은 기녀가 젊고 아름다운 여인임을 표현한 것으로, 기녀를 사랑하는 작가의 마음을 넌지시 드러내고 있다.

저장浙江성 원저우溫州시 융자永嘉현에 있는 지상루池上樓

Chapter 07

율시의 지평,
초당 시가

TIP

과거제도와 시 창작

한대漢代에 시행한 관리선발 제도는 수隋대 때부터 정비되어 당대에 완성되었다. 시험은 유가 경전에 대한 내용을 평가하는 '명경과明經科'와 주어진 시제에 따라 시부詩賦를 창작하는 '진사과進士科' 등이 있었는데, 그중에서도 진사과가 중시되었다. 이는 경전에만 밝은 고지식한 인재보다 상황에 유연하게 대처할 수 있는 인재를 선호했기 때문이다. 합격 후 관직 배정에도 유리하고 고위 관리로의 승진 기회도 더 많았기에, 당시의 뛰어난 인재들이 능력을 인정받고 출세할 수 있는 진사과에 몰리면서 시 창작이 부흥하는 계기가 되었다.

진자앙

시경에서 출발한 중국의 시는 당대唐代 618-906에 이르러 최고의 성취를 이룬다. 일반적으로 당대 시가는 초당初唐, 성당盛唐, 중당中唐, 만당晚唐의 네 시기로 구분된다.**01** 이 구분에 따르면 초당은 당 고조高祖 무덕武德 원년618에서 당 현종玄宗 개원開元 초713까지의 약 100여 년의 시간에 해당한다.

초당 때에는 정치와 경제가 안정되고, 시부詩賦를 통해 인재를 선발하는 과거科擧제도**TIP**가 정립되어 지식인들이 시가 창작에 힘썼기에 시가의 전성기를 맞이하게 된다. 다만 당나라 초기에는 남조 이후로 성행한 화려한 문풍이 여전히 위세를 떨쳤고, 태평성대를 찬송하며 화려한 표현만을 일삼는 궁정문학이 주도권을 쥐고 있었다. 이러한 분위기를 쇄신한 사람이 초당사걸初唐四傑이다. 궁정의 시단과 거리를 둔 초당사걸은 궁중의 향락생활이라는 협소한 제재에서 벗어나 도시나 변방 등으로 문학적 시야를 돌렸다. 이들은 이렇게 풍부해진 제재를 참신한 시어로 묘사하여 청신한 풍격의 시가를 창작하였는데, 육조시대의 시풍을 수용하면서도 개혁과 창조에 더 큰 노력을 기울여 초당의 시풍을 변화시켰다.

초당 시의 또 다른 성취는 율시律詩의 완성이다. 우선 형식 방면에서는 송지문宋之問과 심전기沈佺期가 출현하여 율시의 체제를 완성했다. 이들은 주로 궁정에서 활약하면서, 대구對句, 압운押韻, 평측平仄의 엄정한 규칙을 지킨 수준 높은 율시를 대량으로 창작하여 마침내 율시의 완성을 이루어 냈다.**TIP**

시가 이론 방면에서는 초당사걸보다 약간 늦게 활동한 진자앙陳子

---

01 당시唐詩의 시기 구분 중, 가장 일반적으로 통용되는 것은 명대明代 고병高棅의 『당시품휘唐詩品彙』에 따라 초당, 성당, 중당, 만당의 4단계로 나누는 것이다. 초당618-713은 당 고조 무덕 원년부터 현종 개원 초까지의 근 100년, 성당713-766은 현종 개원 원년부터 안사安史의 난 이후 대력大曆 원년까지의 50여 년, 중당766-835은 대력 원년부터 대화大和 9년에 이르는 약 70년, 만당836-907은 문종文宗 개성開成 원년부터 당 멸망까지의 약 72년이다.

昂의 업적이 두드러진다. 진자앙은 관직에서 큰 뜻을 이루지 못하고 억울하게 모함받아 투옥되었다가 세상을 떠난 불운의 시인이다. 그는 문학의 우수한 전통이 끊어진 것을 안타까워하며 제량齊梁 이후 귀족문학으로 편향된 문학의 한계를 지적했다. 아울러 비흥比興의 표현수법과 사상 감정을 기탁하는 '흥기興起'를 주장하면서, 건안建安과 정시正始 문학을 전범으로 삼아 '한위풍골漢魏風骨'을 계승할 것을 주장했다. 이러한 그의 주장은 단순한 복고가 아니라 새로운 시대정신을 반영할 수 있는 이론적 토대를 제시한 것이다. 그는 「감우」 시 38수를 통해 강렬한 자아의식을 드러내는 가운데 적극적으로 사회와 정치의 병폐를 폭로하기도 했다.

TIP

율시의 완성

율시는 초당 때 완성되었다. 제량齊梁 시기부터 시단에서는 대구를 중시하고 시 속에서 평측을 운영하기 시작했으나 아직은 미숙한 수준이었다.

초당 시기에 이르러 본격적으로 대구와 평측, 압운 등의 규칙을 엄정하게 지켜야 하는 율시가 대거 등장했는데, 특히 주로 궁정을 무대로 활약했던 심전기와 송지문은 율시의 창작에 가장 탁월한 성취를 이루어 율시를 완성했다는 평가를 받는다.

작품 01 「거위를 노래하며」

詠鵝
영아

駱賓王

鵝鵝鵝,
아 아 아

꽥, 꽥, 꽥,

曲項向天歌。
곡 항 향 천 가

굽은 목 하늘 향해 노래하네.

白毛浮綠水,
백 모 부 녹 수

흰 털은 푸른 물에 둥실둥실,

紅掌撥清波。
홍 장 발 청 파

붉은 갈퀴에 맑은 물결은 찰랑찰랑.

▌시어 풀이

鵝(거위 아): 거위.

曲項(굽을 곡, 목 항): 굽은 목.

白毛(흰 백, 털 모): 흰 털.

浮(뜰 부): 뜨다.

紅掌(붉을 홍, 손바닥 장): 붉은 발바닥. 거위의 갈퀴를 가리킨다.

撥(튀길 발): 가르다. 젓다. 거위가 물밑에서 갈퀴를 움직이는 동작을 말한다.

▌이해와 감상

이 작품은 낙빈왕駱賓王 약640-?이 7살 때 집을 방문한 손님의 요청으로 지은 것으로, 집 부근의 낙가당駱家塘이라는 연못에서 헤엄치는 거위의 모습을 그렸다. 어린 나이에 지었지만 그의 천재성이 잘 발휘되어 있으며, 이 시로 인해 낙빈왕은 신동이라는 칭송을 들었다.

이 시는 노래하고 헤엄치는 거위의 모습을 매우 섬세하고 생동감 있게 묘사했다. '노래하다歌', '뜨다浮', '가르다撥'가 거위의 동적인 모습을 그린 것이라면, '하얀털白毛'과 '붉은 갈퀴紅掌'는 색채를 통한 거위의 형상을 묘사하고 있다. 이 작품은 현재 중국의 초등학교 1학년 국어 교과서에 수록되어 있다.

🐏 **咏鹅**
Yǒng é

鹅鹅鹅,
Ééé,

曲项向天歌。
qǔxiàng xiàngtiān gē.

白毛浮绿水,
Báimáo fú lùshuǐ,

红掌拨清波。
hóngzhǎng bō qīngbō.

送杜少府之任蜀州
송두소부지임촉주

王勃

城闕輔三秦,
성 궐 보 삼 진
삼진 땅이 지키는 장안성에서

風煙望五津。
풍 연 망 오 진
바람 불고 안개 낀 다섯 나루를 바라본다.

與君離別意,
여 군 이 별 의
그대와 이별하는 마음은

同是宦遊人。
동 시 환 유 인
함께 벼슬하는 처지라 한가지라네.

海內存知己,
해 내 존 지 기
세상에 나를 알아주는 이 있다면

天涯若比鄰。
천 애 약 비 린
하늘 끝에서도 이웃이 되겠지.

無爲在歧路,
무 위 재 기 로
갈림길에서

兒女共霑巾。
아 녀 공 점 건
아녀자처럼 함께 눈물 흘리지는 맙시다.

시어 풀이

送(보낼 송): 전송하다.

杜少府(막을 두, 적을 소, 마을 부): 두씨 성을 가진 현위縣尉. 구체적으로 누구
인지는 알 수 없으며, '소부少府'는 관직명이다.

之(갈 지): 가다. 이르다.

任(맞길 임): 부임하다.

蜀州(나라 이름 촉, 고을 주): 촉주. 지금의 쓰촨四川성 충저우崇州시이다.

城闕(성 성, 궁궐 궐): 성곽. 궁궐. 여기서는 장안성을 가리킨다.

輔(도울 보): 지키다. 호위하다.

三秦(석 삼, 나라 진): 관중關中. 장안성을 둘러싼 샤안시陝西성 일대.

風煙(바람 풍, 연기 연): 바람과 안개. 혹은 풍진風塵.

五津(다섯 오, 나루 진): 다섯 나루. 창장長江강 상류의 전언湔堰에서 건위犍爲
사이에 있는 백화진白華津, 만리진萬里津, 강수진江首
津, 섭두진涉頭津, 강남진江南津을 말하는데, 모두 촉
땅에 있으므로 촉 지역을 두루 가리키는 말이라고 볼
수 있다.

宦遊(벼슬 환, 놀 유): 외지로 나가 벼슬살이하다.

海內(바다 해, 안 내): 사해四海의 안. 전국 각지. 천하. 고대 중국인은 중국의
사방 변경이 바다로 둘러싸여 있다고 보았다.

知己(알 지, 자기 기): 자신을 알아주는 진정한 벗.

天涯(하늘 천, 끝 애): 하늘 끝. 아주 먼 곳.

比鄰(비할 비, 이웃 린): 이웃. 이웃하여 살다.

無爲(없을 무, 할 위): ~하지 마라.

歧路(갈림길 기, 길 로): 갈림길. 과거의 중국인은 전송할 때 큰길의 갈림길에
서 이별을 고했다.

兒女(아이 아, 여자 녀): 아녀자.

霑巾(적실 점, 수건 건): (눈물을 많이 흘려) 수건을 적시다.

이해와 감상

이 시는 왕발王勃649-676이 부임지인 촉주로 떠나는 친구 두소부와 작
별하며 지은 송별시다. 왕발은 초당사걸 중 한 명으로, 개인의 생활
을 묘사하거나 권문세족을 풍자한 작품으로 유명하다. 그는 이 시에

送杜少府之任蜀州
Sòng Dù shàofǔ zhī rèn
Shǔzhōu

城闕輔三秦,
Chéngquè fǔ Sānqín,

風烟望五津。
fēngyān wàng wǔjīn.

与君离别意,
Yǔ jūn líbiéyì,

同是宦游人。
tóng shì huànyóurén.

海内存知己,
Hǎinèi cún zhījǐ,

天涯若比邻。
tiānyá ruò bǐlín.

无为在歧路,
Wú wéi zài qílù,

儿女共沾巾。
érnǚ gòng zhānjīn.

서 시공간의 제한마저도 우정을 가로막을 수 없다며 두 사람의 돈독한 우정을 그리고 있다. 흔히 송별시에서는 눈물을 흘리며 석별의 정을 나누는 정경이 자주 등장하는데, 왕발은 의외로 눈물을 보이지 말자고 한다. 이별의 슬픔을 겉으로 드러내지 않으려는 모습에서 벗과의 헤어짐을 더욱 안타까워하는 마음을 느낄 수 있다.

읽을거리

 초당사걸의 불우한 운명

초당사걸初唐四杰이란 당 태종 연간627-649의 이름난 문인인 왕발王勃 650-676, 양형楊炯 650-693?, 노조린盧照隣 635?-689?, 낙빈왕駱賓王 626?-687?을 함께 일컫는 말이다. 이들의 성씨만을 합쳐서 '왕양노락王楊盧駱'이라 부르기도 한다. 이들은 모두 걸출한 재능을 지녔으나 불행한 인생을 살다가 이른 나이에 세상을 떠났다.
이중 가장 나이가 많았던 노조린은 도가에 심취해 단약丹藥을 복용하다가 수은 중독으로 수족이 저리고 마비되는 중풍에 걸렸다. 병마에 시달리던 그는 절망 끝에 「석질문釋疾文」 3수를 짓고 병에 찌든 육신을 강물에 던져 생을 마감했다.
낙빈왕은 어렸을 때부터 신동으로 칭찬이 자자했지만, 부친이 일찍 죽고 심한 가난에 시달렸다. 관직에 있을 때는 측천무후則天武后에 상소를 올렸다가 뇌물을 받았다는 누명을 쓰고 감옥에 갇히기도 했으며, 나중에 서경업과 함께 난을 일으켰다가 실패하여 죽임을 당했다. 물론 속설에는 그가 죽지 않고 출가하여 승려가 되었다는 말도 있으나 확언할 수는 없다.
왕발 역시 어린 나이에 재주를 인정받은 신동이었지만 자신이 쓴 「영왕의 투계놀이를 비판한 글檄英王鷄文」이 왕자들 사이의 분란을 일으킨다는 이유로 고종의 노여움을 사 관직을 박탈당했다. 이후 다시 관직에 올랐으나 동료들과 사이가 좋지 않았고, 관노를 죽인 죄로 사형 처분을 받았다가 사면되었다. 이 일로 그의 부친이 유배를 갔고, 왕발은 675년 부친을 뵙고 돌아오다가 물에 빠져 세상을 떠났다.
마지막 양형 역시 어릴 때부터 문학적 재능을 인정받은 신동이었지만 벼슬길은 순탄치 않았다. 그는 친척이 서경업의 반란군에 가담한 일로 영천현령盈川縣令으로 좌천되었다. 이를 만회하고자 당시 권력을 잡은 측천무후를 칭송하는 글을 여러 차례 올렸지만, 결국 인정받지 못하고 세상을 떠났다.

登幽州臺歌
등유주대가

陳子昂

前不見古人,
전 불 견 고 인
앞으로 옛사람 보이지 않고

後不見來者。
후 불 견 래 자
뒤로도 올 사람 보이지 않네.

念天地之悠悠,
염 천 지 지 유 유
천지의 영원함 생각하다가

獨愴然而涕下。
독 창 연 이 체 하
홀로 슬퍼하며 눈물 흘리네.

登幽州台歌
Dēng Yōuzhōutái gē

前不見古人，
Qián bújiàn gǔrén,

后不見来者。
hòu bújiàn láizhě.

念天地之悠悠，
Niàn tiāndì zhī yōuyōu,

独愴然而涕下。
dú chuàngrán ér tìxià.

유주대

│ 시어 풀이

悠悠(멀 유, 멀 유): 멀고 아득한 모양.

愴然(슬퍼할 창, 그럴 연): 슬퍼하는 모양.

涕下(눈물흘릴 체, 아래 하): 눈물을 흘리다.

│ 이해와 감상

이 작품은 진자앙陳子昻 661-702이 유주대에 올라 느낀 감회를 읊은 시다. 유주대는 전국시대 연燕나라 소왕昭王이 천하의 현사를 모으기 위해 지금의 베이징北京 다싱大興에 세운 누대다.

자신이 지닌 재주와 견식을 제대로 펼쳐보지 못한 진자앙에게 인재를 구한 소왕 같은 어진 임금은 부럽고 간절한 존재였을 것이다. 제1구와 2구의 '옛 사람古人'과 '올 사람來者'은 뛰어난 성군을 비유한 것으로 보인다. 또 유주대에 올라 사방을 굽어보면서 고금을 횡단하는 도도한 시간의 흐름을 느끼고는 유한한 자신의 인생이 떠올라 안타까운 마음에 자신도 모르게 눈물이 흘렀을 것이다. 시간의 유한함을 느낀 후대의 문인들이 함께 공감할 수밖에 없는 명구다.

작품 04　「옛 정」

古意
고의

沈佺期

盧家少婦鬱金堂,
노 가 소 부 울 금 당

노씨 집 젊은 며느리의 울금당

海燕雙棲玳瑁梁。
해 연 쌍 서 대 모 량

화려한 서까래에 바다제비 한 쌍이 깃들었네.

九月寒砧催木葉,
구 월 한 침 최 목 엽

구월 차가운 다듬이 소리 낙엽을 재촉하니,

十年征戍憶遼陽。
십 년 정 수 억 요 양

십년 수자리 살러 간 요양 땅을 그리워하네.

白狼河北音書斷,
백 랑 하 북 음 서 단

백낭하 북쪽으로 소식 끊어졌으니,

丹鳳城南秋夜長。
단 봉 성 남 추 야 장

단봉성 남쪽 가을밤은 길기만 하네.

誰爲含愁獨不見,
수 위 함 수 독 불 견

뉘로 인해 시름 안고 홀로 만나지 못한 채,

更敎明月照流黃。
갱 교 명 월 조 류 황

다시 밝은 달더러 갈황색 옷만 비추게 하나.

古意
Gǔyì

卢家少妇郁金堂,
Lújiā shàofù yùjīntáng,

海燕双栖玳瑁梁。
hǎiyàn shuāng qī dàimàoliáng.

九月寒砧催木叶,
Jiǔyuè hánzhēn cuī mùyè,

十年征戍忆辽阳。
shínián zhēngshù yì Liáoyáng.

白狼河北音书断,
Báilánghé běi yīnshū duàn,

丹凤城南秋夜长。
Dānfèngchéng nán qiūyè cháng.

谁为含愁独不见,
Shéi wèi hánchóu dú bújiàn,

更教明月照流黄。
gèng jiào míngyuè zhào liúhuáng.

대릉하

▌시어 풀이

鬱金堂(울창할 울, 쇠 금, 집 당): 울금향을 풍기는 방. 울금은 방향제로, 예전에는 진흙과 함께 벽에 발랐다고 한다. 즉 며느리의 생활공간에서 아름다운 향내가 풍긴다는 뜻이다.

海燕(바다 해, 제비 연): 바다제비.

玳瑁梁(대모 대, 대모 모, 들보 량): 바다거북을 장식한 들보. 화려한 서까래. '대모玳瑁'는 '바다거북'을 가리키는데, 며느리의 생활공간이 화려한 장식물로 꾸며져 있다는 뜻이다.

寒砧(찰 한, 다듬잇돌 침): 차가운 다듬잇돌. 여기서 차갑다는 것은 당시 계절과 화자의 감정을 중의적으로 표현한 것이다.

征戍(칠 정, 지킬 수): 수자리 살러 가다. '수戍'는 '수자리', 즉 '국경을 지키는 일'을 가리키는 말로, 아득한 변방으로 나가 수자리를 사는 것을 말한다.

白狼河(흰 백, 이리 랑, 물 하): 랴오닝遼寧성 경내의 대릉하大凌河. 남편이 수자리 살러 나간 장소이다.

音書(소리 음, 책 서): 서신. 편지.

丹鳳城(붉을 단, 봉황 봉, 성 성): 수도. 경사. 여기서는 며느리가 살고 있는 곳이다.

流黃(흐를 유, 누를 황): 갈황색. 여기서는 갈황색의 물건으로 남편에게 보낼 명주옷을 가리키는 것으로 보인다.

▌이해와 감상

이 시는 율시 체제를 완성시킨 심전기沈佺期 656?-715?의 대표작이다. 제목이 「홀로 만나지 못하네獨不見」로 표기된 것도 있고, 「옛 정으로 보궐 교 지지께 드린다古意呈補闕喬知之」로 된 경우도 있다.

이 작품은 규방에서 독수공방하며 남편을 기다리는 여인의 외로움을 그렸다. 제1연에서는 자신의 신세를 쌍쌍이 나는 바다제비와 대조하여 부각시켰다. 제2연에서는 늦가을 다듬이질로 수자리 나간 남편의 옷을 준비하는 모습을 통해 그리움의 감정을 고조시켰다.

제3연에서는 남편의 소식이 끊겨 생사를 알 수 없는 상황에서 가을 밤이 길기만 하다고 하소연하고 있다. 마지막 연에서는 시름에 잠겨 독수공방하는 자신의 신세에 대한 한탄이 나타나 있다. 전체적으로 옛 악부시의 분위기를 많이 띠고 있지만, 시상의 전개가 자연스럽고 복선의 활용이 치밀하다.

읽을거리

 01 대구對句, 춘련春聯, 변려문駢儷文

대구는 시나 산문을 창작할 때 글자의 수가 서로 같고 문장의 뜻이 대칭되도록 창작한 구절을 말한다. 위진 이후로 문인들이 글자의 성운에도 관심을 갖게 되면서 형식이 더욱 엄정해졌고, 당대 근체시에서는 가운데 두 연에 대구를 활용했다.

춘련은 설날 새해의 안녕을 축원하는 대구로 된 글귀를 써서 문이나 기둥에 붙이는 풍속이다.

변려문은 주로 4자와 6자의 구절을 대구로 연결해 쓴 산문 문장으로, 사륙문이라고도 한다.

춘련

◆「대유령 북역에서 시를 짓다」

題大庾嶺北驛

제대유령북역

宋之問

陽月南飛雁，
양 월 남 비 안

傳聞至此回。
전 문 지 차 회

我行殊未已，
아 행 수 미 이

何日復歸來。
하 일 부 귀 래

江靜潮初落，
강 정 조 초 락

林昏瘴不開。
림 혼 장 불 개

明朝望鄉處，
명 조 망 향 처

應見隴頭梅。
응 견 룽 두 매

大庚嶺(클 대, 곳집 유, 고개 령): 대유령. 장시江西성 다위大庚현의 남쪽에 있
　　　으며, 오령五嶺 가운데 하나다. 중국의 오령은 월성령越城嶺, 도방령
　　　都龐嶺, 맹제령萌諸嶺, 기전령騎田嶺, 대유령大庚嶺이다.

陽月(볕 양, 달 월): 음력 10월. 『이아爾雅·석천釋天』에 "10월은 양양이다. 十月
　　　爲陽。"라고 했다.

至此(이를 지, 이 차): 이곳에 이르다. '이곳'은 시제의 '대유령'이다.

殊未已(다를 수, 아직 미, 다할 이): 아직 끝나지 않았다.

瘴(장기 장): 중국 남방의 산림에서 습열로 인하여 생기는 독기를 말한다.

隴頭梅(고개이름 롱, 머리 두, 매화나무 매): 고갯마루의 매화. 즉 대유령 고개의
　　　매화를 말한다. 『형주기荊州記』에 "육개陸凱와 범엽范曄이 서로 친하
　　　게 지냈는데, 육개가 강남에서 매화 한 가지를 부쳐 장안에 있는 범엽
　　　에게 보내면서, '매화 꺾다가 역사驛使를 만나서 농두의 사람에게 부
　　　치네. 강남에는 가진 것이 없어, 애오라지 봄 한 가지 보내네. 折梅逢
　　　驛使, 寄與隴頭人。江南何所有, 聊贈一枝春。'라는 시를 함께 주었다"는
　　　기록이 있다. 여기서의 '농두매'는 이 고사를 인용한 것으로 고향을 그
　　　리는 간절한 마음을 의미한다.

송지문宋之問 656?-712이 쓴 기행시다. 측천무후則天武后 시기 권력자에
게 아첨하며 벼슬을 유지하던 송지문이 현종이 즉위한 뒤 지금의 광
둥廣東성 친欽현흠현으로 유배가면서 대유령, 즉 매령梅嶺의 북역北驛
을 지날 때 썼다.

시인은 기러기와 자신의 처지를 비교하며 돌아갈 기약이 없는 자신의
신세가 기러기만도 못하다고 했다. 또 유배지로 향하는 고통과 고향
을 그리는 간절한 마음을 대조적으로 묘사했다.

🐚 **題大庾岭北驿**
Tí Dàyǔlǐng běiyì

阳月南飞雁,
Yángyuè nánfēi yàn,

传闻至此回。
chuánwén zhìcǐ huí.

我行殊未已,
Wǒ xíng shū wèi yǐ,

何日复归来。
hérì fù guīlái.

江静潮初落,
Jiāng jìng cháo chūluò,

林昏瘴不开。
lín hūn zhàng bùkāi.

明朝望乡处,
Míngzhāo wàngxiāng chù,

应见陇头梅。
yīngjiàn lǒngtóu méi.

대유령(매령)

⚓ 시가 해석

대유령 북역에서 시를 짓다

₁시월에 ₂남으로 ₃날아가는 ₄기러기

₁여기에 이르면 ₂돌아간다 ₃하네.

₁내 ₂가는 길은 ₃아직 ₄끝나지 ₅않았으니

₁어느 ₂날에야 ₃다시 ₄돌아가려나?

₁강물은 ₂고요하니 ₃조수가 ₄막 ₅밀려갔고,

₁숲은 ₂어둡고 ₃독기가 ₄가시지 ₅않았네.

₁내일 ₂아침이면 ₃고향땅 ₄보이는 ₅곳에서

₁아마 ₂고갯마루의 ₃매화를 ₄보고 있겠지.

등왕각滕王閣.
시인이자 문장가로 이름난 왕발王勃은 「등왕각서滕王閣序」에서 등왕각의 경치와 연회의 모습, 자신의 포부를 변려문으로 탁월하게 풀어냈다.

Chapter
08

시가의 황금시대,
성당 시가

성당은 현종玄宗 개원開元 원년713부터 안사安史의 난 이후 대력大
曆 원년766까지의 50여 년을 말한다. 이 시기는 대제국으로 국위를
떨치고 사회경제적으로도 번영하였으나, 안사安史의 난을 기점으로
쇠퇴의 길로 들어섰다. 번영과 쇠퇴, 태평과 전란을 모두 경험한 시
기다.

성당은 세 시기로 구분할 수 있다. 제1기는 현종의 치세 전반기713-
736이다. 현종은 국정을 잘 운영하여 '개원의 치開元之治'라고 불리는
전성기를 맞이했다. 수도 장안長安은 국제도시로서 외국의 문물이 모
여들었으며, 안정과 번영을 이루었다. 제2기는 현종 치세 후반기736-
755이다. 이때 현종은 양귀비楊貴妃와 향락 생활에 빠져 국정에 소홀
했고, 조정에서는 이임보李林甫와 양국충楊國忠이 국정을 농단했다.
또한 밖으로는 주변국들과 빈번하게 전쟁을 일으켜 백성에게 막중한
세금과 요역을 부과하였고, 변경에서는 강력한 병력을 가진 군벌이
형성되었다. 제3기는 안녹산安祿山의 난 이후이다. 안녹산이 난을 일
으켜 낙양과 북경을 함락시키자 현종은 촉蜀으로 피난했다. 결국, 현
종이 물러나고 숙종肅宗이 즉위하여 난을 평정했지만, 당이 망할 때
까지 개원 시대의 번영은 더이상 오지 않았다.

이처럼 번영과 쇠퇴를 배경으로 창작된 성당의 시는 진취적이고 낭
만적인 시풍도 있고, 참담한 사회를 묘사한 현실적이고 침울한 풍격
의 시도 있어 매우 풍부하고 다양한 양상을 보여준다. **TIP**

성당시는 그 이름처럼 당시의 최고봉을 이루었다. '시선詩仙' 이백李
白과 '시성詩聖' 두보杜甫가 나란히 등장하여 중국 시가사에서 최고의
성취를 이루었다. 또 잠참岑參, 고적高適, 왕창령王昌齡 등은 변새 지
역의 이국적인 풍경과 생활을 묘사하여 '변새시파邊塞詩派'를 이루었
고, 왕유王維와 맹호연孟浩然 등은 자연의 풍경이나 전원생활을 담박
하게 노래해 '산수전원시파山水田園詩派'를 형성했다. 이들이 이루어낸
시가 예술상의 높은 성취는 실로 뛰어난 것으로 후세의 시가 창작

양귀비

에 큰 영향을 주게 된다. 명대明代의 전칠자前七子는 "시가는 반드시 성당의 것을 모범으로 삼아야 한다. 詩必盛唐."고 칭찬을 아끼지 않았다.

01 고체시古體詩와 근체시

고체시는 당대 사람이 봤을 때 '옛날 형식의 시가'라는 뜻으로, 고시古詩 또는 고풍古風이라고도 한다. 그러나 근체시 성립 이전의 시라 하더라도 악부체樂府體 시는 일반적으로 고시에 포함하지 않고 따로 분류한다. 또 당대 이후에도 근체시의 형식을 따르지 않고 고체시의 형식을 따른 것은 여전히 고체시라 했다. 고체시는 근체시에 비해 형식과 규칙이 자유롭다. 시의 길이와 압운이 자유롭고, 각 장의 구수句數도 일정하지 않다. 4언四言, 5언五言, 6언六言, 7언七言 등의 형식이 있으며, 각 구의 글자 수가 동일하지 않은 잡언雜言도 있다.

근체시는 당대唐代에 완성된 시체로, 당대 사람들이 봤을 때 '최근에 만들어진 형태의 시'라는 뜻이다. 근체시가 등장하면서 당대 이전의 시는 '고체시'라 부르게 되었다. 근체시는 고체시에 비해 상당히 엄격한 형식의 시로, 구수, 자수, 평측, 압운, 대장對仗 등에 엄격한 규칙을 가지고 있다. 한 구가 다섯 자로 된 시는 오언五言이라 하고 일곱 자로 된 것은 칠언七言이라 한다. 기起·승承·전轉·결結의 네 구로 이루어진 시는 절구絶句라 하고, 절구를 두 배로 한 여덟 구의 시는 율시律詩, 열 구 이상의 시는 배율排律이라 한다. 참고로 5언으로 된 4구의 시는 '오언절구', 7언으로 된 8구의 시는 '칠언율시'라 한다.

작품 01 「봄날 새벽」

春曉
춘효

孟浩然

春眠不覺曉,
춘 면 불 각 효

봄잠에 새벽인 줄 몰랐더니

處處聞啼鳥。
처 처 문 제 조

곳곳에서 새 울음소리 들리네.

夜來風雨聲,
야 래 풍 우 성

간밤에 비바람 소리에

花落知多少?
화 락 지 다 소

꽃은 얼마나 떨어졌을까?

시어 풀이

春眠(봄 춘, 잠잘 면): 봄잠.

不覺(아니 불/부, 깨달을 각): 깨닫지 못하다. 느끼지 못하다.

曉(새벽 효): 새벽. 동트다. 밝다.

處處(곳 처): 도처. 곳곳.

聞(들을 문): 듣다. 들리다.

啼(울 제): 울다.

夜來(밤 야, 올 래): 간밤. 밤사이. 밤새. 밤이 지나는 동안.

風雨(바람 풍, 비 우): 비바람.

落(떨어질 락): 지다.

多少(많을 다, 적을 소): 얼마나.

🐏 春晓
Chūn xiǎo

春眠不觉晓，
Chūnmián bùjué xiǎo,

处处闻啼鸟。
chùchù wén tíniǎo.

夜来风雨声，
Yèlái fēngyǔshēng,

花落知多少?
huā luò zhī duōshǎo?

이해와 감상

이 시는 성당의 저명한 산수전원파 시인 맹호연孟浩然689-740의 작품이다. 그는 벼슬길에 오르지 못했기 때문에 맹산인孟山人이라고도 한다.

맹호연은 짧은 오언시로 산수 전원과 은거의 감정 및 객지 생활의 심정을 써냈다. 이 시는 맹호연의 인생관과 풍격, 작품세계를 보여주는 대표 작품이다. 봄날 새 울음소리에 잠에서 깨어난 시인이 간밤의 비바람에 꽃잎이 얼마나 떨어졌을지를 걱정하는 간단한 내용이지만, 시인의 섬세한 감정을 잘 표현하고 있다.

맹호연

九月九日憶山東兄弟
구월구일억산동형제

王維

獨在異鄕爲異客,
독 재 이 향 위 이 객

홀로 타향에서 나그네 되니

每逢佳節倍思親。
매 봉 가 절 배 사 친

명절마다 친지 생각 더 하네.

遙知兄弟登高處,
요 지 형 제 등 고 처

멀리 있어도 알겠지, 형제들 높은 산에 올라

遍插茱萸少一人。
편 삽 수 유 소 일 인

산수 꽂다 보면 한 사람 적다는 것을.

시어 풀이

九月九日(아홉 구, 달 월, 아홉 구, 날 일): 음력 9월 9일. 중양절重陽節 혹은 중
　　　구절重九節이라 부른다.

憶(생각할 억): 생각하다. 그리워하다.

山東(뫼 산, 동녘 동): 산의 동쪽. 즉 화산華山의 동쪽을 말한다. 왕유는 화산
　　　의 서쪽 장안長安에, 친지들은 화산의 동쪽 고향에 있었
　　　다. 왕유의 고향은 포주蒲州(지금의 산시山西성 융지永濟시)
　　　이다.

異客(다를 이, 나그네 객): 나그네. 타향살이하는 사람.

逢(만날 봉): 만나다. 맞이하다.

佳節(아름다울 가, 때 절): 좋은 때. 좋은 시기. 좋은 명절.

思親(생각할 사, 어버이 친): 어버이를 그리워하며 생각하다. 친지를 생각하다.

遙知(멀 요, 알 지): 멀리서 알다.

登高(오를 등, 높을 고): 높은 산으로 올라가는 중양절 고유의 풍속.

處(곳 처): ~할 때. 이 시에서는 '처處'가 '시時'의 의미이다.

插茱萸(꽂을 삽, 수유 수, 수유 유): 수유를 꽂다. 음력 9월 9일에 악한 기운을
　　　피하기 위해 붉게 익은 수유 송이를 꺾어 머리에 꽂았다고 한다.

少一人(적을 소, 한 일, 사람 인): 한 사람이 적다. 가족 가운데 시인 자신이 빠
　　　져 있다는 말이다.

🐌 九月九日忆山东兄弟
Jiǔyuè jiǔrì yì Shāndōng
xiōngdì

独在异乡为异客,
Dú zài yìxiāng wéi yìkè,

每逢佳节倍思亲。
měiféng jiājié bèi sīqīn.

遥知兄弟登高处,
Yáozhī xiōngdì dēng
gāochù,

遍插茱萸少一人。
biàn chā zhūyú shǎo yìrén.

이해와 감상

이 시는 현종 개원 4년716 왕유王維701-761가 17세 때 장안에서 쓴 작
품이다. 중양절을 맞아 가족들이 더욱 그리워진 시인은 고향의 가족
들이 수유를 머리에 꽂으며 자신을 생각할 것이라고 상상한다. 타향
살이로 외로워진 시인의 고향을 그리는 정이 잘 드러나 있다.
　왕유는 관직에서 물러난 뒤 산수자연에 은거하고 불교에 귀의했으므
로, 그의 작품은 불교적 색채가 농후하다. 그는 그림에도 뛰어나, 남
송화南宋畫의 시조始祖로서 추앙된다. 그의 시는 화가의 눈으로 자연
미를 관찰하고, 그 감정을 회화 수법으로 그려내어 마치 한 폭의 산
수화를 보는 듯하다. "시 중에 그림이 있다"**TIP**라 말한 송宋나라 소식
蘇軾의 평가는 왕유 시의 이런 특징을 잘 보여준다.

> **TIP**
>
> **시중유화, 화중유시**
> **詩中有畫, 畫中有詩**
> 송대의 소식蘇軾이 왕유의
> 시를 평한 말로, "시 안에
> 그림이 들어 있고, 그림 안
> 에 시가 들어 있다"라는 뜻
> 이다.
> 문인화의 1인자였던 왕유
> 가 그린 산수화에는 시의
> 정취와 이미지가 들어 있
> 고, 그의 시를 읽으면 그림
> 이 자연스럽게 그려진다는
> 의미이다. 즉, 시가 그림이 되
> 고 그림이 시가 되는 예술
> 경지를 말한 것이다.

📖 읽을거리

01 중양절重陽節

중양절은 매년 음력 9월 9일을 가리키는 중국의 전통 명절로, 액운을 막기 위하여 수유茱萸 주머니를 차거나 수유를 머리에 꽂고 높은 산에 올라가 국화주를 마시는 풍속이 있다.

중국의 음양철학에서 짝수는 음陰, 홀수는 양陽을 나타내는데, 9는 홀수 즉 양수 가운데 가장 큰 수다. 중양절은 가장 큰 양수인 9가 두 번 겹친 날이므로 중구절重九節이라고도 하며, 1년 중 양기가 가장 충만한 날이다.

중양절에 대해 양梁나라 오균吳均의 『속제해기續齊諧記』에 다음과 같은 내용이 있다. "진晉나라 환경桓景이 비장방費長房을 따라 수년간 학문을 배웠다. 하루는 장방이 '9월 9일에 집안에 재앙이 있을 터이니 급히 집을 떠나야 한다. 집안사람들에게 붉은 주머니에 수유茱萸를 담아 팔에 매고 높은 곳에 올라 국화주를 마시게 하면 재앙을 면할 것이다.'라고 했다. 환경이 그 말을 따라, 온 집안사람들이 높은 곳에 올라갔다가 저녁에 돌아와 보니, 기르던 닭·개·소·양 등이 모두 죽어 있었다. 장방이 이를 듣고 동물들이 대신 죽어 액땜한 것이라고 했다." 지금 세상 사람들이 9월에 높은 산에 올라 술을 마시고 부인들이 수유茱萸 주머니를 차는 것은 이 일에서 시작되었다.

수유

작품 03 「고향에 돌아와 우연히 시를 쓰다」

回鄕偶書
회향우서

賀知章

少小離家老大回,
소 소 리 가 로 대 회
젊어서 집을 떠나 다 늙어 돌아오니

鄕音無改鬢毛衰。
향 음 무 개 빈 모 쇠
고향 사투리 여전한데 귀밑머리 세었네.

兒童相見不相識,
아 동 상 견 불 상 식
아이들은 보고도 알아보지 못하고

笑問客從何處來。
소 문 객 종 하 처 래
웃으며 묻네, 손님은 어디서 오셨냐고.

回乡偶书
Huíxiāng ǒushū

少小离家老大回,
Shàoxiǎo líjiā lǎodà huí,

乡音无改鬓毛衰。
xiāngyīn wúgǎi bìnmáo cuī.

儿童相见不相识,
Értóng xiāngjiàn bù xiāngshí,

笑问客从何处来。
xiào wèn kè cóng héchù lái.

하지장을 기리는 소흥紹興의 비감사
秘監祠

TIP

절구

당나라 때 완성된 근체시의 한 형식으로, 기起·승承·전轉·결結의 네 구로 구성된다. 한 구가 다섯 자로 된 시는 오언五言절구라 하고, 일곱 자로 된 시는 칠언七言절구라 한다. 한자에는 고저장단이 있으므로 이를 잘 배열하면 음악적 효과가 있다. 이 때문에 오언절구와 칠언절구에서는 압운과 평측을 잘 활용하여 음악적 효과를 극대화시키고자 했다.

▌시어 풀이

回鄕(돌아올 회, 고향 향): 고향으로 돌아오다. 하지장의 고향은 월주越州 영흥永興(지금의 저장성 항저우杭州시)이다.

偶書(뜻하지 않게 우, 쓸 서): 우연히 쓰다. 수시로 본 것, 느낀 것을 쓰다. 감흥을 만나서 쓰다.

少小離家(젊을 소, 어릴 소, 떠날 리, 집 가): 어릴 때 집을 떠나다. 하지장이 37세에 진사進士가 되었는데, 이 이전에 고향을 떠났던 것을 말한다.

鄕音(고향 향, 소리 음): 고향 말씨. 고향 사투리.

無改(없을 무, 고칠 개): 어떤 변화도 없다.

鬢毛衰(살쩍 빈, 털 모, 쇠할 쇠): 귀밑머리가 하얗게 세고 성글어졌다.

相見(서로 상, 볼 견): 나를 보다. '상相'은 대명사 성격의 부사로, 즉 '나'를 의미한다.

不相識(아니 불, 서로 상, 알 식): 나를 알아보지 못 하다.

笑(웃을 소): 웃다.

▌이해와 감상

이 시는 성당의 시인 하지장賀知章 659-744의 작품이다. 시인이 젊어서 집을 떠났다가 팔십이 넘어 고향에 돌아와서 느낀 감회를 묘사했다. 오랜 세월이 흐른 뒤 고향에 돌아와서 낯설어하는 정경을 자연스럽고 쉬운 언어로 표현했다.

하지장은 어려서부터 시와 문장으로 이름이 났다. 성품이 호방하고 활달하며 얽매임이 없고 술을 좋아했다. 그래서인지 두보杜甫는 「음중팔선가飮中八仙歌」에서 하지장을 음중팔선飮中八仙의 한 사람으로 꼽았다. 하지장은 절구絶句**TIP**를 잘 지었으며, 자연 경치를 묘사한 시와 감회를 표현한 시는 특색 있고 청신한 맛이 있다.

하지장과 이백李白

이백이 처음 장안에 왔을 때 자극궁紫極宮이란 도관道觀에 머물고 있었는데, 하지장이 이백의 명성을 듣고 찾아왔다. 이백이 지은 시「촉으로 가는 길 어려워라蜀道難」를 본 하지장은 그 시를 극찬하며, 그를 '하늘에서 귀양 온 신선'이라는 의미로 '적선인謫仙人'이라 불렀다. 당시 하지장은 이백보다 40여 살 연상이었지만, 두 사람은 망년지교忘年之交를 맺고 거리낌 없이 어울렸다. 하루는 하지장과 이백이 술을 실컷 마신 후 술값을 계산하려고 보니 돈이 없었다. 하지장은 3품 이상의 관리가 차고 다니던 금귀金龜를 허리춤에서 풀어 술값 대신으로 맡겼다. "금 거북을 술과 바꾼다金龜換酒"는 고사성어는 이 이야기에서 나온 것이다.

취팔선醉八仙

당나라 때 술을 좋아했던 여덟 사람을 말하는데, '주중팔선酒中八仙', '음중팔선飮中八仙'이라고도 한다. 여기에 속하는 여덟 사람은 하지장賀知章, 이백李白, 이적지李適之, 이진李璡, 최종지崔宗之, 소진蘇晉, 장욱張旭, 초수焦遂이다. 두보는 「음중팔선가飮中八仙歌(술 마시는 여덟 신선의 노래)」에서 이들의 취중 기행과 흥취를 묘사했다. 이 가운데 하지장에 대해서 "하지장은 (술을 마시고) 말타기를 배 타듯 하고, 몽롱한 눈으로 우물에 떨어져도 그 바닥에서 잔다네. 知章騎馬似乘船。眼花落井水底眠。"라고 하였고, 이백에 대해서는 "이백은 술 한 말에 시가 백 편인데, 장안의 저잣거리 술집에서 자기도 하고, 천자가 불러도 배에 오르지 않았으며, 자신을 술 속의 신선이라 칭하네. 李白斗酒詩百篇, 長安市上酒家眠, 天子呼來不上船, 自稱臣是酒中仙。"라고 표현했다. 후인들은 두보의「음중팔선가」를 그림으로 그렸는데, 대표작으로는 명대明代 화가 두근杜菫의「음중팔선도飮中八仙圖」가 있다.

두근의「음중팔선도」

磧中作
적중작

岑參

走馬西來欲到天, 　　　말 달려 서쪽으로 하늘 끝까지 가려 하니
주 마 서 래 욕 도 천

辭家見月兩回圓。 　　　집 떠나 두 번이나 둥근 달을 보았네.
사 가 견 월 양 회 원

今夜不知何處宿, 　　　오늘 밤도 어디서 묵을지 모르는데
금 야 부 지 하 처 숙

平沙萬里絶人煙。 　　　만 리 먼 광활한 사막엔 인가의 연기 끊어졌네.
평 사 만 리 절 인 연

시어 풀이

磧(사막 적) : 사막. 여기서는 지금의 신장新疆 퉈커쉰托克遜현 부근의 은산적
　　　銀山磧을 가리킨다.

走馬(달릴 주, 말 마): 말을 달리다. 말을 타다.

西來(서녘 서, 올 래): 서쪽으로. '래來'는 조사로 사용됐다.

欲到天(하고자 할 욕, 이를 도, 하늘 천): 광활한 사막의 끝과 하늘이 맞닿은
　　　곳, 즉 '하늘 끝까지 가려 하다'의 뜻이다.

辭家(말씀 사, 집 가): 집을 떠나다.

見月兩回圓(볼 견, 달 월, 둘 양, 돌아올 회, 둥글 원): 보름달을 두 번 보았다는
　　　말로, 집 떠난 지 두 달이 됐음을 말한다.

平沙萬里(평평할 평, 모래 사, 일만 만, 거리 리): '평사平沙'는 광활하게 펼쳐진
　　　사막을 가리키고, '만리萬里'는 까마득하게 펼쳐진 것을 말한다.

絶人煙(끊을 절, 사람 인, 연기 연): 인가人家에서 한 줄기 연기조차 보이지 않
　　　음을 나타낸다. '인연人煙'은 '인가에서 나는 연기', 즉 사람이 사는 곳
　　　을 말한다.

磧中作
Qì zhōng zuò

走马西来欲到天,
Zǒumǎ xīlái yù dàotiān,

辞家见月两回圆。
cíjiā jiàn yuè liǎng huí yuán.

今夜不知何处宿,
Jīnyè bùzhī héchù sù,

平沙万里绝人烟。
píngshā wànlǐ jué rényān.

신장의 은산적

이해와 감상

이 시는 천보天寶 8년749 잠삼岑參 718?-769?이 처음 서쪽으로 종군했을
때 지은 것으로, 끝없이 펼쳐진 광활한 사막에 떠오른 보름달을 보며
느낀 감회를 묘사하고 있다. 자신이 쉴 곳이 어디인지 모르고, 사람
의 자취마저 끊어진 변방의 사막에서 시인이 느꼈을 고적감과 황량감
이 고스란히 전해진다.

잠삼은 변방의 황량한 풍경과 혹독한 기후 환경, 전쟁의 참혹한 모습
과 병사들의 고통, 소수민족들의 풍습과 문물 등 변경을 묘사한 시를
많이 지어, 변새시邊塞詩라는 새로운 시의 영역을 확립했다. 고적高適
과 함께 당대 변새시파邊塞詩派의 대표시인으로 추앙받았다. 장편 가
행체歌行體에 특히 뛰어났으며, 칠언절구도 잘 썼다.

01 압운押韻

우리말의 한 음절은 초성·중성·종성으로 나뉘지만, 중국어는 '성聲'과 '운韻'으로 나뉜다. 예를 들어 '동東 dōng'이라는 글자를 구분하면 우리말로는 초성 'ㄷ'·중성 'ㅗ'·종성 'ㅇ'으로 구분되지만, 중국어에서는 'd'라는 '성'과 'ōng'이라는 '운'으로 나뉜다. 그리고 우리말에 없는 '성조'는 '운'에 포함된다.

'압운'이란 '운을 달다'는 뜻으로, 중성과 종성 그리고 성조를 맞춘다는 뜻이다. 대체로 5언시에서는 제2구와 4, 6구의 끝 글자에 압운자를 두고, 7언시에서는 제1구와 2, 4, 6, 8구의 끝 글자에 압운자를 둔다. 송대에 편찬된 『광운廣韻』에서는 2만 6천 자의 한자 발음을 206운으로 분류하여 정리했다.

02 평측平仄

현대한어現代漢語에는 제1성~제4성까지 4개의 성조가 있고, 고대한어古代漢語에는 평성平聲·상성上聲·거성去聲·입성入聲의 4개 성조가 있었다. 평성은 또 양평陽平과 음평陰平으로 나뉘는데, 양평은 현대한어의 제1성, 음평은 현대한어의 제2성에 해당한다. 상성은 제3성, 거성은 제4성에 해당한다. 입성은 원나라 몽골족의 지배 이후 소실되었고, 광동방언 등 일부 방언과 우리말 한자음에 남아 있다. 1~10까지의 숫자로 예를 들면, 1일, 6육, 7칠, 8팔, 10십이 입성자다.

'평측'이라 할 때, 평은 평성을 가리키고, 측은 상성, 거성, 입성을 가리킨다. 시를 지을 때 음악적인 리듬감을 극대화하기 위하여 이렇듯 평평하고 트인 소리와 기울어진 소리, 막힌 소리를 적절하게 배치하는 것이다. 고체시에서는 시인이 자유롭게 평측을 구분하여 지었으나, 근체시에는 '평평측측평' 또는 '평평측측평평측'처럼 평성과 측성의 자리가 정해져 있어 이 규칙에 맞게 글자를 넣어야 한다. 제1구의 두 번째 글자가 평성이면 평기식平起式이라 하고, 측성인 경우 측기식仄起式이라 한다.

	오언절구(측기식)	칠언절구(평기식)
기起句	◐ ● ○ ○ ●	○ ○ ◐ ● ● ○ ◎
승承句	◐ ○ ◐ ● ◎	◐ ● ◐ ○ ◐ ● ◎
전轉句	◐ ○ ○ ● ●	◐ ● ○ ○ ◐ ● ●
결結句	◐ ● ◐ ○ ◎	◐ ○ ◐ ● ● ○ ◎

＊ ○(평성), ●(측성), ◐(평성/측성 어느 것도 무방), ◎(압운)

Chapter
09

유배당한 신선,
이백

이백

이백李白은 중국 시사詩史에서 두보杜甫와 쌍벽을 이루는 시인이다. 그는 우리에게는 "달아 달아 밝은 달아. 이태백이 놀던 달아."라는 우리의 달타령에도 등장하고, '주태백'이라는 상호로도 우리에게 가장 친숙한 중국 시인이다.

이백은 자가 태백太白이며 호는 청련거사青蓮居士이다. 이백은 열 살 때 이미 시서詩書와 제자백가諸子百家 그리고 도가道家의 서적까지 섭렵했고, 당시 유행하던 도교의 영향을 받아 도사들과 왕래하는 등 신선사상의 영향을 받았다. 이 시기 선비들은 명사들과의 사귐을 통해 벼슬에 나아가려고 이러한 유랑을 하는 경우가 많았는데, 이백도 25세 때 세상을 구하겠다는 포부를 안고 고향을 떠나 여기저기를 유랑했다. 3년 동안 창장長江강 일대를 유람하면서 수만금을 써가며 벗들과 사귀었고, 안륙安陸에서 결혼하여 3년간의 안정된 생활을 누렸다. 하지만 청운의 꿈을 품고 있던 이백은 벼슬을 하여 자신의 뜻을 펴고자 장안으로 길을 떠나게 된다. 장안에서 만난 하지장賀知章에게는 '하늘에서 귀양 온 신선謫仙人(적선인)'**TIP**이라는 찬사를 받기도 했지만, 결국은 정계 진출 시도가 무산되었다. 실의에 빠진 이백은 술로 시름을 위로하고, 때때로 유람의 즐거움으로 자신의 마음을 달랬다.

이백은 43세의 비교적 늦은 나이에 오균吳筠의 천거로 한림공봉翰林供奉에 임명되어 이상을 실현할 기회가 왔다고 기뻐한다. 그러나 당시 현종은 정치적 열정이 쇠퇴하여 이전의 영명한 황제가 아니었고, 안락만을 추구하고 있었다. 이백에게 원했던 것 역시 술자리에서 시를 짓는 것뿐이었다. 이에 회의를 느낀 이백은 결국 3년 만에 장안을 떠나 이곳저곳을 유랑한다.

장안을 떠난 이백은 명승지를 유람하거나 도사 생활을 하며, 신선 사상을 추구했다. 유랑생활 중 두보, 고적高適과 같은 당대의 쟁쟁한 시인과 의기투합하고 제왕을 비판하며 정국을 우려하는 작품을 지어

TIP

시선詩仙
'시의 신선'이라는 뜻으로, 이백의 별명처럼 불려지는 이 호칭은 시인 이백의 풍격을 한마디로 요약한 단어이다.
이 호칭은 이백이 742년 하지장賀知章이 자유분방하고 낭만적인 이백의 시를 본 뒤, 그를 '하늘에서 귀양 온 신선'이라는 의미의 '적선인謫仙人'으로 칭한 데서 유래했다. 게다가 시에 얽힌 일화들과 신선 세계를 추구한 시들이 이 호칭과 잘 어울려 이백을 '시선'이라 부르게 되었다.

내는 가운데 그의 필력은 더욱 원숙해졌다.**TIP**

안녹산의 난이 발발하자 현종의 아들 영왕永王 이린李璘의 권유에 못 이겨 이린의 막부에 들어간다. 하지만 새로운 황제로 숙종肅宗이 즉위하자 이백은 반역죄로 옥살이 끝에 귀양을 가다가 겨우 사면되었다. 이백은 좌절감과 고독을 술로 달래며 당 조정의 무능과 부패가 안사의 난이라는 불행한 비극을 낳았음을 표현하는 기개가 웅대한 많은 시를 창작했다. 62세의 이백은 지병이 악화되어 자신의 모든 작품을 친척 이양빙李陽冰에게 맡기고 죽음을 맞게 된다.**TIP**

이백은 초나라 굴원屈原의 영향을 크게 받아서, 그의 시는 낭만주의적 색채가 강하다. 그는 그만의 천재성을 낭만적이고 환상적인 수법 등을 통해 시의 곳곳에서 여실히 드러내었다. "맑은 물에서 연꽃이 나온 듯 자연스러워서 수식한 데가 없다.淸水出芙蓉、天然去彫飾。"는 바로 이백의 시가 지향하는 바였다. 사실 그의 시 대부분은 조작하고 다듬은 흔적을 찾을 수 없고, 마치 자연스럽게 이루어진 것 같은 느낌을 준다.

이백은 맑고 깨끗한 자연 속에 은일하면서 유유자적하는 생활을 통해 자연의 이치를 깨닫고, 자연 속에서 인간 사회의 추악함을 씻어내고 해탈한 참된 삶을 얻고자 했다. 그래서 이백은 촉蜀 지방, 황허黃河강 유역, 강남 지역의 수많은 명산대천을 찾아다녔고, 소박한 자연과 끊임없이 대화를 나누었으며, 수많은 산수시를 남겼다. 그의 시에는 웅장함과 비범한 기세가 드러난다. 또 아름다운 색채 및 신화적인 분위기를 조성하고 자연의 아름다움을 감동적으로 표현하여 중국 산수시 발전에 지대한 공헌을 했다.**TIP**

두보는 이백의 시를 두고 "붓을 대면 놀란 듯한 비바람 일게 하고, 시가 이루어지면 귀신도 울린다.筆落驚風雨、詩成泣鬼神。"라며 극찬했다. 이백은 이처럼 비범한 시재詩才를 지니고 있었으며, 항상 격렬한 감정과 기상천외한 상상력을 통해 천마가 하늘을 날 듯이 시를 지었다. 그는 평범하고 일상적인 것들을 초월하여 보통 사람들이 감히 상상조차 하지 못한 웅장하고 환상적인 것들을 시로 표현했다.

「고요한 밤의 그리움」

靜夜思
정야사

李白

牀前明月光,
상 전 명 월 광

침상 머리 밝은 달빛

疑是地上霜。
의 시 지 상 상

땅 위에 내린 서리인 줄.

擧頭望明月,
거 두 망 명 월

고개 들어 밝은 달 바라보다

低頭思故鄕。
저 두 사 고 향

고향 생각에 고개 숙여지네.

🐚 **静夜思**
Jìng yè sī

床前明月光，
Chuáng qián míngyuè
guāng,

疑是地上霜。
yí shì dìshàng shuāng.

举头望明月，
Jǔtóu wàng míngyuè,

低头思故乡。
dītóu sī gùxiāng.

▌시어 풀이

牀(평상 상): 평상. 침상. '상牀'이 옛날에는 '창窓'으로 쓰이기도 하여 창문으로
　　　　　 해석하는 경우도 있다.
疑(의심할 의): 의심하다. 의아하게 생각하다. 아마도 ~인듯하다.
擧頭(들 거, 머리 두): 고개를 들다.
低頭(숙일 저, 머리 두): 고개를 숙이다.
思(생각할 사): 생각하다. 그리워하다.

▌이해와 감상

중국인이라면 누구나 암송하는 이 시는 나그네가 잠 못 드는 밤에 고
향이 그리워 쓴 것이다. 20자 밖에 안 되는 짧은 시지만, 나그네의 향
수를 잘 표현한 명시이다.

여기저기 떠돌며 고향을 찾지 못한 나그네가 자다가 깨보니 침상 머
리에 하얀 달빛이 내려와 있어 잠결에 땅을 하얗게 덮은 서리가 아닐
까 생각한다. 물끄러미 밝은 달을 바라보고 있으려니 문득 오랫동안
가보지 못한 고향 그리움에 절로 고개가 숙여진다.

달빛을 서리가 내린 것으로 생각한 것으로 보아 이 시를 지은 계절은
늦가을이다. 늦가을은 풍성함과 안온함을 상징하기도 하지만, 여기저
기 떠도는 나그네에게는 차가움이 더해지면서 다른 계절보다 마음이
더욱 애달프고 쓸쓸하다. 그래서 나그네는 달을 보더라도 달의 따뜻
함을 느끼지 못하고 차가운 서리라고 생각한 것이다.

月下獨酌

월하독작

李白

花間一壺酒，
화 간 일 호 주

꽃 사이 술 한 병

獨酌無相親。
독 작 무 상 친

친구 없이 홀로 마시네.

擧杯邀明月，
거 배 요 명 월

잔 들어 밝은 달 불러

對影成三人。
대 영 성 삼 인

그림자 마주하니 세 사람이로구나.

月旣不解飮，
월 기 불 해 음

달은 본래 마시는 걸 모르고

影徒隨我身。
영 도 수 아 신

그림자는 그저 내 몸을 따르네.

暫伴月將影，
잠 반 월 장 영

잠시 달과 벗하고 그림자 거느리니

行樂須及春。
행 락 수 급 춘

역시 즐기는 건 봄이 제맛이다.

我歌月徘徊，
아 가 월 배 회

나는 노래하고 달은 배회하고

我舞影零亂。
아 무 영 령 란

내가 춤추니 그림자는 흔들흔들.

醒時同交歡，
성 시 동 교 환

덜 취했을 땐 더불어 즐기다가

醉後各分散。
취 후 각 분 산

취하니 서로가 흩어지네.

永結無情遊，
영 결 무 정 유

영원히 정 없는 그대들과 노니길 정하고

相期邈雲漢。
상 기 막 운 한

머나먼 은하수에서 만나길 약속하네.

月下独酌
Yuè xià dú zhuó

花间一壶酒,
Huā jiān yì hú jiǔ,

独酌无相亲。
dú zhuó wú xiāngqīn.

举杯邀明月,
Jǔ bēi yāo míngyuè,

对影成三人。
duì yǐng chéng sānrén.

月既不解饮,
Yuè jì bù jiě yǐn,

影徒随我身。
yǐng tú suí wǒ shēn.

暂伴月将影,
Zàn bàn yuè jiāng yǐng,

行乐须及春。
xínglè xū jí chūn.

我歌月徘徊,
Wǒ gē yuè páihuái,

我舞影零乱。
wǒ wǔ yǐng língluàn.

醒时同交欢,
Xǐng shí tóng jiāohuān,

醉后各分散。
zuì hòu gè fēnsàn.

永结无情游,
Yǒng jié wúqíng yóu,

相期邈云汉。
xiāng qī miǎo yúnhàn.

▌시어 풀이

酌(마실 작): (술을) 마시다.

壺(병 호): 병, 술병.

相親(서로 상, 친할 친): 친한 사람. 친구나 친척들을 가리킨다.

邀(맞을 요): 맞이하다.

旣(원래 기): 원래. 본래.

將(동반할 장): 동반하다.

須(모름지기 수): 모름지기. 마땅히.

徘徊(어정거릴 배, 머뭇거릴 회): 배회하다. 머뭇머뭇하다.

零亂(떨어질 령, 어지러울 란): 어지럽다. 어수선하다.

交歡(주고 받을 교, 즐거움 환): 즐거움을 나누다.

無情(없을 무, 정 정): 정이 없다. 달과 그림자는 감정을 지닌 사물이 아니기 때문에 '정이 없다'라고 말했다.

期(기약할 기): 기약하다.

邈(멀 막): 멀다.

雲漢(구름 운, 은하수 한): 은하수. 정 없는 만남을 가질 수 있는 곳, 즉 세속을 떠난 곳을 가리킨다.

▌이해와 감상

이 시는 전체 4수로 이루어진 시 중에서 첫 번째 수이다. 봄밤에 달과 그림자를 벗 삼아 홀로 술을 마시는 상황을 노래하고 있다.

술잔 들어 달을 불러, 나와 그림자 이렇게 셋이 되어 함께 술을 마신다는 기상천외한 상상력이 이백의 낭만성을 충분히 보여주고 있다. 한편 지기를 만나지 못해 홀로 술을 마실 수밖에 없는 외로움도 깃들어 있다.

이백은 세상을 구하고 백성을 돕겠다는 생각으로 간신히 관직을 얻어 황제의 주변에 머물지만, 그 자리는 자신이 원하는 정치적 이상을 펼칠 수 있는 자리가 아니었다. 정치적 모략으로 관직에서 물러난 이백은 그로 인해 느낀 우울하고 괴로운 심정을 이 시에서 은연중에 잘 나타내고 있다.

01 이백과 술

이백은 술을 매우 사랑했다. '주태백酒太白'이라는 말과 '주태백'이라는 술집의 존재, '태백주'와 '이백주'라는 술의 제조·판매는 이 사실을 단적으로 보여 준다. 당대 시인 두보는 「술 마시는 여덟 신선의 노래飮酒八仙人」라는 시에서 "이백은 술 한 말에 시가 백 편인데, 장안의 저잣거리 술집에서 자기도 하고, 천자가 불러도 배에 오르지 않으며, 자신을 술 속의 신선이라 칭하네. 李白斗酒詩百篇，長安市上酒家眠。天子呼來不上船，自稱臣是酒中仙。"라 했다. 술을 좋아해 술을 마시면 시가 절로 나오고, 술에 취해 황제가 불러도 아랑곳하지 않는 이백을 묘사한 것이다.

태백주

다른 사람의 글뿐만 아니라, 이백 자신이 쓴 시를 통해서도 그가 술을 좋아했다는 사실을 잘 알 수 있다. 이백이 평생 지은 시가 1천 수가 넘는데, 그중 술을 언급하고 있는 시가 170여 수나 된다. 술을 좋아한 이백은 사람들에게 술을 권하는 시를 쓰기도 했다. 권주가로 유명한 「장진주將進酒」가 바로 그 시다. 이 시에서 이백은 사람은 기쁠 때 술을 마셔야 한다며, "인생에서 뜻을 이루거든 마음껏 즐겨야 하니, 황금 술단지를 달 아래 그대로 두지 마라. 人生得意須盡歡，莫使金樽空對月。"이라고 했다. 또 괴로울 때도 술을 마시고는 "오로지 내내 취하여 깨지 않기를 但願長醉不用醒"이라고 하면서, 기쁠 때도 괴로울 때도 술과 함께 할 것을 권했다. 이백은 뛰어난 재능에도 불구하고 뜻을 이루지 못한 슬픔을 술로 달래었기에, 그에게 있어 술은 '만고의 시름'을 삭여주는 영원한 친구였다.

獨坐敬亭山
독좌경정산

李白

衆鳥高飛盡,
중 조 고 비 진

외로운 구름은 높이 날아 사라지고

孤雲獨去閒。
고 운 독 거 한

외로운 구름은 홀로 한가로이 떠가네.

相看兩不厭,
상 간 양 불 염

둘이 마주 보며 싫어하지 않은 것은

只有敬亭山。
지 유 경 정 산

오직 경정산 뿐이라네.

独坐敬亭山
Dú zuò Jìngtíngshān

众鸟高飞尽,
Zhòngniǎo gāofēi jìn,

孤云独去闲。
gūyún dú qù xián.

相看两不厌,
Xiāngkàn liǎng búyàn,

只有敬亭山。
zhǐyǒu Jìngtíngshān.

▌시어 풀이

敬亭山(공경 경, 정자 정, 뫼 산): 경정산. 지금의 안후이安徽성 쉬안청宣城시
　　　북쪽에 있는 산이다. 경정산은 이백이 좋아했던 육조 시기의 시인 사
　　　조謝脁가 선성宣城태수로 있을 때 자주 올랐던 곳이다. 경정산은 이백
　　　이 쓴 이 시로 인해 유명해졌다.

衆鳥(무리 중, 새 조): 뭇 새.

盡(다할 진): 없어지다. 사라지다.

孤雲(외로울 고, 구름 운): 외로이 떠도는 구름.

相看(서로 상, 볼 간): 서로 바라봄.

厭(싫어할 염): 싫어하다. 미워하다.

只(다만 지): 다만. 오직.

경정산

▌이해와 감상

이 시는 경정산을 마주하며 드는 관조의 세계를 그린 것이다. 모든
사물은 때가 되면 사라져 버리는데, 경정산만은 새가 날아가도 구름
이 떠나가도 그저 무심하게 늘 변함없이 그 자리에 있다. 이백은 경정
산에 생명력을 부여하고 의인화하여, 산이 마치 자신을 이해하고 위
로해 주는 것처럼 묘사하고 있다. 또한 사람이 산이고 산이 사람인
듯 물아일체가 된 선禪의 경지도 보여주고 있다. 20자의 짧은 절구이
지만 음미하면 음미할수록 깊은 맛이 우러난다.

望廬山瀑布
망여산폭포

李白

日照香爐生紫煙,
일 조 향 로 생 자 연

遙看瀑布挂前川。
요 간 폭 포 괘 전 천

飛流直下三千尺,
비 류 직 하 삼 천 척

疑是銀河落九天。
의 시 은 하 락 구 천

향로봉에 햇빛 비쳐 자줏빛 안개 어리고

멀리서 보니 폭포는 긴 냇물 매단 듯.

날 듯이 쏟아지는 물줄기 3천 자이니

은하수가 하늘에서 떨어지는가.

시어 풀이

廬山(농막집 려, 뫼 산): 여산. 지금의 장시江西성 주장九江시에 있다. '광산匡山', '광여匡廬'라고도 한다. 가장 높은 봉우리는 한양봉漢陽峰으로, 높이는 해발 1474m이다. 험준한 산봉우리와 기이한 자연풍광으로 널리 알려져 있고, 수많은 시인 묵객이 여산과 관계된 4,000여 수의 시문과 서화 등을 남겼다. 1996년에 유네스코 세계문화유산으로 등재되었다.

瀑布(폭포 폭, 베 포): 여산에는 폭포가 많은데, 이백의 시에 등장하는 폭포는 개선開先폭포이다.

香爐(향 향, 향로 로): 여산의 다섯 봉우리 중 하나인 향로봉香爐峰. 이 봉우리는 여산의 서북쪽에 있는데, 봉우리가 둥글고 뾰족하다. 산 정상에 구름과 안개가 모였다 흩어졌다 할 때 마치 향로처럼 보여서 이런 명칭이 생겼다.

紫煙(자줏빛 자, 안개 연): 햇빛이 비칠 때 생기는 자줏빛 안개.

遙看(멀 요, 볼 간): 멀리서 보다.

挂(걸 괘): 걸다. 매달다. '掛걸 괘'와 같은 글자이다.

前川(앞 전, 내 천): 멀리 흘러가는 냇물.

飛流(날아갈 비, 흐를 류): 날아가는 듯 흐르다. 빨리 흐름을 비유한다.

三千尺(석 삼, 일천 천, 자 척): 3천 자. 폭포가 시작하는 곳이 아주 높다는 것을 나타낼 뿐 실제 높이를 말하는 것은 아니다. '삼三'은 '많다'는 의미의 완전수 개념으로 사용되었다.

銀河(은 은, 물 하): 은하수. 이 시에서는 폭포를 비유한다.

九天(아홉 구, 하늘 천): 아홉 겹 하늘. 하늘 중 가장 높은 곳을 말한다. 폭포의 낙차가 아주 큼을 비유하기 위해 사용했다.

望庐山瀑布
Wàng Lúshān pùbù

日照香炉生紫烟,
Rìzhào Xiānglú shēng zǐyān,

遥看瀑布挂前川。
yáokàn pùbù guà qiánchuān.

飞流直下三千尺,
Fēi liú zhíxià sānqiān chǐ,

疑是银河落九天。
yíshì yínhé luò jiǔtiān.

여산의 개선폭포

이해와 감상

이 시는 이백이 금릉金陵(지금의 난징南京)을 유람하다가 여산에 들렀을 때 지었으며, 총 2수 중 두 번째 시다. 여산 폭포의 웅장한 기세를 독특한 착상과 기발한 과장법을 통해 호방한 기개로 노래했다.

제1구와 2구에서는 햇빛과 안개, 멀리서 보이는 폭포의 모습을 그림 그리듯 묘사했고, 제3구와 4구에서는 '삼천척'과 '은하수'의 과장법을 통해 수직으로 쏟아져 내리는 폭포의 장관과 기세를 표현했다. 특히 제3구 "날 듯이 쏟아지는 물줄기 3천 자 이니飛流直下三千尺"는 오늘날에도 인구에 널리 회자되는 이백의 명구이다.

읽을거리

01 이백, 양귀비와 고력사高力士

이백은 나이 42세742에 당시 당나라 황제였던 현종에게 불려가 관직을 맡게 된다. 이백은 세상을 구하고 백성을 구제하려는 자신의 뜻을 펼칠 기회가 왔다고 생각했지만, 그가 궁중에서 하는 일이란 황제 옆에서 황제를 위한 시를 짓는 일이었다. 이에 이백은 실의하여 벗들과 함께 술을 마시고 시를 지으면서 나날을 보냈다.

하루는 현종이 양귀비를 데리고 나들이를 갔다가 명가수 이구년李龜年의 노래를 듣고 새로운 가사를 듣고 싶어 이백을 찾았다. 이구년은 사방팔방 이백을 찾으러 다녔는데, 이백은 대낮부터 취해 술집에서 자고 있었다. 이구년은 인사불성이 된 이백을 업고 황제 앞에까지 데리고 와서는 겨우겨우 이백을 깨워 이백에게 시를 짓도록 했다. 이백은 술에 취해 몸을 가누지 못해 환관 고력사에게 신발을 벗기게 하고, 양귀비에게는 먹을 갈게 했다. 그리고 붓을 들어 지금까지도 중국인이 애창하는 시 「청평조淸平調」를 지었다. 이백이 시를 다 짓자 이구년이 곡을 붙이고 노래를 불렀다. 황제와 양귀비를 포함한 모든 사람들이 넋을 잃은 듯 들었다.

하지만 고력사는 자신에게 창피를 준 이백에게 앙심을 품고 「청평조」 가사 중 "가련한 조비연이 새 단장을 하면 모를까可憐飛燕倚新粧"가 양귀비를 모함한 것이라고 이백을 중상했다. 한나라의 조비연은 미인이기는 하나 음란하다고 하여 자살로 생을 마감한 여자인데, 그녀를 양귀비와 비교한 것은 양귀비를 깎아내리기 위한 것이라고 한 것이다. 양귀비는 고력사의 말을 곧이곧대로 믿고 현종에게 이백을 쫓아내라고 했다. 현종은 양귀비가 시키는 대로 이백을 사직시키고 궁에서 내보냈다. 44세의 이백은 장안을 떠나 다시 유랑의 길로 나서게 되었다.

Chapter
10

유가의 모델,
두보 시

두보

두보杜甫712-770는 시의 성인이라는 뜻인 '시성詩聖'TIP으로 불리며, 이백과 더불어 중국 시가사에서 최고봉을 이루는 당대 시인이다. 그는 원래 유가儒家의 이상을 실현하는 관리가 되고자 했지만, 그 꿈은 이루지 못한 채 오히려 시가 창작에서 위대한 업적을 이루게 된다.

두보가 살았던 시대는 당나라가 찬란한 번영을 구가하다가 안사安史의 난으로 붕괴의 위기에 처한 때였다. 그의 생애는 안사의 난을 중심으로 크게 양분된다. 안사의 난 이전, 그는 당나라의 다른 시인들처럼 독서와 유람으로 견문을 쌓아 착실히 벼슬에 나아갈 준비를 했다. 746년 이후, 두보는 거처를 장안으로 옮겨 간알시干謁詩(고위 관리에게 벼슬을 구하는 시)를 써 보내면서 적극적으로 정치에 참여하고자 애썼다. 이러한 생활이 10년간 지속되면서 두보는 점차 경제적으로 열악한 상황에 놓였고, 당시 귀족들의 사치와 서민들의 궁핍한 삶에 대해 절감하기 시작했다.

755년 10월, 10년간의 노력이 결실을 얻어 무기의 출납을 관리하는 보잘 것 없는 벼슬을 받게 된 두보는 잠시 장안 근처 부주鄜州에 떨어져 살던 가족을 만나러 갔다. 이때 어린 아들이 굶어 죽은 사실을 알게 된 그는 그 참담한 심정을 장편시 「장안에서 봉선현으로 가며 오백 자로 회포를 읊다自京赴奉先縣詠懷五百字」에 담았다. 이 시에서 그는 벼슬을 구하기 위해 동분서주했던 자신을 돌아보며, 당시 귀족들의 사치와 서민들의 궁핍한 처지를 통해 사회의 총체적인 부패상을 고발했다.

같은 해 11월, 당 왕조를 거의 멸망시킬 만큼 파급력이 대단했던 안사의 난이 발발했고, 이를 기점으로 두보의 삶은 크게 달라졌다. 두보는 사천四川으로 피난을 떠난 현종을 대신해 임시로 즉위한 숙종肅宗을 경하하기 위해 영무靈武로 가다가 반군에 붙잡혀 장안에 억류된다. 이때 우리에게 잘 알려진 「봄날의 풍경春望」을 썼다. 757년 2월, 숙종이 임시수도를 장안 근교의 봉상鳳翔으로 옮기자, 두보는

TIP

시성詩聖
'시가의 성인'이라는 뜻으로, 두보의 별명처럼 불려지는 이 호칭에는 두보가 시가 창작에 있어서 고수이며 달인이라는 의미와 더불어, 유가 철학에서 주장하는 자기 수양과 타인에 대한 따뜻한 사랑을 시를 통해 실천했다는 의미도 담겨있다. 이백이 '시선詩仙(시가의 신선)'이라 불리는 것과 대조가 된다.

위험을 무릅쓰고 장안을 탈출해 숙종을 알현했고, 그 공으로 좌습유左拾遺라는 벼슬을 받았다. 하지만, 얼마 후 방관房琯의 파직에 반대하다[01] 숙종의 노여움을 사 화주사공참군華州司功參軍으로 좌천되었고, 그는 결국 관직을 버리고 진주秦州로 떠났다. 그의 대표적인 사회시 '삼리삼별三吏三別'[02]이 이때 지어졌다.

759년 두보는 여러 지역을 전전하다 성도成都에 정착했다.**TIP** 이곳에서 두보는 친구들의 도움으로 거처를 마련한 후, 엄무嚴武의 추천으로 검교공부원외랑檢校工部員外郎이라는 벼슬을 받았다. 전란의 상처를 치유하며 목가적인 시를 다수 창작한 이 시기는 그의 일생에서 유일하게 행복했던 때였다. 「봄밤에 비를 기뻐하며春夜喜雨」가 이 시기의 대표작이다. 그러나 국가를 위해 일하고 싶다는 열망이 늘 남아 있었기에, 경제적 지원을 아끼지 않았던 엄무가 갑자기 세상을 떠나자 수도 장안을 향해 길을 나섰다.

두보는 경비와 질병 등의 이유로 우선 성도에서 멀지 않은 운안雲安을 거쳐 기주夔州로 갔다. 장강삼협長江三峽의 출발점이었던 기주는 낯선 곳이었지만, 두보는 이곳에서 심신의 안정을 찾고 약 2년 정도 체류하며 시인으로서 제2의 전성기를 맞았다. 이때의 대표작이 「가을날의 흥취 여덟 수秋興八首」다. 파란만장했던 자신의 삶을 돌아보며 풍요로웠던 과거와 일순간에 일어난 전란을 지극히 미려한 언어로 수를 놓듯이 새긴 이 시는 율시律詩가 줄 수 있는 미감의 정점을

---

01 숙종은 비상시국에 아버지 현종의 인정을 받을 틈도 없이 황위에 올랐으므로, 정권안정을 위해 현종 시대의 신하들을 제어할 필요가 있었다. 그래서 수도 경비의 책임을 맡은 현종 때의 재상 방관이 반군 토벌에 실패하자, 숙종은 바로 파직을 결정했는데, 두보는 비상시기에 중책을 맡은 사람을 파직해서는 안 된다고 간언하다가 숙종의 노여움을 샀다.

02 「신안의 관리新安吏」, 「석호의 관리石壕吏」, 「동관의 관리潼關吏」와 「신혼의 이별新婚別」, 「늙으막의 이별垂老別」, 「집 없는 이별無家別」 등 3수의 관리吏 시와 3수의 이별別 시를 아울러 이르는 말이다.

보여준다. 768년 두보는 중앙 정부에서 벼슬하리라는 희망을 끝내 버리지 못하고 기주를 떠났다. 이후 선상船上에서의 생활로 건강이 악화되고 경제적으로도 궁핍해져 결국 뱃길에서 사망했다.

두보는 평생에 걸쳐 1,400여 수의 시를 지어 남겼다. 그가 지은 시의 내용은 매우 다양한데, 그 가운데서도 유가 사상에 입각하여 시대의 아픔과 백성의 현실 문제를 잘 반영한 '삼리삼별' 등의 작품이 후세에 큰 공명을 얻었다. 이러한 연유로 그의 시를 이른바 '시사詩史(시로 쓴 역사)'라고 칭하기도 한다. 또한 그가 창작한 율시律詩는 가장 완숙하며 가장 높은 경지를 이룬 것으로 평가받는다. 그가 지닌 특유의 '침울돈좌沈鬱頓挫'03한 풍격이 더해져, 그의 율시는 중국 시가사에서 최고의 경지를 이루었다.

시인 두보가 품었던 뜻은 시종일관 정치를 바르게 펼쳐 백성을 구원하는 데 있었으나, 운명은 그에게 기회를 주지 않았다. 전란의 틈바구니에서 그의 삶은 자기 한 몸도 돌보기 힘들만큼 곤란할 때가 많았다. 두보는 전쟁으로 피폐해진 상황에서 고통 받는 사람들과 영락한 사물들을 따뜻하게 돌아보며, 모두가 행복해지는 방법에 대해 고민하고 열정적으로 시를 썼다. 사후에 그에게 붙여진 '시성'이나 '시사'라는 칭호는, 그의 고단하고 정직했던 삶에 대한 애도 어린 칭송이다.

---

03 두보 시의 대표적 풍격을 일컫는 말이다. '침울沈鬱'은 가라앉고 답답하다는 의미로, 국가의 안위와 개인의 신세에 대한 걱정에서 비롯된 비애 및 이와 관련된 무거운 내용을 말한다. 한편 '돈좌頓挫'는 멈추고 꺾인다는 뜻으로 무겁게 가라앉은 비애의 정서를 표현하는 형식적 미감을 말한다. 가슴속에 켜켜이 가라앉은 해묵은 슬픔은 좀처럼 쉽게 해결되지 않았다. 그래서 이백처럼 쉽게 직선으로 뻗어가지 못하고 형식에 있어서도 모순, 좌절, 방황을 드러내며 총체적 미감을 구현하고 있다.

작품 감상

작품 01 「강남에서 이구년을 만나」

江南逢李龜年
강남봉이구년

杜甫

岐王宅裏尋常見，
기 왕 택 리 심 상 견
　　　　　　　　　　기왕의 저택에서 자주 만났고,

崔九堂前幾度聞。
최 구 당 전 기 도 문
　　　　　　　　　　최구의 집 앞에서 노래 몇 번 들었네.

正是江南好風景，
정 시 강 남 호 풍 경
　　　　　　　　　　강남의 풍경이 아름다운 지금,

落花時節又逢君。
낙 화 시 절 우 봉 군
　　　　　　　　　　꽃 지는 시절에 그대 다시 만났구려.

江南逢李亀年
Jiāngnán féng Lǐ Guīnián

岐王宅里寻常见,
Qíwáng zháilǐ xúncháng jiàn,

崔九堂前几度闻。
Cuī Jiǔ táng qián jǐdù wén.

正是江南好风景,
Zhèngshì jiāngnán hǎo fēngjǐng,

落花时节又逢君。
luòhuā shíjié yòu féngjūn.

시어 풀이

逢(만날 봉): 만나다.

李龜年(오얏 리, 거북 구, 해 년): 당나라 때의 유명한 악사樂師. 노래를 잘 부르고 악기 연주와 작곡에도 뛰어나서 당 현종의 총애를 받았다. '구龜'는 '귀'로도 읽을 수 있다.

岐王(갈림길 기, 임금 왕): 당 현종의 동생이자 예종睿宗의 아들인 이범李範 686-726. 문학과 예술을 애호했다.

尋常(찾을 심, 항상 상): 늘. 자주.

崔九(높을 최, 아홉 구): 당 현종 때의 대신 최척崔滌 ?-726. 형제 중 아홉째였기 때문에 '최구'라는 별칭으로 불렸다. 이 시가 지어졌을 당시에 비서감秘書監을 지냈다.

君(임금 군): 그대. 여기서는 이구년을 가리킨다.

이해와 감상

두보가 770년59세의 늦봄에 담주潭州에서 지은 칠언절구시絕句詩다. 두보는 젊은 시절에 기왕 이범과 비서감 최척의 저택에서 당시 최고의 가수였던 이구년의 노래를 여러 번 들었었다. 안사의 난이 일어난 후 여러 지역을 유랑하던 이구년은 마침 두보와 비슷한 시기에 장사長沙에 도착했다.

"강남의 풍경이 아름다운 지금正是江南好風景"이라는 말은 몰락한 두 사람의 신세와 너무나도 극명하게 대비되고, "꽃 지는 시절落花時節"은 쇠락한 나라와 의미가 통한다. 두 사람의 어색한 조우를 통해 두보 개인의 굴곡진 인생의 감회와 더불어 태평성대에서 쇠락의 길로 들어선 당나라 판도의 변화를 읽어낼 수 있다.

생각해 보기

1. 이구년李龜年은 어떤 사람이었는지 알아봅시다.

2. '심상尋常'이라는 단어의 한국어와 중국어에서의 용례를 찾아봅시다.

春夜喜雨
춘야희우

杜甫

好雨知時節,
호 우 지 시 절
좋은 비 시절을 알아,

當春乃發生。
당 춘 내 발 생
봄을 맞아 만물을 피어나게 하네.

隨風潛入夜,
수 풍 잠 입 야
바람결에 몰래 밤에 찾아들어.

潤物細無聲。
윤 물 세 무 성
만물을 적시지만 가늘어 소리조차 없네.

野徑雲俱黑,
야 경 운 구 흑
들길에는 구름이 온통 컴컴한데,

江船火獨明。
강 선 화 독 명
강 위의 배엔 등불만 홀로 반짝인다.

曉看紅濕處,
효 간 홍 습 처
새벽녘 붉게 물든 곳 바라보면,

花重錦官城。
화 중 금 관 성
금관성은 비에 젖은 꽃이 만발하리라.

春夜喜雨
Chūnyè xǐyǔ

好雨知时节,
Hǎoyǔ zhī shíjié,

当春乃发生。
dāng chūn nǎi fāshēng.

随风潜入夜,
Suí fēng qiánrù yè,

润物细无声。
rùn wù xì wúshēng.

野径云俱黑,
Yějìng yún jù hēi,

江船火独明。
jiāng chuán huǒ dú míng.

晓看红湿处,
Xiǎokàn hóng shī chù,

花重锦官城。
huā zhòng Jǐnguānchéng.

시어 풀이

當春(당할 당, 봄 춘): 봄을 맞이하여. 봄이 되어.

乃(이에 내): 그리하여.

發生(필 발, 날 생): 식물의 생장을 촉진하다.

潛(자맥질 할 잠): 남몰래.

潤物(젖을 윤, 만물 물): 만물을 촉촉하게 적셔주다.

徑(길 경): 길.

俱(함께 구): 모두. 온통.

火(불 화): 고기잡이배에 켜는 등불이나 횃불.

濕(젖을 습): 비가 내려 꽃들이 촉촉해진 모습을 가리킨다.

重(무거울 중): 이 시에서는 타동사로서 빗기운을 머금은 꽃들이 만발하여 성도 전역을 누르는 듯 압도한다는 의미로 사용되었다. 더 많은 비가 내리길 기대하는 시인의 마음이 깃들어있다.

錦官城(비단 금, 벼슬 관, 도읍 성): 성도成都의 별칭. 이곳에 비단 직조를 관리하는 관청이 있어서 붙은 이름이다.

이해와 감상

두보가 761년50세에 성도의 초당草堂에서 지은 시다. 시의 주제는 봄비 예찬이다. 오랫동안 갈망하던 비가 때맞춰 내릴 때의 기쁨이 고스란히 담겨있다.

시인은 누워서 잠을 청하려다 빗기운에 설레어 밖으로 나와 한참을 서성인 듯하다. 대지를 촉촉하게 적시는 부드러운 봄비의 감촉과 비를 곧 쏟을 것 같은 먹구름의 기세까지 섬세하게 표현했다. 제7구와 8구는 시인의 상상이다. 이렇게 비가 한바탕 오고 나면 내일 아침 빗기운을 머금은 꽃송이가 금관성에 만발할 것이라는 시인의 노래에서, 꽃향기가 물씬 풍겨온다.

생각해 보기

제4구의 '윤물세무성潤物細無聲'의 느낌에 대해 토론해 봅시다.

01 안사의 난

당 현종 천보 14년755 안녹산安祿山과 사사명史思明 등이 주도한 반란으로, 755년 시작되어 763년까지 약 9년 동안 지속되었다.

이란계 소그드인과 돌궐인 사이에서 태어난 안녹산은 많은 토벌 작전에서 공을 세웠다. 그는 현종의 신임을 받아 여러 지역의 절도사를 겸임하면서, 당나라 전체 병력의 40%를 장악했다. 집권 초기 개원지치開元之治라 불릴 정도로 선정을 베풀었던 현종은 재상 이임보李林甫에게 정사를 맡기고 향락만을 추구했다. 특히 745년 양귀비를 들인 뒤로는 정도가 더 심해졌다. 752년 이임보가 세상을 뜨자, 안녹산은 양귀비의 사촌 양국충楊國忠과 재상 자리를 다투었으나 뜻을 이루지 못했다. 그러자 그는 755년에 현종 주변의 부패 척결과 양국충 토벌을 명분으로 범양范陽(지금의 베이징北京)에서 반란을 일으켰다.

반군이 수도 장안으로 쇄도하자, 현종은 양귀비와 측근들을 데리고 사천으로 피란을 떠났다. 피란 도중, 양국충은 살해되고 양귀비는 자결했으며, 현종은 황태자에게 양위하고 태상황이 되었다. 한편 안녹산은 장안을 점령하고 황제라 칭하다가, 757년 아들 안경서安慶緖에게 암살되었다. 그 뒤 안녹산의 부장이었던 사사명이 안경서를 죽이고 제위에 올랐으며, 그 역시 아들 사조의史朝義의 손에 죽었다. 즉위 후 패전을 거듭하던 사조의는 763년 자살했고, 이로써 안녹산과 사사명의 반란 즉 '안사의 난'은 끝이 났다. '안사의 난'은 당나라가 번영에서 쇠퇴의 길로 접어들게 된 전환점일 뿐만 아니라, 더 나아가 중국 사회를 변화시키는 계기가 되었다.

안녹산의 난

春望
춘망

杜甫

國破山河在, 국 파 산 하 재	나라는 망해도 산천은 여전하여,
城春草木深。 성 춘 초 목 심	성에는 봄이라고 초목이 우거졌구나.
感時花濺淚, 감 시 화 천 루	시절을 생각하니 꽃에도 눈물 흐르고,
恨別鳥驚心。 한 별 조 경 심	이별이 한스러워 새소리에도 마음 놀라네.
烽火連三月, 봉 화 련 삼 월	봉화가 석 달이나 이어지니,
家書抵萬金。 가 서 저 만 금	집에서 온 편지가 만금만큼 귀하구나.
白頭搔更短, 백 두 소 경 단	흰머리는 긁을수록 더욱 짧아져,
渾欲不勝簪。 혼 욕 불 승 잠	실로 비녀를 이기지 못할 듯하네.

시어 풀이

濺(뿌릴 천): 눈물을 뿌리다.

家書(집 가, 글 서): 집에서 온 편지.

抵(거스를 저): ~에 상당하다.

搔(긁을 소): 긁다.

更(고칠 경): 더욱.

渾(흐릴 혼): 완전히.

欲(하고자 할 욕): ~하려 하다.

不勝(아니 불, 이길 승): 이기지 못하다.

簪(비녀 잠): 동곳. 상투가 풀리지 않게 꽂는 남성용 장신구.

이해와 감상

이 시는 두보가 46세 때 지은 작품이다. 당시 그는 반군에게 함락된 장안에 7, 8개월이나 억류되어 있으면서 참혹한 전쟁의 상황을 직접 눈으로 보았다. 이 시는 전란 중에도 어김없이 찾아온 봄을 슬퍼하며, 나라를 걱정하고 고향을 그리워하는 두 개의 감정을, 자연과 인간사의 대비를 통해 하나로 잘 융화시킨 명작으로 꼽힌다. 머리를 긁적이는 장면과 동곳을 이기기 어려울 정도로 빠져버린 머리숱에 대한 묘사를 통해 착잡한 시인의 심정을 여실히 느낄 수 있다.

생각해 보기

조선시대 『두시언해杜詩諺解』 **TIP**에 대해 알아봅시다.

🐌 **春望**
Chūn wàng

国破山河在,
Guó pò shānhé zài,

城春草木深。
chéng chūn cǎomù shēn.

感时花溅泪,
Gǎnshí huājiàn lèi,

恨别鸟惊心。
hèn bié niǎo jīngxīn.

烽火连三月,
Fēnghuǒ lián sānyuè,

家书抵万金。
jiāshū dǐ wànjīn.

白头搔更短,
Báitóu sāo gèng duǎn,

浑欲不胜簪。
hún yù búshèng zān.

TIP

『두시언해』

『분류두공부시언해分類杜工部詩諺解』의 줄임말 표현이다. 두보의 마지막 벼슬이 검교공부원외랑이었기 때문에 '두공부'라고 칭하였다. 세종 25년1443 훈민정음을 창제반포는 1448하고 우리말 번역에 착수하여 성종 12년1481에 간행된 최초의 한글 번역집이다.

『두시언해』

登岳陽樓
등악양루

杜甫

昔聞洞庭水,
석 문 동 정 수

지난날 들어봤던 동정호,

今上岳陽樓。
금 상 악 양 루

오늘에야 악양루에 올라 본다.

吳楚東南坼,
오 초 동 남 탁

오나라 초나라가 동남으로 갈라지고,

乾坤日夜浮。
건 곤 일 야 부

천지가 호수 위에 밤낮으로 떠있네.

親朋無一字,
친 붕 무 일 자

친지와 친구들 이제는 편지 한 장 없는데,

老病有孤舟。
노 병 유 고 주

늙고 병든 이 몸은 외로운 배로 떠돈다.

戎馬關山北,
융 마 관 산 북

관산 북쪽에 전쟁이 그치질 않으니,

憑軒涕泗流。
빙 헌 체 사 류

난간에 기대어 하염없이 눈물만 흘리네.

시어 풀이

岳陽樓(큰 산 악, 볕 양, 다락 루): 후난湖南성 웨양岳陽시에 있으며 둥팅후洞庭湖(동정호)를 굽어볼 수 있는 명승지이다.

洞庭水(골 동, 뜰 정, 물 수): 둥팅후. 후난성 북부에 있는 중국에서 두 번째로 큰 담수호이다.

吳楚(나라이름 오, 가시나무 초): 오나라와 초나라. 춘추전국시기의 나라 이름.

坼(터질 탁): 갈라지다. 광활한 오나라와 초나라의 땅이 동정호로 나뉘다.

乾坤(하늘 건, 땅 곤): 하늘과 땅.

戎馬(오랑캐 융, 말 마): 군사. 전쟁.

關山(빗장 관, 뫼 산): 변방 국경 지방.

憑軒(기댈 빙, 추녀 헌): 난간에 기대다.

涕泗(눈물 체, 콧물 사): 눈물과 콧물.

이해와 감상

이 시는 두보가 사망하기 2년 전인 57세767년 겨울에 지었다. 역대로 당나라 오언율시 가운데 가장 뛰어난 작품으로 평가된다. 일생에 대한 감회와 국가에 대한 걱정이 하나로 융화되어 깊은 울림을 남긴다. 전반부는 악양루에서 바라본 경관을 표현했는데, 끝없이 펼쳐진 도도한 동정호의 물결을 역동적으로 표현했다. 후반부는 어려운 시기에 국가를 위해 일하고 싶은 심정과 자신의 재주를 쓰지 못하는 현실에 대한 안타까움을 드러냈다.

생각해 보기

악양루岳陽樓의 위치를 찾아보고, 이곳을 다녀간 역대 문인들은 누구인지와 중국의 삼대 누각은 어떤 것인지 조사해봅시다.

登岳阳楼
Dēng Yuèyánglóu

昔闻洞庭水,
Xī wén Dòngtíngshuǐ,

今上岳阳楼。
jīn shàng Yuèyánglóu.

吴楚东南坼,
Wú Chǔ dōngnán chè,

乾坤日夜浮。
qiánkūn rìyè fú.

亲朋无一字,
Qīnpéng wú yízì,

老病有孤舟。
lǎobìng yǒu gū zhōu.

戎马关山北,
Róngmǎ Guānshān běi,

凭轩涕泗流。
píng xuān tìsì liú.

동정호와 악양루

◆「석호의 관리」

石壕吏
석호리

杜甫

暮投石壕村,
모 투 석 호 촌

有吏夜捉人。
유 리 야 착 인

……

聽婦前致詞,
청 부 전 치 사

三男鄴城戍。
삼 남 업 성 수

一男附書至,
일 남 부 서 지

二男新戰死。
이 남 신 전 사

存者且偷生,
존 자 차 투 생

死者長已矣。
사 자 장 이 의

……

▌시어 풀이

石壕(돌 석, 해자 호): 지금의 허난河南성 산陝현 동쪽에 있었던 마을 이름.

吏(벼슬아치 리): 하급 관리.

投(던질 투): 투숙하다.

有(있을 유): 어떤 ~. 확정적이지 않은 사람이나 사물 등을 지칭한다.

捉(잡을 착): 잡다.

婦(며느리 부): 결혼한 여자. 여기서는 세 아들을 수자리 보낸 노파를 말한다.

前(앞 전): 앞을 향하여.

鄴城(땅 이름 업, 성 성): 지금의 허난성 안양安陽에 있었던 도성의 이름.

戍(지킬 수): 수자리 가다.

附書(부칠 부, 편지 서): 편지를 부치다.

至(이를 지): 도착하다.

且(또 차): 잠시, 우선.

偸生(훔칠 투, 날 생): 구차하게 살아가다.

長(길 장): 영원히.

已(이미 이): 끝나다.

🐚 **石壕吏**
Shíháo lì

> 暮投石壕村,
> Mù tóu Shíháo cūn,

> 有吏夜捉人。
> yǒu lì yè zhuō rén.

> ······

> 听妇前致词,
> Tīng fù qián zhìcí,

> 三男鄴城戍。
> sān nán yèchéng shù.

> 一男附书至,
> Yī nán fù shū zhì,

> 二男新战死。
> èr nán xīn zhàn sǐ.

> 存者且偷生,
> Cúnzhě qiě tōu shēng,

> 死者长已矣。
> sǐzhě cháng yǐ yǐ.

> ······

▌이해와 감상

이 작품은 두보의 대표적인 현실주의 서사시로, 두보가 우연히 석호촌에 투숙했다가 목도하였던 실상을 시로 고발한 것이다.

전쟁으로 인력이 부족하자, 관리가 집에 찾아와 한밤중에 징집을 한다. 연로한 할아버지는 담을 넘어 도망가고, 남아 있던 할머니가 관리에게 세 아들이 징병되어 갔는데 두 아들이 전사하고 남은 아들도 수자리를 살고 있다며 사정한다.

두보는 담백한 사실 묘사로 전쟁의 참상을 겪는 백성들의 고통을 가슴 아프게 노래했다.

석호의 관리

₁날 저물어 ₂석호촌에 ₃투숙하는데
₁어떤 ₂관리가 ₃밤에 ₄사람을 ₅잡아가네.

……

₁부인이 ₂앞으로 나와 ₃아뢰는 말을 ₄들어보니
₁세 ₂아들이 ₃업성으로 ₄수자리 살러 갔지요.
₁한 ₂아들이 ₃부친 편지 ₄도착했는데
₁두 ₂아들이 ₃막 ₄전사했답니다.
₁살아남은 사람은 ₂또 ₃구차하게 살아가겠지만
₁죽은 사람은 ₂영원히 ₃돌아오지 못한답니다.

……

두보초당杜甫草堂의 내부

Chapter
11

새로운 탐색,
중당 시가

중당 시기는 안사의 난 이후 대력大曆 원년766부터 태화太和 9년835에 이르는 약 70년 동안을 말한다. 안사安史의 난을 거친 당나라는 이 시기에 정치적으로는 이미 쇠락의 길을 걷고 있었지만, 경제·사회·문화 등 여러 방면에서는 여전히 희망이 남아있었다.

이러한 배경 위에서 중당의 시가는 제재, 내용, 형식 등 여러 방면에서 많은 변화를 보여주었다. 성당의 시가가 자신감이 넘치는 성당의 기상을 바탕으로 호쾌하고 다채로운 시가를 창작했다면, 중당의 시가는 현실 사회를 제재로 한 엄격하고 정련된 표현으로 침울하고 소박하며 현실적인 풍격을 보여주게 된다. 중당의 시인들은 민중의 생활과 감정을 바탕으로 세련되고 정련된 형식의 사회 비평시를 창작했으며, 민가民歌의 영향을 받아 새로운 악부 운동을 펼치기도 했다. 이를 바탕으로 한 중당의 시가는 기울어가는 당나라의 혼란한 사회상을 반영하며, 백성의 고통과 시대 감정을 그대로 표현하는 현실주의를 추구했다.

중당의 시가는 크게 두 시기로 분류할 수 있다. 전반부는 안사의 난 이후 덕종德宗 정원貞元 연간까지 약 40년간이다. 이 시기에는 사회에 대한 실망감을 품은 사인士人들이 자신의 고독과 적막을 노래한 작품을 주로 창작했다. 후반부는 사회적인 모순이 상대적으로 잦아들며 잠시 중흥中興을 이루었던 시기다. 강한 현실 의식을 지닌 당시의 사인들은 정치 개혁과 유학 부흥운동, 고문운동 등을 통해 시대에 부응하는 새로운 변화를 적극적으로 주장하며 왕성한 창작 활동을 했다.

중당의 대표 시인으로는 원진元稹, 백거이白居易, 이하李賀, 유종원柳宗元, 한유韓愈, 맹교孟郊 등을 꼽을 수 있다. 원진과 백거이 등은 『시경』의 현실주의 정신을 계승한 악부시와 두보 시의 사회 비판적인 내용과 개성적인 표현을 추구했다. 이들은 개인주의적이고 낭만적인 시풍에 반대하며, 문학을 사회 개량의 도구로 인식한 '신악부운동新樂府運動**TIP**을 전개했다. 한유와 맹교, 가도賈島 등은 이백의 자유분방한 낭만주의 정신을 계승하여 기이하고 괴벽스러운 경향의 시를 창작했다. 또 두보 시의 세련된 격식을 따라 어휘 구사, 압운, 구법, 격률 등을 엄격히 따졌다. 이들은 규격화된 사회시에 반대하면서 독특한 내용과 표현을 중시하는 기교주의를 내세워 '기험파奇險派'라 불린다. 이 밖에 위응물韋應物, 유우석劉禹錫, 유종원 등은 뛰어난 산수자연시를 창작했다.

작품 01 「끝없는 그리움의 노래」

長恨歌
장한가

白居易

漢皇重色思傾國,
한 황 중 색 사 경 국
한나라 황제가 미색을 중히 여겨 경국지색을 그리워했는데,

御宇多年求不得。
어 우 다 년 구 부 득
천하를 다스린 지 여러 해 되도록 얻지 못했네.

楊家有女初長成,
양 가 유 녀 초 장 성
양씨 집안의 딸 갓 장성했으나,

養在深閨人未識。
양 재 심 규 인 미 식
깊숙한 규방에서 자라 아무도 알지 못했네.

天生麗質難自棄,
천 생 려 질 난 자 기
타고난 아름다움 그대로 묻힐 리 없어

一朝選在君王側。
일 조 선 재 군 왕 측
하루아침에 간택되어 군왕 곁에 있게 되었네.

回眸一笑百媚生,
회 모 일 소 백 미 생
눈웃음 한 번에 온갖 교태가 나와

六宮粉黛無顏色。
육 궁 분 대 무 안 색
육궁의 단장한 후궁들 낯빛이 변해버렸네.

......

臨別殷勤重寄詞, 임별은근중기사	떠나올 즈음 간곡히 거듭 말을 전하니,
詞中有誓兩心知。 사중유서양심지	말속에 담긴 맹세 둘만 안다네.
七月七日長生殿, 칠월칠일장생전	"칠월 칠석 장생전에서
夜半無人私語時。 야반무인사어시	깊은 밤 아무도 없을 때 속삭였지요.
在天願作比翼鳥, 재천원작비익조	하늘에선 비익조가 되고
在地願爲連理枝。 재지원위연리지	땅에선 연리지가 되자고.
天長地久有時盡, 천장지구유시진	천지가 영원하다 해도 다할 때가 있겠지만,
此恨綿綿無絶期。 차한면면무절기	끝없는 이 사랑의 한은 끊어질 리 없으리."

长恨歌
Chánghèngē

汉皇重色思倾国,
Hànhuáng zhòngsè sī qīngguó,

御宇多年求不得。
yùyǔ duōnián qiúbùdé.

杨家有女初长成,
Yángjiā yǒunǚ chū zhǎngchéng,

养在深闺人未识。
yǎngzài shēnguī rén wèishí.

天生丽质难自弃,
Tiānshēng lìzhì nán zìqì,

一朝选在君王侧。
yìzhāo xuǎn zài jūnwáng cè.

回眸一笑百媚生,
Huímóu yí xiào bǎimèi shēng,

六宫粉黛无颜色。
liùgōng fěndài wú yánsè.

临别殷勤重寄词,
Línbié yīnqín chóng jìcí,

词中有誓两心知。
cízhōng yǒushì liǎng xīnzhī.

七月七日长生殿,
Qī yuè qī rì Chángshēngdiàn,

夜半无人私语时。
yèbàn wúrén sīyǔ shí.

在天愿作比翼鸟,
Zàitiān yuàn zuò bǐyìniǎo,

在地愿为连理枝。
zàidì yuàn wéi liánlǐzhī.

天长地久有时尽,
Tiāncháng dìjiǔ yǒu shíjìn,

此恨绵绵无绝期。
cǐ hèn miánmián wú juéqī.

화청궁 장생전

▍시어 풀이

漢皇(한나라 한, 임금 황): 한漢 무제武帝. 여기서는 당 현종玄宗을 가리킨다.

重色(무거울 중, 색 색): 여색을 중히 여기다.

傾國(치우칠 경, 나라 국): 경국지색傾國之色. '나라를 무너뜨릴 만한 아름다움을 지닌 미인'이라는 뜻이다.

御宇(임금 어, 집 우): 황제가 천하를 다스리는 기간.

楊家有女(버들 양, 집 가, 있을 유, 여자 여): 촉주蜀州 사람 양현염楊玄琰의 딸 양옥환楊玉環, 즉 '양귀비楊貴妃'를 말한다.

閨(규방 규): 규방.

麗質(아름다울 려, 바탕 질): 아름다운 자질.

眸(눈동자 모): 눈동자.

媚(눈썹 미): 눈썹.

六宮粉黛(여섯 육, 집 궁, 가루 분, 눈썹먹 대): 궁중의 모든 비빈妃嬪.

臨別(다다를 임, 헤어질 별): 이별에 즈음하다. 막 헤어지려고 하다.

殷勤(성할 은, 부지런할 근): 은근하다. 정성스럽다.

寄詞(부칠 기, 말씀 사): 말을 전하다.

誓(맹세할 서): 맹세하다.

長生殿(길 장, 날 생, 궁궐 전): 천보天寶 원년742 여산驪山의 화청궁華淸宮 내에 지은 전각.

比翼鳥(견줄 비, 날개 익, 새 조): 암수의 눈과 날개가 하나씩이라서 짝을 짓지 않으면 날지 못한다는 전설의 새로, 남녀 간 혹은 부부 사이의 두터운 정을 비유한다.

連理枝(이을 련, 구별할 리, 가지 지): 연리지. 두 나무의 가지가 맞닿아 결이 서로 통한 것으로, 남녀 간이나 부부 사이가 화목한 것을 비유한다.

盡(다할 진): 다하다.

恨(원망할 한): 원망하다.

綿綿(이어질 면): 끊임없이 계속되는 모양.

絕(끊을 절): 끊다.

이해와 감상

이 시는 당나라의 대표적인 현실주의 시인 백거이白居易 772-846가 806
년35세에 지은 칠언七言 120행의 장편 서사시다.

백거이

당 현종과 양귀비의 만남 및 애정 생활, 안녹산의 난과 양귀비의 죽
음, 양귀비를 그리워하는 현종의 모습 등을 담았으며, 변화무쌍한 서
사敍事를 통해 현종과 양귀비의 비련悲戀을 노래했다.

백거이는 사회의 모순과 민생의 고통을 노래하고 위정자의 잘못을 풍
자하는 현실주의 시를 잘 지었지만, 이 시에서는 사랑의 기쁨과 외로
움 등을 서정敍情적으로 잘 그려내었다.

생각해 보기

'경국지색傾國之色', '비익조比翼鳥', '연리지連理枝'의 유래와 의미를 찾
아봅시다.

將進酒
장진주

李賀

琉璃鍾, 유 리 종	유리 술잔에,
琥珀濃, 호 박 농	호박빛 진한 술
小槽酒滴眞珠紅。 소 조 주 적 진 주 홍	작은 술통에서 떨어지는 술 방울은 붉은 진주 같네.
烹龍炮鳳玉脂泣, 팽 룡 포 봉 옥 지 읍	삶은 용과 구운 봉황에 옥 같은 기름 녹아 내리고,
羅屛繡幕圍香風。 나 병 수 막 위 향 풍	비단 병풍 수놓은 휘장에 향기로운 바람 감도네.
吹龍笛, 취 룡 적	용피리 불고
擊鼉鼓, 격 타 고	악어북 치며
皓齒歌, 호 치 가	하얀 이 드러내어 노래하고
細腰舞。 세 요 무	가는 허리 흔들며 춤을 추네.
況是靑春日將暮, 황 시 청 춘 일 장 모	하물며 청춘의 봄날도 저물어가고,
桃花亂落如紅雨。 도 화 란 락 여 홍 우	복사꽃도 붉은 비처럼 어지러이 떨어지네.
勸君終日酩酊醉, 권 군 종 일 명 정 취	그대 온종일 흠뻑 취해 보시게,
酒不到劉伶墳上土。 주 불 도 유 령 분 상 토	유영도 무덤까진 술을 가져가지 못했으니.

▮ 시어 풀이

將(청컨대 장): '원하다, 청하다'는 의미로 사용될 때에는 'qiāng'으로 발음한다.

琉璃(유리 류, 유리 리): 유리.

鍾(쇠북 종): 술잔.

琥珀(호박 호, 호박 박): 호박색. 호박은 나무의 진 따위가 땅속에 굳어진 누런
색 광물로, 이 시에서는 좋은 술을 비유한다.

濃(진할 농): 진하다.

槽(구유 조): 술동이.

烹龍炮鳳(삶을 팽, 용 룡, 구울 포, 봉새 봉): 진귀한 안주나 호사스러운 음식을
비유하는 말이다.

脂(기름 지): 기름.

泣(울 읍): 울다.

羅屛(벌일 라, 가릴 병): 비단 병풍. '나위羅幃'로 되어 있는 판본도 있다.

繡(수놓을 수): 수놓다.

幕(장막 막): 장막.

龍笛(용 룡, 피리 적): 길이가 긴 피리.

擊(부딪칠 격): 치다.

鼉鼓(악어 타, 북 고): 악어가죽으로 만든 북.

皓齒(흴 호, 이 치): 희고 깨끗한 치아. '미녀'를 비유한다.

況(어찌 황): 하물며.

勸(권할 권): 권하다.

酩酊(술 취할 명, 술 취할 정): 술에 잔뜩 취하다.

劉伶(성씨 유, 영리할 령): 유영. 서진西晉의 사상가로, 자는 백륜伯倫이다. 죽림
칠현竹林七賢의 한 사람으로 술을 몹시 즐겨 「주덕송
酒德頌」이라는 글을 남겼다.

墳(무덤 분): 무덤.

🐌 **将进酒**
Qiāng jìnjiǔ

琉璃钟,
Liúlí zhōng,

琥珀浓,
hǔpò nóng,

小槽酒滴真珠红。
xiǎocáo jiǔ dī zhēnzhū
hóng.

烹龙炮凤玉脂泣,
Pēnglóng páofèng yù zhī qì,

罗屏绣幕围香风。
luópíng xiùmù wéi
xiāngfēng.

吹龙笛,
Chuī lóngdí,

击鼉鼓,
jī tuógǔ,

皓齿歌,
hàochǐ gē,

细腰舞。
xìyāo wǔ.

况是青春日将暮,
Kuàngshì qīngchūn rì jiāng
mù,

桃花乱落如红雨。
táohuā luànluò rú hóngyǔ.

劝君终日酩酊醉,
Quàn jūn zhōngrì mǐngdǐng
zuì,

酒不到刘伶坟上土。
jiǔ búdào Liú Líng fén shàng
tǔ.

▌이해와 감상

중당의 천재 시인으로 시귀詩鬼라 불렸던 이하李賀790-816의 악부시樂府詩다.

이하는 풍부한 상상력과 아름다운 어휘 구사 및 농후한 색감 묘사 등을 통해 기발하고 아름다우면서도 처절한 풍격의 시를 창작했다. 다만 벼슬길이 좌절**TIP**되면서 느낀 절망감 때문인지, 이하의 시에는 염세적이고 허무주의적인 색채가 농후하다.

이 시에도 그의 이러한 특색이 잘 나타나 있다. 봄날의 화려한 연회 광경에서 시작해 저물어가는 봄날과 유영의 무덤으로 마무리하면서 인생의 즐거움과 죽음의 비애를 대비시켜 짧은 인생이 주는 허망함과 비애를 노래했다.

▌생각해 보기

'금낭가구錦囊佳句'에 대해 알아봅시다.

TIP

피휘避諱

문장에서 성현이나 황제, 선조先祖의 이름이나 자, 호, 연호 등과 관계된 글자가 들어 있는 경우 공경과 삼가는 뜻을 나타내기 위해 획의 일부를 생략하거나 의미가 통하는 다른 글자로 대체하거나, 아예 그 글자를 쓰지 않고 그 칸을 비워두는 것을 말한다.

이하는 부친 이진숙李晉肅의 이름자 중 '진晉'이 '진사進士'의 '진進'과 동음이라서 '피휘'하느라 진사 시험을 치르지 못해 결국 벼슬길에 오르지 못했다.

江雪
강설

柳宗元

千山鳥飛絶,
천 산 조 비 절

온 산엔 새 한 마리 날지 않고,

萬徑人蹤滅。
만 경 인 종 멸

온 길엔 사람 하나 없네.

孤舟蓑笠翁,
고 주 사 립 옹

외로운 배엔 도롱갓 쓴 늙은이 하나

獨釣寒江雪。
독 조 한 강 설

홀로 눈 내리는 차가운 강에서 낚시를 하네.

江雪
Jiāngxuě

千山鸟飞绝，
Qiānshān niǎo fēi jué,

万径人踪灭。
wànjìng rénzōng miè.

孤舟蓑笠翁，
Gūzhōu suōlì wēng,

独钓寒江雪。
dú diào hánjiāng xuě.

시어 풀이

千山(일천 천, 뫼 산): 수많은 산.

絶(끊어질 절): 끊어지다.

人蹤(사람 인, 자취 종): 사람의 자취.

滅(없어질 멸): 없어지다.

孤舟(외로울 고, 배 주): 외로이 떠 있는 작은 배.

蓑笠(도롱이 사, 우리 립): 도롱이와 삿갓. 옛날의 우비雨備(비옷)를 말한다.

翁(늙은이 옹): 늙은이.

釣(낚을 조): 낚시하다.

이해와 감상

유종원柳宗元773-819은 당송팔대가 중 한 명으로, 유하동柳河東이라고도 불린다. 이 시는 눈 내리는 강에서 홀로 낚시하는 노인의 모습을 한 폭의 동양화처럼 그려냈다. 제1구와 2구에서는 온통 하얀 눈으로 뒤덮인 대자연의 고요한 모습을 표현했고, 제3구와 4구에서는 적막하고 고요한 세상에서 홀로 배에 앉아 낚시를 드리운 노인의 모습을 그렸다. 아무것도 보이지 않는 눈 덮인 적막한 대자연과 노인의 모습이 대비되어 더욱 외롭게 느껴진다.

유종원

생각해 보기

'참연두각嶄然頭角'이란 단어의 기원을 찾아봅시다.

山石
산석

韓愈

山石犖确行徑微,
산 석 락 학 행 경 미

산의 바위 험준하고 가는 길 좁은데

黃昏到寺蝙蝠飛。
황 혼 도 사 편 복 비

황혼녘 절에 이르니 박쥐 날아다니네.

升堂坐階新雨足,
승 당 좌 계 신 우 족

법당에 올라 섬돌에 앉으니 갓 내린 비 넉넉하여,

芭蕉葉大梔子肥。
파 초 엽 대 치 자 비

파초 잎 커지고 치자 열매도 살이 쪘네.

僧言古壁佛畫好,
승 언 고 벽 불 화 호

스님이 낡은 벽의 부처 그림이 좋다고 말하기에,

以火來照所見稀。
이 화 래 조 소 견 희

등불 들고 와 비춰 보니 보기 드문 그림이네.

鋪床拂席置羹飯,
포 상 불 석 치 갱 반

상 펴고 자리 털어 국과 밥 차려 내니,

疏糲亦足飽我飢。
소 려 역 족 포 아 기

거친 밥과 반찬이라도 내 허기 채우기에 족하네.

夜深靜臥百蟲絕,
야 심 정 와 백 충 절

밤 깊어 조용히 자리에 누우니 벌레 소리도 안 들리고,

清月出嶺光入扉。
청 월 출 령 광 입 비

맑은 달 고개 위로 솟아 사립문 사이로 비춰 들어오네.

天明獨去無道路,
천 명 독 거 무 도 로

날 밝아 홀로 떠나는데 길은 보이지 않고,

出入高下窮烟霏。
산 입 고 하 궁 연 비

이리저리 오르내리며 뿌연 안개 자욱한 길 두루 다니네.

山紅澗碧紛爛漫,
출 홍 간 벽 분 란 만

붉은 산 푸른 개울 화려하게 어우러져 있는데,

時見松櫪皆十圍。
시 견 송 력 개 십 위

여기저기 보이는 소나무와 상수리나무 열 아름이나 되네.

當流赤足踏澗石,
당 류 적 족 답 간 석

개울을 만나면 맨발로 돌 밟고 건너니,

水聲激激風吹衣。
수 성 격 격 풍 취 의

콸콸 물소리 옷자락엔 바람이 이네.

人生如此自可樂,
인 생 여 차 자 가 락

인생이 이처럼 스스로 즐길 만한데,

豈必局束爲人覊。
기 필 국 속 위 인 기

어찌 하필 구속되어 남에게 얽매여 사는가.

嗟哉吾黨二三子,
차 재 오 당 이 삼 자

아아, 나의 벗들은

安得至老不更歸。
안 득 지 로 불 갱 귀

어찌 늙도록 다시 돌아가지 못하는가.

▎시어 풀이

举确(얼룩소 락, 자갈땅 학): 산에 바위가 많은 험한 모양새.

徑(지름길 경): 지름길.

微(희미할 미): 희미하다.

蝙蝠(박쥐 편, 박쥐 복): 박쥐.

芭蕉(파초 파, 파초 초): 파초.

梔子(치자나무 치, 아들 자): 치자나무 열매.

壁(울타리 벽): 울타리.

照(비출 조): 비추다.

稀(드물 희): '희소稀少'의 뜻으로, '불화佛畫가 보기 드물게 매우 훌륭하다'는
　　　 의미이다. '모호하다' 혹은 '명확하게 보이지 않는다'라고 해석하는
　　　 경우도 있다.

鋪(늘어놓을 포): 늘어놓다.

拂(떨 불): 떨다. 치켜 올리다.

羹(국 갱): 국.

疏糲(성길 소, 현미 려): 소박하고 간단한 밥과 반찬.

飽(배부를 포): 배부르다.

飢(주릴 기): 굶주리다.

靜(고요할 정): 고요하다.

百蟲絶(일백 백, 벌레 충, 끊길 절): 온갖 벌레 소리가 모두 멈추다.

嶺(고개 령): 산봉우리 고개. 재.

扉(문짝 비): 사립문. 문짝.

無道路(없을 무, 길 도, 길 로): 이른 아침에 낀 안개로 인해 길을 분간할 수
　　　 없다.

窮烟霏(다할 궁, 연기 연, 눈 펄펄 내릴 비): 안개가 뿌옇게 잔뜩 끼어 있는 산길
　　　 을 여기저기 두루 다니다. 이 시에서의 '비霏'는 안개가 연기처럼 피어
　　　 오르는 모양을 뜻한다.

山紅澗碧(뫼 산, 붉을 홍, 산골 물 간, 푸를 벽): 산에 핀 꽃은 붉고, 산골 물은
　　　 맑고 푸르다.

紛(어지러울 분): 한창이다. 무성하다.

爛漫(문드러질 란, 질펀할 만): 햇볕이 사방에서 내리쬐어 색채가 현란한 모습.

櫪(말구유 력): 상수리나무.

十圍(열 십, 둘러쌀 위): 열 아름. 나무줄기가 굉장히 굵다는 표현으로, '위圍'는
　　　 두 팔을 벌려 두른 둘레의 길이를 말한다.

🐏 山石
Shānshí

山石荦确行径微，
Shānshí luòquè xíngjìng wēi,

黄昏到寺蝙蝠飞。
huánghūn dào sì biānfú fēi.

升堂坐阶新雨足，
Shēngtáng zuò jiē xīnyǔ zú,

芭蕉叶大栀子肥。
bājiāo yè dà zhīzi féi.

僧言古壁佛画好，
Sēng yán gǔbì fóhuà hǎo,

以火来照所见稀。
yǐ huǒ lái zhào suǒ jiàn xī.

铺床拂席置羹饭，
Pū chuáng fú xí zhì gēng fàn,

疏粝亦足饱我饥。
shūlì yì zú bǎo wǒ jī.

夜深静卧百虫绝，
Yèshēn jìngwò bǎichóng jué,

清月出岭光入扉。
qīngyuè chū lǐng guāng rù fēi.

天明独去无道路，
Tiānmíng dú qù wú dàolù,

出入高下穷烟霏。
chūrù gāoxià qióng yānfēi.

山红涧碧纷烂漫，
Shānhóng jiànbì fēn lànmàn,

时见松枥皆十围。
shí jiàn sōnglì jiē shíwéi.

当流赤足踏涧石，
Dāng liú chìzú tà jiànshí,

水声激激风吹衣。
shuǐshēng jījī fēng chuīyī.

人生如此自可乐，
Rénshēng rúcǐ zì kělè,

岂必局束为人靰。
qǐbì júshù wéi rén jī.

嗟哉吾党二三子，
Jiēzāi wúdǎng èrsānzǐ,

安得至老不更归。
āndé zhì lǎo bù gēng guī.

蹋澗石(밟을 답, 산골 물 간, 돌 석): 돌을 밟으며 개울을 건너다.

激激(물결 부딪쳐 흐를 격): 물살이 세게 부딪치는 모양.

局束(판 국, 묶을 속): 구속拘束되어 자유롭지 않다.

羈(재갈 기): 말에 메는 굴레 혹은 재갈. 여기서는 '얽매인다'는 뜻이다.

嗟哉(탄식할 차, 어조사 재): '아!' 탄식하는 소리.

吾黨二三子(나 오, 무리 당, 둘 이, 석 삼, 아들 자): 자신과 뜻이 맞는 친구.

安得(어찌 안, 얻을 득): 어찌 ~일 수 있으랴. 어떻게 ~할 수 있으랴.

更(다시 갱): 다시.

▌이해와 감상

이 시는 한유韓愈768-824가 801년에 낙양 북쪽 혜림사惠林寺에 들렀을 때 지은 칠언고시다. 한유는 고문운동을 제창하고, 시문혁신운동에 많은 힘을 쏟은 것으로 유명하다. 시의 제목 '산석山石'은 시의 첫 두 글자를 따서 붙인 것으로 주제와의 연관성은 없다.

황혼 무렵 절에 도착해서 밤을 보내고 날이 밝은 뒤에 다시 떠나는 일정에 따라 보고 느낀 감회를 읊었으며, 산수기행문처럼 시간의 흐름에 따라 내용을 전개하였다. 특히 시 속에서 사용한 '편복蝙蝠', '파초芭蕉', '치자梔子' 등의 생경한 시어와 등불을 들고 낡은 벽을 비쳐 보는 구절 등은 기험奇險한 풍격의 한 단면으로 볼 수 있다.

▌생각해 보기

'불평즉명不平則鳴'의 연원과 의미를 찾아봅시다.

한유

01 한유와 퇴고推敲

'퇴고推敲'는 시문詩文을 지을 때 글자나 구절을 다듬고 고치는 것을 말한다. 이 단어는 당나라 시인 가도賈島와 한유의 고사에서 비롯되었다. 가도가 「이응의 외딴집에서 쓰다題李凝幽居」란 시를 지을 때였다.

閑居少鄰並， 한가히 살아 더불어 사는 이웃도 적고
한 거 소 린 병
草徑入荒園。 수풀 오솔길은 황폐한 뜰로 들어가네.
초 경 입 황 원
鳥宿池邊樹， 새들은 연못가 나무에서 자는데
조 숙 지 변 수
僧敲月下門。 스님은 달 아래서 문을 두드리네.
승 고 월 하 문
…

가도가 이 시의 넷째 구의 두 번째 글자로 '퇴推(밀어젖히다)'가 좋을지 '고敲(두드리다)'가 좋을지 고민하며 길을 가고 있을 때, 마침 한유의 수레가 그곳을 지나갔다. 한유는 당시 고관이었기 때문에 가도가 마땅히 걸음을 멈추고 예를 올려야 했지만, 고민에 빠져 걷다 보니 예를 올리지도 못했을 뿐 아니라 오히려 수레 행렬을 가로막는 결례를 범하고 말았다. 가도의 사정을 들은 한유는 언짢아하기는커녕 오히려 "내 생각에는 '밀어젖히다推'보다는 '두드리다敲'가 좋을 듯 하네. 스님은 집주인이 아니므로 문을 밀고 들어오지 않고 두드릴 걸세."라고 조언했다. 그 뒤 두 사람은 시우詩友가 되었다. '퇴推'는 '추'로 발음하는 경우가 많아 '퇴고'를 '추고'라고 잘못 읽는 경우도 많기 때문에 주의해야 한다.

◆「늦봄」

晩春
만춘

韓愈

草⁵樹²知³春⁴不久歸,
초 수 지 춘 불 구 귀

百¹般²紅⁴紫³鬪芳菲。
백 반 홍 자 투 방 비

楊¹花²楡⁴莢³無才思,
양 화 유 협 무 재 사

惟¹解⁶漫²天⁴作³雪⁵飛。
유 해 만 천 작 설 비

▌시어 풀이

不久(아니 불, 오랠 구): 머지않아.

百般紅紫(일백 백, 돌 반, 붉을 홍, 자줏빛 자): 각양각색으로 피어난 봄날의 꽃.

芳菲(향기 방, 엷을 비): 꽃과 풀이 향기롭다. 꽃과 풀이 무성하게 우거져 있다.

楊花(버들 양, 꽃 화): 버들개지. 버들솜.

榆莢(느릅나무 유, 풀열매 협): 느릅나무 열매. 열매는 작은 동전처럼 서로 연결
되어 있어 '유전榆錢'이라고도 한다. 흰털에 덮혀
바람에 흩날려 날아다닌다.

無才思(없을 무, 재주 재, 생각할 사): 드러낼 재능이나 아름다움이 없다. 이 시
에서는 버들개지나 느릅나무 열매가 다른 꽃들처럼 아름답지 못하다
는 의미이다.

惟解(다만 유, 이해할 해): 그저 ~만 알고 있다. ~만 이해하고 있다.

漫天(가득할 만, 하늘 천): 하늘 가득.

雪飛(눈 설, 날 비): 눈송이처럼 가볍게 흩날리다.

▌이해와 감상

이 작품은 원화元和 11년816 한유가 49세 때 장안의 남쪽에 머물면서
지은 「성 남쪽에서 노닐며 열 여섯 수遊城南十六首」 중 세 번째 시이다.
눈앞에 펼쳐진 아름다운 봄날의 풍경을 의인화 수법으로 잘 묘사했
다. 시에서는 초목이 한껏 자태를 뽐내며 봄이 가는 것을 아쉬워한다
고 표현했지만, 이것은 결국 저무는 봄에 대한 시인의 아쉬운 감정을
나타낸 것이다.

> ### 🌸 시가 해석
> **늦봄**
>
> ₁초목은 ₂봄이 ₃머지않아 ₄지나갈 것을 ₅알고
> ₁갖가지 ₂울긋불긋한 봄꽃으로 ₃향기 ₄다투네.
> ₁버들개지와 ₂느릅나무 열매는 ₃재주가 ₄없어
> ₁그저 ₂온 하늘에 ₃눈송이 ₄만들어 ₅날릴 줄만 ₆아네.

🌸 **晚春**
Wǎnchūn

草树知春不久归,
Cǎoshù zhī chūn bùjiǔ guī,

百般红紫斗芳菲。
bǎibān hóngzǐ dòu fāngfēi.

杨花榆荚无才思,
Yánghuā yújiá wú cáisī,

惟解漫天作雪飞。
wéi jiě màntiān zuò xuě fēi.

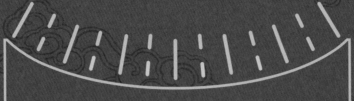

Chapter
12

아름다운 석양 노을,
만당 시가

"월만즉휴, 수만즉일月滿則虧, 水滿則溢"은 '달은 차면 기울고 물은 차면 넘친다'는 뜻의 중국 속담으로, 모든 것이 번성하면 쇠하기 마련이라는 세상의 이치를 말한 것이다. 화려한 문화를 꽃피웠던 글로벌 제국 당나라, 그리고 당 제국을 대표했던 당시唐詩도 예외가 될 수 없었다.

당나라는 안녹산의 난755-764을 기점으로 쇠퇴하기 시작해, 말기인 만당晚唐에 이르러 더욱 혼란한 현상을 보이며 파국으로 치달았다. 정치 불안, 도덕적 문란, 만연한 부정부패 등 모든 것이 불안정했다. 만당의 시인들은 이러한 현실에 대한 우려와 그로 인해 생긴 개인의 감정 등을 시로 표현했다.

만당 전기에는 아름다움만을 추구하는 유미주의唯美主義 시풍이 우세했다. 이 시기에 시인들은 현실에 대한 관심보다 개인의 감정과 감상 등 자신의 내면세계를 더 중시했다. 그 결과 감상적이고 서정적이면서, 시 자체의 아름다움을 추구하는 탐미적인 특성이 강하게 드러났다. 두목杜牧, 이상은李商隱, 온정균溫庭筠 등이 대표 시인으로, 이들은 모두 시의 예술적인 기교를 중시했다. 시어詩語의 조탁彫琢과 음성적인 조화, 정교한 대구와 전고典故의 교묘한 활용에 주의를 기울이며, 시의 형식적인 예술성을 한 단계 더 높이기도 했다.

이 시기의 대표 시인인 두목은 오랜 지방관리 생활로 인한 향수와 감성을 시로 써냈는데, 화려하고 감상적인 시풍이 돋보인다. 이상은은 자신의 내면세계를 시로 표현했는데, 뛰어난 은유와 상징을 사용한 화려한 기교와 전고典故를 활용하여 모호한 아름다움을 구축해냈다. 특히 이상은은 다양한 전고를 교묘하게 활용하기로 유명한데, 그가 시를 쓸 때면 전고를 인용할 서적을 죽 늘어놓은 것이 마치 수달이 물고기를 잡아서 제사 지내듯 늘어놓은 모습 같다고 하여 '달제어獺祭魚'라는 별칭으로 불리기도 했다. 특히 두목과 이상은은 '작은

두목

두보', '작은 이백'이라는 뜻에서 '소두小杜', '소이小李[01]로 불리기도 했다. 한편 온정균은 이상은과 함께 '온이溫李'로 병칭되며 유미주의 시풍을 대표했는데, 농염한 언어로 섬세한 시를 썼으며, 사詞 작가로 더 유명하다.

만당 후기 즉 당말唐末로 갈수록 정국은 더욱 혼란스러워졌고, 이와 함께 어두운 시대 상황과 현실에 대한 비판과 우려를 시로 표현하는 현실주의 시인들이 등장했다. 피일휴皮日休, 두순학杜荀鶴, 위장韋莊 등이 대표 시인이다. 이들은 두보와 백거이의 사회시 전통을 계승하여, 사회의 암흑을 폭로하고 민생의 고통에 관심과 동정을 보이는 등 현실주의적인 작품을 많이 남겼다.

---

01 만당晚唐 시기에 문장과 시에 능했던 두목杜牧과 시에서 탁월한 업적을 남긴 이상은 李商隱을 각각 소두小杜와 소리小李라 불렀으며, 이에 대비하여 성당 시기의 위대한 시인 두보와 이백을 각각 대두大杜와 대리大李라 불렀다.

無題
무제

李商隱

| 相見時難別亦難, | 그대 만나기 어렵더니 헤어짐도 어려워라, |
| 상 견 시 난 별 역 난 | |

東風無力百花殘。 봄바람 잦아들어 온갖 꽃 시들어버리네.
동 풍 무 력 백 화 잔

春蠶到死絲方盡, 봄 누에는 죽어서야 실 뽑기를 그치고,
춘 잠 도 사 사 방 진

蠟炬成灰淚始乾。 촛불은 재가 되어서야 눈물이 마른다네.
납 거 성 회 루 시 건

曉鏡但愁雲鬢改, 새벽녘 거울 보며 변해버린 머리카락에 시름겨워하고,
효 경 단 수 운 빈 개

夜吟應覺月光寒。 깊은 밤 시 읊조리며 차가운 달빛 느끼네.
야 음 응 각 월 광 한

蓬山此去無多路, 봉래산 여기에서 멀지 않으니,
봉 산 차 거 무 다 로

靑鳥殷勤爲探看。 파랑새야 나를 위해 살며시 알아봐다오.
청 조 은 근 위 탐 간

无题
Wútí

相见时难别亦难,
Xiāngjiàn shí nán bié yì nán,

东风无力百花残。
dōngfēng wúlì bǎihuā cán.

春蚕到死丝方尽,
Chūncán dàosǐ sī fāng jìn,

蜡炬成灰泪始干。
làjù chéng huī lèi shǐ gān.

晓镜但愁云鬓改,
Xiǎojìng dàn chóu yúnbìn gǎi,

夜吟应觉月光寒。
yèyín yīng jué yuèguāng hán.

蓬山此去无多路,
Péngshān cǐ qù wú duō lù,

青鸟殷勤为探看。
qīngniǎo yīnqín wèi tànkàn.

시어 풀이

亦(또 역): 또한. 역시.

東風(동녘 동, 바람 풍): 춘풍春風. 봄바람.

百花(일백 백, 꽃 화): 온갖 꽃.

殘(해칠 잔): (초목이) 시들어 떨어지다.

蠶(누에 잠): 누에.

絲方盡(실 사, 장차 방, 다할 진): 누에가 실 뽑기를 다 끝내다. '絲사'는 '그리움'을 뜻하는 '思사'와 해음諧音으로, 봄누에가 실을 토해내는 것처럼, 그리움 또한 죽어서야 비로소 끝난다는 것을 비유한 말이다.

蠟炬(밀 랍, 햇불 거): 초.

成灰(이룰 성, 재 회): 재가 되다.

淚始乾(눈물 루, 비로소 시, 마를 건): 눈물이 비로소 마르다. '淚루'는 촛농과 눈물을 뜻하는 중의어다. 촛농처럼 그리움에 흘리는 눈물도 죽어야 그친다는 의미다.

曉鏡(새벽 효, 거울 경): 새벽에 거울을 보다. '鏡경'은 동사로 사용되어 '거울을 비추다, 거울을 보다'는 의미다.

但(다만 단): 다만. 오직.

愁(근심 수): 근심하다. 걱정하다.

雲鬢(구름 운, 살쩍 빈): 구름처럼 풍성하고 아름다운 여인의 머리. 여기서는 젊은 시절을 비유한다.

月光寒(달 월, 빛 광, 찰 한): 달빛이 차다. 여기서는 밤이 점차 깊어짐을 비유한다.

蓬山(쑥 봉, 뫼 산): 신선이 산다는 전설 속의 봉래산蓬萊山. 여기에서는 그리운 임이 사는 곳을 말한다.

靑鳥(푸를 청, 새 조): 반가운 소식을 전해준다는 파랑새. 서왕모西王母에게 편지를 전해준다는 전설 속의 신조神鳥를 말한다.

殷勤(성할 은, 부지런할 근): 은근하다. 살며시. 친절하다. 정성스럽다.

探看(찾을 탐, 볼 간): 살피다. 찾아가 보다.

▌이해와 감상

이상은李商隱813-858은 자가 의산義山이고 호는 옥계생玉谿生으로, 어려서부터 문학적 재능이 뛰어났다. 그는 당시 치열한 우이牛李 당쟁01으로 겪은 좌절과 감회를 시 창작의 밑거름으로 삼아, 만당을 대표하는 시인으로 이름을 남겼다.

이 시는 사랑하는 사람을 만나지 못하는 안타까움을 노래한 칠언율시로, 이상은의 애정시 중 대표작이다. 섬세한 비유로 연애 감정을 절묘하게 묘사했는데, 특히 제3구와 4구는 지금까지 인구에 회자되는 명구다.

남들에게는 다 토로할 수 없는 시인만의 비밀스러운 그림자가 많이 있어서일까? 이상은에게는 위 시와 같은 '무제'의 시가 다수 있다.

▌생각해 보기

이상은의 무제시**TIP**는 몇 편인지 찾아보고 모두 애정시에 속하는지 생각해 봅시다.

TIP

무제시無題詩
'무제'는 시의 제목을 붙이는 방법 중 하나로, 이상은이 처음 사용하기 시작했다. 드러내놓고 말하기 어려운 내용을 담거나 하나의 제목으로는 시에 기탁한 뜻을 다 표현하기 어려울 때 '무제'라는 제목을 붙인다. 이상은의 무제시는 모두 17수인데, 대부분이 애정시다.

---

01 823년 우승유牛僧孺의 '우당'과 이덕유李德裕의 '이당' 사이에 벌어진 정치 투쟁으로 무려 40여 년간 지속되었다. 우당과 이당은 파면과 불임용을 거듭하고, 극심하게 대립하며 권력을 주고받았다. 우당은 목종穆宗 때 권력을 잡은 이래 경종敬宗, 문종文宗 때까지 실권을 장악했고, 무종武宗이 즉위하면서 이당의 반격이 이루어졌다가 다시 선종宣宗 때 우당이 권력을 차지했다. 선종 즉위 후 이덕유가 죽으면서 이당이 와해되자 우이당쟁의 최종 승자는 우당이 되었다.

泊秦淮
박진회

杜牧

烟籠寒水月籠沙,
연 롱 한 수 월 롱 사

안개는 차가운 강물을 뒤덮고 달빛은 모래톱을 감싸는데,

夜泊秦淮近酒家。
야 박 진 회 근 주 가

밤에 진회하에 배를 대니 술집이 가깝구나.

商女不知亡國恨,
상 녀 부 지 망 국 한

노래하는 여인은 망국의 한도 모르고,

隔江猶唱後庭花。
격 강 유 창 후 정 화

강 건너에서 여전히 「후정화」를 부르네.

시어 풀이

泊(정박할 박): 배를 물가에 대다. 정박하다.

秦淮(나라이름 진, 물이름 회): 진회하秦淮河. 육조六朝의 수도였던 금릉金陵(지금의 난징南京)을 지나 창장長江강으로 흘러 드는 강.

籠(대바구니 롱): 자욱하다. 뒤덮다.

商女(장사할 상, 여자 녀): 술집에서 노래하는 여인.

亡國恨(망할 망, 나라 국, 한 한): 나라가 망한 설움과 슬픔.

隔江(사이 격, 강 강): 강을 사이에 두고 떨어져 있다.

猶(오히려 유): 아직도. 여전히.

後庭花(뒤 후, 뜰 정, 꽃 화): 「옥수후정화玉樹後庭花」의 줄임말. 남조南朝 때 진陳나라 후주後主가 지었다는 노래. 후주가 이 노래를 들으며 술과 여인에 빠져 나라를 돌보지 않다가 멸망에 이르렀다 하여 '망국지음亡國之音(나라를 망하게 한 음악)'의 대명사처럼 사용된다.

이해와 감상

두목杜牧 803-852은 자가 목지牧之이고 호가 번천樊川으로, 두보와 비슷한 경향의 시를 써서 소두小杜라고 불린다. 강남의 아름다운 풍경과 개인적인 실의로 인한 좌절감을 담은 화려하고 감상적인 시를 많이 썼으며, 망해가는 나라에 대한 우려를 표현한 현실적인 시도 적지 않다.**TIP**

이 시는 두목이 진회하에 배를 정박하고 접한 풍경과 감회를 읊었다. 시인은 강 건너 술집에서 들려오는 노랫소리 「옥수후정화玉樹後庭花」를 통해 관료사회의 부패와 향락, 망국에 대한 깊은 우려를 비유적으로 표현했다.

생각해 보기

중국 역대 왕조 중 금릉金陵을 수도로 삼은 왕조를 찾아봅시다.

泊秦淮
Bó Qínhuái

烟笼寒水月笼沙,
Yān lóng hánshuǐ yuè lóng shā,

夜泊秦淮近酒家。
yè bó Qínhuái jìn jiǔjiā.

商女不知亡国恨,
Shāngnǚ bùzhī wángguó hèn,

隔江犹唱后庭花。
géjiāng yóu chàng Hòutínghuā.

진회하

TIP

두목과 청루青樓

두목은 자유롭고 방탕한 삶을 산 풍류객이다. 수려한 용모에 당당한 풍채로 수많은 여인의 마음을 사로잡았다. 그가 양주揚州 자사刺史였을 때, 술에 취해 마차를 타고 거리를 지나면 청루기생집의 기생들이 자기 집에 오라고 귤을 던져 마차를 가득 채웠다는 이야기가 전해진다.

商山早行

상산조행

溫庭筠

晨起動征鐸,
신 기 동 정 탁

새벽에 일어나 말방울 울리며 떠나자니

客行悲故鄉。
객 행 비 고 향

나그네 길 고향 생각에 슬퍼지네.

鷄聲茅店月,
계 성 모 점 월

달빛 비치는 초가 객사엔 닭이 울고

人跡板橋霜。
인 적 판 교 상

서리 내린 널다리엔 사람 발자국 있네.

槲葉落山路,
곡 엽 락 산 로

떡갈나무 잎은 산길에 떨어지고,

枳花明驛牆。
지 화 명 역 장

탱자나무 꽃은 역참 담장에 환하게 피었네.

因思杜陵夢,
인 사 두 릉 몽

이에 꿈속의 두릉을 생각해 보니,

鳧雁滿回塘。
부 안 만 회 당

오리와 기러기 연못에 가득했었지.

▮ 시어 풀이

商山(장사 상, 뫼 산): 샤안시陝西성에 있는 산 이름. 당나라의 수많은 시인들이 상산과 관련된 시를 남겼다. 또한 '상산사호商山四皓 상산의 네 명의 노인들이라는 뜻으로 산속에 은거하는 덕망 있는 사람을 가리키는 말' 묘로도 잘 알려진 곳이다.

征鐸(칠 정, 방울 탁): 먼 길을 가는 수레를 끄는 말의 방울.

客行(나그네 객, 다닐 행): 나그네 길. 집에서 멀리 떠남을 의미한다.

茅店(띠 모, 가게 점): 초가지붕을 한 객사客舍. 허름한 여관.

板橋(널빤지 판, 다리 교): 널다리. 널빤지를 깔아서 놓은 다리.

槲葉(떡갈나무 곡, 잎사귀 엽): 떡갈나무 잎.

枳花(탱자나무 지, 꽃 화): 탱자 꽃.

驛牆(역참 역, 담 장): 역참의 담장.

杜陵(팥배나무 두, 언덕 릉): 장안 남쪽의 한나라 선제宣帝의 능. 여기서는 당나라 도성 장안을 가리킨다. 온정균은 원래 산시山西 사람인데, 장안에서 오래 생활하여 장안을 고향으로 여겼다.

鳧雁(오리 부, 기러기 안): 오리와 기러기.

回塘(돌 회, 못 당): 굽이진 연못.

▮ 이해와 감상

사詞 작가로 유명한 온정균溫庭筠812-870은 농염한 색채감과 화려한 자구字句, 정교한 대구對句를 활용한 아름다운 시를 지은 시인으로 잘 알려져 있다.

이 시는 온정균이 양양襄陽으로 가기 위해 장안을 떠나 상산을 지나가며 지은 것으로, 상산의 새벽 풍경과 고향을 그리워하는 나그네의 쓸쓸한 감정을 읊었다. 제1구에서 6구까지는 회화적인 시어와 정교한 대구, 치밀한 구조로 경치를 세밀하게 묘사했다. 제7, 8구는 전반부의 풍경에서 촉발된 도성에서의 꿈같던 지난날에 대한 회상을 통해, 나그네의 애끓는 향수를 토로했다.

🐌 商山早行
Shāngshān zǎoxíng

晨起动征铎,
Chénqǐ dòng zhēngduó,

客行悲故乡。
kèxíng bēi gùxiāng.

鸡声茅店月,
Jīshēng máodiàn yuè,

人迹板桥霜。
rénjì bǎnqiáo shuāng.

槲叶落山路,
Húyè luò shānlù,

枳花明驿墙。
zhǐhuā míng yìqiáng.

因思杜陵梦,
Yīn sī Dùlíng mèng,

凫雁满回塘。
fúyàn mǎn huítáng.

상산

▌생각해 보기

온정균의 사詞에서 비롯되었다고 하는 『화간집花間集』에 대해 알아봅시다.

상양襄阳시 상양고성襄阳古城의 모습

상산의 겨울 풍경

作品 04 「가난한 여인」

貧女
빈녀

秦韜玉

蓬門未識綺羅香, 봉 문 미 식 기 라 향	가난한 집이라 비단향도 모르는데,
擬托良媒益自傷。 의 탁 량 매 익 자 상	좋은 중매 부탁하려니 자신만 더욱 슬퍼질 뿐.
誰愛風流高格調, 수 애 풍 류 고 격 조	누가 나의 드높은 풍류와 격조를 아껴주리오,
共憐時世儉梳妝。 공 련 시 세 검 소 장	모두 지금 유행하는 수수한 치장만 좋아하네.
敢將十指誇針巧, 감 장 십 지 과 침 교	감히 열 손가락 바느질 솜씨를 자랑할 뿐,
不把雙眉鬪畫長。 불 파 쌍 미 투 화 장	두 눈썹 잘 그리는 것을 겨루지 않네.
苦恨年年壓金線, 고 한 년 년 압 금 선	한스럽게도 해마다 금실 자수 놓는 건,
爲他人作嫁衣裳。 위 타 인 작 가 의 상	남들 시집갈 때 입을 옷을 짓기 위해서라네.

貧女
Pínnǚ

蓬门未识绮罗香,
Péngmén wèi shí qǐluóxiāng,

拟托良媒益自伤。
nǐtuō liángméi yì zìshāng.

谁爱风流高格调,
Shéi ài fēngliú gāo gédiào,

共怜时世俭梳妆。
gòng lián shíshì jiǎn
shūzhuāng.

敢将十指夸针巧,
Gǎn jiāng shízhǐ kuā
zhēnqiǎo,

不把双眉斗画长。
bùbǎ shuāngméi dòu
huàcháng.

苦恨年年压金线,
Kǔhèn niánnián yā jīnxiàn,

为他人作嫁衣裳。
wèi tārén zuò jiàyīshang.

▌시어 풀이

蓬門(쑥 봉, 문 문): 쑥대로 지붕을 인 집의 문. 가난한 사람의 집을 비유하며 '봉호蓬戶'라고도 한다.

綺羅(비단 기, 그물 라): 곱고 아름다운 비단.

擬托(헤아릴 의, 밀 탁): 부탁하다.

良媒(어질 량, 중매 매): 좋은 중매.

格調(격 격, 고를 조): 사람의 품격과 취향.

憐(불쌍히여길 련): 좋아하다. 사랑하다.

時世(때 시, 세상 세): 그 당시의 세상.

儉梳妝(검소할 겸, 빗 소, 꾸밀 장): 기이하고 괴상한 화장. 여기에서 '검儉'은 '험하고 기이하다'는 '험險'과 같은 의미로 사용되었다.

誇(자랑할 과): 자랑하다.

針巧(바늘 침, 공교할 교): 바느질 솜씨가 뛰어나다.

雙眉鬪畫(쌍 쌍, 눈썹 미, 싸움 투, 그림 화): 두 눈썹 그리기를 다투다.

苦恨(쓸 고, 한할 한): 고통. 몸이나 마음이 견디기 어려울 만큼 불편하거나 고통스러운 상태.

壓金線(누를 압, 쇠 금, 선 선): 손으로 금실을 눌러 수를 놓다.

▌이해와 감상

만당의 시인 진도옥秦韜玉 생졸미상은 가난한 집안 출신으로 과거시험에 여러 차례 낙방하며 불우한 삶을 살았다. 이 시는 『당시삼백수唐詩三百首』에 수록될 정도로 유명한 작품으로, 가난한 여인의 처지를 묘사하여 시인 자신의 불우함을 토로했다.

제1, 2구에서는 주인공의 가난을 직접적으로 서술하였고, 제3구에서 6구까지는 재능을 인정받지 못하는 주인공을 통해 시인 자신의 회재불우를 비유적으로 드러냈다.

▌생각해 보기

'남 좋은 일만 시킨다'를 중국어로는 어떻게 표현하는지 찾아봅시다.

◆ 「비 내리는 밤 아내에게 부치다」

夜雨寄北
야우기북

李商隱

君問歸期未有期,
군 문 귀 기 미 유 기

巴山夜雨漲秋池。
파 산 야 우 창 추 지

何當共翦西窓燭,
하 당 공 전 서 창 촉

卻話巴山夜雨時。
각 화 파 산 야 우 시

夜雨寄北
Yèyǔ jì běi

君问归期未有期,
Jūn wèn guīqī wèiyǒu qī,

巴山夜雨涨秋池。
Bāshān yèyǔ zhǎng qiūchí.

何当共剪西窗烛,
Hédāng gòngjiǎn xīchuāng zhú,

却话巴山夜雨时。
quèhuà Bāshān yèyǔ shí.

TIP

서곤체西崑體의 출발

송초宋初에 유행한 서곤체는 화려한 글자와 대우對偶, 전고의 나열 등 이상은의 유미적인 시가 창작 수법을 모방해 지어진 시체를 말한다. 이들은 이상은의 시를 학습했다고 공공연히 밝혔지만, 이들의 시는 이상은을 뛰어넘지 못한 채 '모방작'에 머물렀다는 평가를 받는다.

▌시어 풀이

寄北(부칠 기, 북녘 북): 시를 써서 아내에게 보내다. '북창北窓'은 여인의 처소를 가리킨다.

歸期(돌아갈 귀, 때 기): 돌아올 때.

未有(아닐 미, 있을 유): 아직(지금껏) ~못하다.

巴山(땅이름 파, 뫼 산): 쓰촨四川성 청뚜成都 동북쪽에 있는 산. 이 시에서는 이상은이 머물고 있던 파촉巴蜀 지역을 가리킨다.

涨(불을 창): (물이) 넘치다.

何當(어찌 하, 당할 당): 언제. 어느 날. 언제쯤.

翦(자를 전): 자르다.

卻話(물리칠 각, 말 화): 다시 되새기며 지나간 일을 추억하며 이야기하다.

▌이해와 감상

이 시는 이상은의 대표적인 애정시 가운데 하나로, 가을밤 빗소리를 들으며 아내에게 보내는 편지글 형식의 칠언절구이다.

제1구에서는 언제 집으로 돌아올 것인지 묻는 아내에게 속 시원히 대답해주지 못하는 답답함을 표현했다. 제2구에서는 연못이 넘치도록 그칠 줄 모르는 가을 빗소리를 들으며 아내를 그리워하는 마음을 비유적으로 표현했다. 제3구와 4구는 지금은 같이 있지 못해도 언젠가는 함께 오늘을 추억할 것이라고 아내에게 전하며, 집으로 돌아가지 못하는 미안함과 아내를 그리워하는 지극한 정을 토로했다.

시가 해석
비 내리는 밤 아내에게 부치다

1그대는 2돌아올 날 3물었지만 4그 날을 5기약할 수 없소.
1파산에 2밤비 내려 3가을 연못이 4넘친다오.
1언제라야 2함께 3서쪽 창가에서 4촛불 심지 5자르며
1파산에 2밤비 내리던 때를 3이야기하게 될는지.

읽을거리

01 '비겁한 로맨티스트' 이상은

이상은의 일생에서 언급할 만한 여인은 여도사女道士 송화양宋華陽과 아내 왕씨王氏 두
사람이다.

이상은

여도사 송화양과의 러브스토리는 '봄 누에는 죽어서야 실 뽑기를 그치고, 촛불은 재가
되어서야 눈물이 마른다네'라는 「무제」 시의 시구와 함께 중국인들의 입에 오르내린다.
이상은은 15세에 도교를 공부하고자 허난성 제원濟源의 옥양산玉陽山으로 들어갔다가,
여도사 송화양을 만나 서로 사랑하게 되었다.

하지만 도사는 결혼이나 연애가 금지되어 있었기 때문에 두 사람은 숨어서 연애를 했고,
송화양이 임신하면서 연애가 발각되어 이상은은 옥양산에서 쫓겨났다. 이상은은 송화양을 잊지 못해 '무제'류의 시
를 써서 자신의 안타까운 사랑에 대한 슬픔과 그리움을 읊었다. 하지만 시를 통해 그리움 타령만 했지 송화양에
대한 어떤 책임 있는 행동을 했다는 말은 없다.

우이당쟁牛李黨爭으로 정치싸움이 한창이던 시기에, 우당牛黨인 영호초令狐楚의 도움으로 진사에 급제한 이상은
은 반대파인 이당李黨 왕무원王茂元의 딸과 혼인했다. 장인의 비호 아래 있던 이상은은 장인이 죽자 다시 반대당
인 우당의 권세가를 찾아간다. 이상은의 벼슬길은 순탄치 않았고, 오랫동안 지방관으로 떠돌며 아내와 떨어져 지
내야 했다. 아내 왕씨는 「야우기북夜雨寄北」 시에 보이는 것처럼 독수공방하며 남편을 그리워했을 것이다. 반대당
의 남자와 어렵게 결혼 결심을 한 결과가 독수공방이라니. 자신의 사랑에 대한 비애와 그리움을 시로 써낼 줄만
알뿐, 그 사랑을 제대로 지켜내지 못한 이상은을 '비겁한 로맨티스트'로 부를 수 있지 않을까?

Chapter
13

산문의 노래,
송대 시가

후주後周의 절도사였던 조광윤趙匡胤은 송宋나라를 건국한 후 문치주의를 표방했다. 또 당나라의 쇠망 원인을 중앙정권의 약화로 보고, 여러 제도를 개혁하고 과거시험으로 문인 관료를 선발해 황제 중심의 중앙집권 체재를 구축했다. 그 결과 봉건 세습 귀족은 몰락하고, 중소 지주 출신의 능력 있는 문인이 중앙 정부의 행정 관료가 되었다.

한편 쌀·보리의 이모작 확대와 비옥한 화남華南 지역 개발로 식량 생산이 증대되어, 인구가 약 1억 명에 이르렀다. 또한 과학기술의 발달로 화약과 나침반이 발명되었으며, 인쇄술의 발달로 세계 최초로 지폐가 발행되었다. 방직과 염색기술도 발달하여 수도였던 변경汴京(지금의 카이펑開封)에 베틀을 100대 이상 갖춘 직조 공장이 100개 이상 운영되었다. 도자기와 차 생산이 증가하면서 국제 무역도 번성했다. 이러한 상공업 발달이 가져온 경제발전을 바탕으로, 송나라의 문화·학술·문학·예술 등은 이전과 비교할 수 없을 정도로 발전했다.

송대에 발명된 나침반과 지폐

그러나 송나라는 지나친 문치주의로 인한 비효율적인 군제와 관제 때문에 외세의 침입에 무력하게 무너졌다. 금金나라의 침략으로 발생한 정강지변靖康之變01으로 화북華北지역을 잃고, 남쪽으로 피난하여 임안臨安(지금의 저장浙江성 항저우杭州)을 수도로 삼아 남송을 세웠지만, 몽골의 침입으로 멸망했다.

중국 시가의 성숙도는 당대唐代에 정점을 찍은 후, 북송에 와서 큰 전환점을 맞이했다. 송시는 정제된 운율미와 수묵화 같은 아름다움을 지닌 당시를 계승하면서도, 송대만의 독특한 시 세계를 구축하여 중국 시가의 새로운 면모를 선보였다. 즉 송시는 당시에 비해 산문화되었는데, 이는 송대에 유행한 이학理學의 영향으로 개인의 감정을

---

01 정강靖康 2년1126에 금나라 군대의 공격을 받아 수도인 변경이 함락되어, 휘종徽宗과 흠종欽宗 두 황제와 수많은 왕족이 포로로 잡혀 금나라로 연행되어 갔던 사건이다.

표현하기보다는 철학적이고 논리적인 내용을 산문식으로 전달하는 데 더욱 치중했기 때문이다. 또한 당대에 비해 시인과 그 작품 수도 크게 증가했다.[02]

송초宋初의 시는 만당의 유미주의 시풍을 답습한 서곤체西崑體 **TIP**에서 출발한다. 이후 서곤체를 반대하며 시가혁신운동을 일으킨 구양수歐陽修, 매요신梅堯臣, 소순흠蘇舜欽을 거쳐, 왕안석王安石과 소식蘇軾에 이르러 비약적으로 발전했다.

송대에 가장 큰 성세를 떨친 시파로는 강서시파江西詩派[03]를 꼽을 수 있다. 황정견黃庭堅이 창시한 강서시파는 엄숙한 태도와 학문을 바탕으로 한 개성 있는 시를 창작했다. 강서시파가 주창한 환골탈태換骨奪胎[04]는 표절문제를 일으키기도 하지만, 시작詩作에 있어서의 엄격한 태도는 남송뿐만 아니라 원나라 때까지도 영향을 끼쳤다.

북송의 시가 당시唐詩의 학습을 통해 북송 시만의 개성을 수립했다면, 남송의 시는 북송 시를 학습하며 자립을 추구했다. 북송 때 유파를 형성했던 강서시파는 남송에서도 여전히 위력을 발휘하여 여본중呂本中, 증기曾幾로 이어졌다. 이후 육유陸游, 양만리楊萬里**TIP**, 범성대范成大, 우무尤袤가 강서시파의 시풍을 바탕으로 개성 있는 시를 지어 남송사대가南宋四大家 혹은 중흥사대시인中興四大詩人으로 불렸다.

남송 말엽에는 강서시파에 반대하며 당시만당시로의 복귀를 주장한

TIP

서곤체西崑體
송나라 초기에 유행한 시체로, 만당晚唐의 이상은李商隱을 본떠 대우를 중시하고 전고를 많이 쓰며, 감상적이고 화려한 시풍을 추구했다. 진종眞宗 경덕景德 연간1004~1007에 당시의 대표시인들의 작품을 모아 『서곤수창집西崑酬唱集』을 낸 데서 이름이 유래했고, 대표 작가는 양억楊億, 전유연錢惟演, 유균劉筠 등이다.

TIP

성재체誠齋體
양만리가 개발한 신선하고 활발하며, 풍격이 자연스러운 시풍을 말한다. 농촌이나 전원생활의 정취를 해학적으로 묘사했는데, 통속적이고도 평이한 구어口語를 즐겨 사용했다.

---

02 『전당시全唐詩』에 2,300여 시인이 창작한 48,900여 수의 작품이 실려 있다면, 『전송시全宋詩』에는 9,300여 시인의 20만 수가 넘는 작품이 수록되어 있다.

03 황정견을 중심으로 형성된 시기 유파로, 휘종徽宗 때 여본중呂本中이 지은 『강서시사종파도江西詩社宗派圖』에서 이름이 유래되었다. 여본중은 이 책에서 황정견을 시파의 종주로 하여, 진사도陳師道를 비롯한 25명의 시인들을 나열했다.

04 황정견의 시학이론으로, '뼈를 바꾸고 태를 빼낸다'는 뜻이다. 이전의 시를 모방하지만, 시의 의미는 바꾸지 않고 표현을 바꾸는 것이 '환골'이고, 시의 뜻에 변화를 주는 것이 '탈태'이다.

영가사령永嘉四靈05이 출현했다. 이로 인해 송시를 대표하는 강서시파와 당시를 추구한 영가사령 간의 '당송시 우열논쟁'이 벌어졌다. 송대의 저명한 비평가인 엄우嚴羽는 『창랑시화滄浪詩話』**TIP**에서 강서시파와 영가사령을 모두 비판하며 성당시를 배울 것을 주장했다. 이후 출현한 강호시파江湖詩派06는 강호에 은거하며 술과 자연을 노래했는데, 그중 일부 시인은 당송시의 절충 조화론을 주장했다.

남송은 몽골의 침략으로 수도 임안이 함락된 후에도 계속 항전했지만, 상흥祥興 2년1279에 결국 멸망했다. 송시는 파국으로 내닫는 암담한 현실 속에서 비분강개한 마음으로 망국의 한을 노래한 유민시遺民詩로 마감하게 된다. 유민시 작가들은 이민족의 침략에 저항하고, 무능한 통치자들을 비판하며 고국을 그리는 슬픔을 노래했다. 대표 시인으로 문천상文天祥, 임경희林景熙 등이 있다.

중국의 고전시가는 당나라 때 정점을 찍고 북송에 와서 송시만의 특색을 이루었다. 운율은 사詞에 내어주고, 시는 읽는 시가 되어 송대 사대부의 사회적 교류와 소통의 수단이 되었다. 그러나 남송 때 소설과 희곡 등 통속문학이 발달하며, 시는 점차 쇠퇴의 길로 들어서게 된다.

---

05 영가永嘉(지금의 저장성 원저우溫州) 출신의 서조徐照, 서기徐璣, 조사수趙師秀, 옹권翁卷을 지칭한다. 이들은 모두 '영靈'자가 들어간 자나 호를 사용하였기 때문에 '영가사령'이라 한다. 만당의 가도賈島와 요합姚合을 숭상했다.

06 진기陳起가 여러 시인의 작품을 모아 편찬한 『강호집江湖集』에서 비롯된 이름이다. 강호시파 시인 중에는 강서시파의 영향을 받은 시인도 있고 영가사령의 영향을 받은 시인도 있어, 그들만의 뚜렷한 시풍이 형성되지는 않았다. 대표 시인으로 강기姜夔, 유극장劉克莊, 대복고戴復古를 꼽을 수 있다.

작품 01 「왕소군의 노래」

明妃曲
명비곡

王安石

明妃初出漢宮時，
명 비 초 출 한 궁 시

왕소군이 처음 한나라 궁궐 떠날 때,

淚濕春風鬢脚垂。
루 습 춘 풍 빈 각 수

봄바람 같은 얼굴 눈물에 젖고 귀밑머리 드리워졌었네.

低徊顧影無顔色，
저 회 고 영 무 안 색

머뭇머뭇 제 그림자 돌아보는 얼굴빛 창백하여,

尚得君王不自持。
상 득 군 왕 불 자 지

여전히 황제의 마음 가눌 수 없게 했다네.

歸來卻怪丹靑手，
귀 래 각 괴 단 청 수

돌아와 도리어 화공의 솜씨를 책망하니

入眼平生幾曾有。
입 안 평 생 기 증 유

눈에 드는 미인이 평생에 몇이나 있었던가!

意態由來畫不成，
의 태 유 래 화 부 성

마음과 자태는 본디 그려 낼 수 없으니

當時枉殺毛延壽。
당 시 왕 살 모 연 수

당시 부질없이 모연수를 죽였네.

一去心知更不歸，
일 거 심 지 갱 불 귀

한 번 떠나면 다시 돌아오지 못하는 것 알고

可憐著盡漢宮衣。
가 련 착 진 한 궁 의

가련하게도 한나라 궁궐 옷만 입었네.

寄聲欲問塞南事，
기 성 욕 문 새 남 사

소식 띄워 국경 남쪽 한나라 일을 물으려 하나

只有年年鴻雁飛。
지 유 년 년 홍 안 비

해마다 기러기만 무심히 날아가네.

家人萬里傳消息，
가 인 만 리 전 소 식

만리 밖의 가족들 소식을 전해오니,

好在氈城莫相憶。
호 재 전 성 막 상 억

오랑캐 왕궁에서 잘 지내고 집 그리워 말라 하네.

君不見，
군 불 견

그대는 보지 못했는가?

咫尺長門閉阿嬌，
지 척 장 문 폐 아 교

지척의 장문궁에 갇힌 아교를,

人生失意無南北。
인 생 실 의 무 남 북

인생에 뜻을 잃으면 남북이 따로 없다네.

明妃曲
Míngfēiqǔ

明妃初出汉宫时,
Míngfēi chūchū Hàngōng shí,

泪湿春风鬓脚垂。
lèishī chūnfēng bìnjiǎo chuí.

低徊顾影无颜色,
Dīhuái gùyǐng wú yánsè,

尚得君王不自持。
shàngdé jūnwáng bú zìchí.

归来却怪丹青手,
Guīlái què guài dān qīngshǒu,

入眼平生几曾有。
rùyǎn píngshēng jǐ céng yǒu.

意态由来画不成,
Yìtài yóulái huà bù chéng,

当时枉杀毛延寿。
dāngshí wǎngshā Máo Yánshòu.

一去心知更不归,
Yíqù xīnzhī gèng bùguī,

可怜着尽汉宫衣。
kělián zhuójìn Hàngōng yī.

寄声欲问塞南事,
Jìshēng yùwèn sài nán shì,

只有年年鸿雁飞。
zhǐyǒu niánnián hóngyàn fēi.

家人万里传消息,
Jiārén wànlǐ chuán xiāoxi,

好在毡城莫相忆。
hǎo zài zhānchéng mò xiāngyì.

君不见,
Jūn bújiàn,

咫尺长门闭阿娇,
zhǐchǐ Chángmén bì Ā Jiāo,

人生失意无南北。
rénshēng shīyì wú nánběi.

시어 풀이

明妃(밝을 명, 왕비 비): 왕소군王昭君. 한나라 원제元帝의 궁녀로 미모가 뛰어났다. 진晉나라 문제文帝 사마소司馬昭의 이름을 피휘하여 '소'를 '명'으로 바꾸었다.

春風(봄 춘, 바람 풍): 봄바람. 아름다운 얼굴을 비유한다.

鬢脚(살쩍 빈, 다리 각): 살쩍. 귀밑머리.

低徊(낮을 저, 노닐 회): 머뭇거리다. 배회하다.

無顏色(없을 무, 얼굴 안, 빛 색): 얼굴빛이 창백하다. 안색이 좋지 않다.

自持(스스로 자, 가질 지): 자제하다. 스스로 억제하다.

怪(기괴할 괴): 책망하다.

丹靑手(붉을 단, 푸를 청, 손 수): 그림을 그리는 손, 즉 그림을 그리는 화가의 솜씨. 왕소군의 초상을 그린 화가 모연수毛延壽를 뜻한다.

入眼(들 입, 눈 안): 눈에 들다. 보고 마음에 들다.

幾曾有(몇 기, 일찍 증, 있을 유): 몇 번이나 그런 적이 있었던가!

意態(뜻 의, 모양 태): 마음과 자태.

由來(말미암을 유, 올 래): 본디.

枉(굽을 왕): 헛되이. 부질없이.

著(입을 착): 옷을 입다.

鴻雁(큰 기러기 홍, 기러기 안): 큰 기러기.

氈城(모전 전, 성 성): 옛날 흉노 등의 유목민족이 살던 파오가 모여 있는 곳. 이 시에서는 '흉노의 왕궁'을 뜻한다.

咫尺(여덟 치 지, 자 척): 여덟 치와 한 자. 아주 가까운 거리. 지척.

長門(길 장, 문 문): 한나라 궁전인 장문궁長門宮. 한무제의 총애를 잃은 진황후陳皇后가 유폐된 곳으로, 진황후는 장문궁에 유폐되고 나서 얼마 안 돼 죽었다.

阿嬌(언덕 아, 아리따울 교): 진황후의 아명. 무제는 어렸을 때 아교를 사랑하여 즉위한 뒤 황후로 맞아들였지만, 그녀에 대한 사랑이 식자 그녀를 장문궁에 유폐시켰다.

이해와 감상

당송팔대가 중의 한 명인 왕안석王安石 1021-1086은 북송 신종神宗 때 신법新法 시행을 주도한 개혁정치가이며, 북송을 대표하는 문인이다. 1,600여 수의 시를 창작했는데, 전기에는 주로 사회참여적 시를 창작했고, 은퇴 후에는 산수자연을 즐기며 시법을 따져 시를 지었다.

왕안석의 대표작 가운데 하나인 「명비곡」은 2수로 된 연작시인데, 여기에 소개한 시는 제1수이다. 이전에 왕소군을 소재로 한 시들이 한나라의 화친정책에 희생된 왕소군을 부각시켰다면, 이 시는 여성으로서의 왕소군의 삶을 위로했다.

시에서는 왕소군의 스토리를 시간의 흐름에 따라 산문식으로 전개했는데, 이처럼 산문식으로 시를 쓰는 방식을 '이문위시以文爲詩'라 한다. 이는 송시의 가장 큰 특색 중 하나이다.

왕안석

생각해 보기

중국의 4대미녀 가운데 한 명인 한대漢代 왕소군王昭君에 얽힌 이야기를 찾아봅시다.

비파를 연주하는 왕소군

登快閣
등쾌각

黃庭堅

癡兒了卻公家事,
치 아 료 각 공 가 사

어리석은 이 사람 공무를 끝내놓고,

快閣東西倚晚晴。
쾌 각 동 서 의 만 청

쾌각에 올라 동서로 맑게 갠 저녁 풍경 즐기네.

落木千山天遠大,
낙 목 천 산 천 원 대

낙엽 진 산들로 하늘은 더 드넓어지고,

澄江一道月分明。
징 강 일 도 월 분 명

맑은 강 한 줄기 달 아래 또렷하네.

朱弦已爲佳人絶,
주 현 이 위 가 인 절

거문고 소리 고운 님 따라 이미 끊어졌는데,

青眼聊因美酒橫。
청 안 료 인 미 주 횡

반가운 눈빛 좋은 술 보고 잠시 떠오르네.

萬里歸船弄長笛,
만 리 귀 선 롱 장 적

멀리 떠나가는 배에서 피리 소리 들려오니,

此心吾與白鷗盟。
차 심 오 여 백 구 맹

이 마음을 날아가는 흰 갈매기에 실어보네.

시어 풀이

快閣(상쾌할 쾌, 집 각): 지금의 장시江西성 지저우吉州시 간장贛江 강가에 위치한 누각. 당나라 때 자은사慈恩寺 경내에 관세음보살을 모시는 곳으로 지어져 자씨각慈氏閣이라고 했다. 송초에 이곳의 현령이었던 심준沈遵이 공무에 시달리다가, 이 누각에 올라가 멀리 바라보며 마음이 탁 트이고 기분이 상쾌해지는 것을 느끼고, 누각의 명칭을 '쾌각'이라 바꿨다.

癡兒(어리석을 치, 아이 아): 어리석은 사람. 이 시에서는 시인 자신을 지칭한다.

了卻(마칠 료, 물리칠 각): 완성하다. 끝내다.

倚(의지할 의): 기대다.

晚晴(늦을 만, 맑을 청): 맑은 저녁 날씨. 맑게 갠 저녁 하늘.

落木(떨어질 낙, 나무 목): 잎이 떨어진 나무.

澄江(맑을 징, 강 강): 맑은 강. 창장長江강의 지류로 장시성을 흐르는 가장 긴 하천인 간장贛江(감강)강을 말한다.

道(길 도): 강이나 하천같이 긴 것을 세는 데 사용되는 양사.

朱弦(붉을 주, 시위 현): 거문고.

佳人(아름다울 가, 사람 인): 아름다운 사람. 미인. 이 시에서는 자신을 알아주는 지기知己, 지음知音을 뜻한다.

靑眼(푸를 청, 눈 안): 사람을 존중하고 좋아하는 마음으로 대하는 눈초리. 백안白眼의 반대 의미이다.

聊(애오라지 료): 잠시. 잠깐.

弄(희롱할 롱): 연주하다.

白鷗盟(흰 백, 갈매기 구, 맹세할 맹): 갈매기와 맹서하다. 이익이나 작록爵祿에 뜻을 두지 않고 자연에 은거하는 것을 의미한다.

🍂 登快阁
Dēng Kuàigé

痴儿了却公家事,
Chī'ér liǎoquè gōngjiā shì,

快阁东西倚晚晴。
Kuàigé dōngxī yǐ wǎnqíng.

落木千山天远大,
Luòmù qiānshān tiān yuǎn dà,

澄江一道月分明。
Chéngjiāng yídào yuè fēnmíng.

朱弦已为佳人绝,
Zhūxián yǐwéi jiārén jué,

青眼聊因美酒横。
qīngyǎn liáoyīn měijiǔ héng.

万里归船弄长笛,
Wànlǐ guīchuán nòng chángdí,

此心吾与白鸥盟。
cǐxīn wú yǔ bái'ōu méng.

쾌각과 간장강(감강)

북송 시인 황정견黃庭堅 1045-1105은 환골탈태換骨奪胎[01]와 점철성금點鐵成金[02]을 주장하며 송나라 시단의 혁신을 꾀한 강서시파의 개창자이다.

이 시는 원풍元豐 5년 1082 황정견이 태화령太和令으로 부임한 지 3년째 되던 해에 쓴 칠언율시이다. 공무를 끝내고 쾌각에 올라 바라본 경치를 담담하게 묘사하며, 지기知己를 만나기 어려운 현실 및 귀향과 은거에 대한 심정을 토로했다. 이 시를 지은 이후 이 시에 화답한 창화시唱和詩 수백 편이 나와, 쾌각이 더욱 유명해졌다.

┃ 생각해 보기

고사성어 '백아절현伯牙絶絃'의 유래와 그 의미를 찾아봅시다.

---

01 본책 182쪽 04번 주석의 내용 참고

02 고철을 녹여 금덩이를 만든다. 진부한 소재로 참신한 표현을 만든다는 시가 이론이다.

◆「가을날의 정회」

秋懷
추회

歐陽修

節物豈不好,
절 물 기 불 호

秋懷何黯然。
추 회 하 암 연

西風酒旗市,
서 풍 주 기 시

細雨菊花天。
세 우 국 화 천

感事悲雙鬢,
감 사 비 쌍 빈

包羞食萬錢。
포 수 식 만 전

鹿車何日駕,
녹 거 하 일 가

歸去潁東田。
귀 거 영 동 전

秋怀
Qiūhuái

节物岂不好，
Jiéwù qǐ bù hǎo,

秋怀何黯然。
qiūhuái hé ànrán.

西风酒旗市，
Xīfēng jiǔqí shì,

细雨菊花天。
xiyǔ júhuā tiān.

感事悲双鬓，
Gǎnshì bēi shuāngbìn,

包羞食万钱。
bāoxiū shí wànqián.

鹿车何日驾，
Lùchē héri jià,

归去颍东田。
guīqù Yīngdōng tián.

▌시어 풀이

秋懷(가을 추, 품을 회): 가을날의 생각과 감흥.

節物(절기 절, 만물 물): 계절의 변화에 따라 나타나는 현상. 계절에 따라 변화하는 경치.

黯然(어두울 암, 그러할 연): 시름에 겨워 슬프고 침울하다.

西風(서녘 서, 바람 풍): 서풍. 가을바람.

天(하늘 천): 아주 많다.

感事(느낄 감, 일 사): 외부 일이나 사물에 의해 감정이 촉발되다.

雙鬢(쌍 쌍, 살쩍 빈): 양쪽 귀밑머리.

包羞(용납할 포, 부끄러울 수): 자신이 한 일에 부끄러움을 느끼다.

食(먹을 식): 녹봉을 받다.

鹿車(사슴 록, 수레 거): 작은 수레. 사슴 한 마리만 들어갈 것 같이 작아 '녹거 鹿車'라 했다고 한다. 이 시에서는 '산림에 은거하다'는 뜻으로 사용되었다.

駕(멍에 가): (수레를) 몰다.

穎(강 이름 영): 영주穎州(지금의 안후이安徽성 푸양阜陽). 구양수는 황우皇祐 원년 1049에 영주 지주知州에 부임하여 영주의 아름다운 자연 경관에 매료되었다. 중앙의 요직에 복귀한 이후, 영주에서 여생을 보내기 위해 여러 차례 사직을 청한 끝에 희녕熙寧 4년1071에 치사致仕를 허락받고 영주로 돌아왔다.

▌이해와 감상

구양수歐陽修 1007-1072는 북송의 정치가로 당송팔대가 중 한 사람이다. 중당中唐 신악부운동의 이론을 계승하여 자신의 시론을 발전시키며 북송의 시가혁신을 주도했다.

이 시는 가을날 풍경에서 촉발되어, 관직을 떠나 전원에 은거하고 싶은 마음을 읊은 것이다. 머리가 새하얗도록 국사에 전념했지만, 정치적 좌절로 봉록만 축내는 자신의 처지를 탄식했다. 유가적 우국지정과 도가적 귀은歸隱 사상이 잘 어우러져있다는 평가를 받는다.

구양수

가을날의 정회

₁계절의 경물이 ₂어찌 ₃좋지 ₄않을까만,

₁가을날의 정회는 ₂어찌 이리 ₃암울한지.

₁가을바람에 ₂저잣거리 ₃술집 깃발 날리고,

₁가랑비 속 ₂온 천지엔 ₃국화 가득하네.

₁세상사 ₂생각하며 ₃희어진 양 귀밑머리 ₄슬퍼하니

₁만전의 ₂봉록만 축내는 것이 ₃부끄러워라.

₁언젠가 ₂작은 수레 ₃몰고

₁영주 ₂동쪽 전원으로 ₃돌아가리라.

잉저우潁州 시후西湖의 모습

示兒
시아

陸游

死去元知萬事空，
사 거 원 지 만 사 공

但悲不見九州同。
단 비 불 견 구 주 동

王師北定中原日，
왕 사 북 정 중 원 일

家祭無忘告乃翁。
가 제 무 망 고 내 옹

죽고 나면 모든 게 헛됨을 진작 알았지만,

다만 조국의 통일을 못 본 게 한스럽네.

왕의 군대가 북쪽 중원 평정하는 날을,

제삿날에 잊지 말고 이 아비에게 알리거라!

시어 풀이

示兒(보일 시, 아들 아): 아들에게 보여주다.

元(근본 원): 원래. '원原'과 통용되는 글자.

萬事空(일만 만, 일 사, 빌 공): 모든 것이 헛되다. 아무것도 없다.

九州同(아홉 구, 고을 주, 같을 동): 구주가 통일되다. '구주九州'는 중국 전체를
지칭하는 말인데, 이 시에서는 송나라를 가리킨다.

王師(임금 왕, 군대 사): 송나라 군대.

北定(북녘 북, 평정할 정): 북방을 평정하다.

中原(가운데 중, 벌판 원): 금나라가 점거한 회하淮河 이북 지역.

家祭(집 가, 제사 제): 집안의 조상에게 올리는 제사.

乃翁(너 내, 늙은이 옹): 네 아비. 이 아비. 아버지가 아들에게 자신을 가리켜
일컫는 말이다.

示儿
Shì ér

死去元知万事空,
Sǐqù yuán zhī wànshì kōng,

但悲不见九州同。
dàn bēi bújiàn Jiǔzhōu tóng.

王师北定中原日,
Wángshī běi dìng
zhōngyuán rì,

家祭无忘告乃翁。
jiājì wúwàng gào nǎiwēng.

이해와 감상

육유陸游 1125-1210는 남송의 대표 시인으로, 처음에는 강서시파를 따
랐지만 중년 이후에는 자기만의 독특한 시 세계를 개척했다. 일생 동
안 금金나라에 대한 항전을 주장하며, 비분강개한 우국의 시를 쓴 애
국시인이다.

이 시는 86세1210의 나이로 병석에 누운 시인이 임종을 앞두고 아들
과 손자들에게 남긴 것으로, 죽으면서도 중원 수복을 염원하는 처연
한 심정을 담았다. 시에서는 죽고 나면 모든 것이 헛된 것이라는 철리
哲理를 첫 구절에 먼저 드러낸 후 우국의 심정을 산문식으로 표현했
는데, 이는 당시와는 매우 다른 송시의 독특한 면모라 하겠다.

생각해 보기

중국의 별칭인 '구주九州'의 유래에 대해 찾아봅시다.

01 육유와 당완唐琬

육유

육유는 스무살 때 이종사촌 여동생인 당완과 결혼했다. 두 사람은 서로 사랑했지만, 며느리에 대한 시어머니의 구박과 이혼 강요로 결국 결혼 3년 만에 이혼했다. 그 후 육유는 어머니의 뜻을 받들어 왕씨 집 처자와 재혼했고, 당완도 송나라 황실의 종친인 조사정趙士程과 재혼했다.

두 사람이 이혼하고 10년이 지난 1155년 어느 봄날, 육유는 심원沈園에 나들이 갔다가 우연히 남편과 함께 온 당완과 마주쳤다. 육유는 당완 부부와 헤어진 후, 심원의 담장에 「채두봉釵頭鳳」이라는 사詞를 적어 자신의 애틋하고 비통한 심정을 쏟아냈다. 다음 해에 다시 심원을 찾은 당완은 육유가 남긴 사에 화답하여 같은 제목의 「채두봉」 한 수를 남기고 얼마 후 병으로 젊은 나이에 세상을 떠났다. 하지만 고향을 떠나 북방의 전장으로 가고, 또 중앙 정부와 지방 관청을 오가며 벼슬살이를 했던 육유는 그 소식을 전해 듣지 못했다.

육유는 당완이 세상을 떠난 지 40년 후 다시 심원을 찾아, 「심원」이라는 시 2수를 남겼다.

此身行作稽山土,　이 내 몸도 계산의 흙이 되겠지만,
차 신 행 작 계 산 토

猶吊遺蹤一泫然。　아직도 남은 자취 그리워 눈물만 흐른다오.
유 적 유 종 일 현 연

심원 담장에 쓰여진 육유와 당완의 「채두봉」

육유는 죽을 때까지 당완을 잊지 못했는데, 81세에 쓴 「12월 2일 밤 꿈에 심원정을 거닐며十二月二日夜夢遊沈氏園亭」 2수와 84세에 쓴 「봄놀이春遊」는 모두 당완에 대한 절절한 그리움을 담고 있다.

催租行
최조행

范成大

輸租得鈔官更催,	세금 내고 증서도 받았는데 관아에서 다시 재촉하여,
수 조 득 초 관 갱 최	
踉蹡里正敲門來。	이장이 어정어정 걸어와 대문을 두드리네.
랑 장 이 정 고 문 래	
手持文書雜嗔喜,	문서를 손에 들고 화냈다 웃었다 하며
수 지 문 서 잡 진 희	
我亦來營醉歸耳。	"내 그저 술이나 한 잔 먹으러 왔을 뿐이네"라 하네.
아 역 래 영 취 귀 이	
牀頭慳囊大如拳,	침상 머리맡 주먹만 한 돈단지,
상 두 간 낭 대 여 권	
撲破正有三百錢。	깨뜨려보니 딱 삼백 전이 들어있네.
박 파 정 유 삼 백 전	
不堪與君成一醉,	"나으리 술값으론 턱없이 모자라지만,
불 감 여 군 성 일 취	
聊復償君草鞋費。	부족하나마 짚신값으로 삼으시구료."
로 복 상 군 초 혜 비	

催租行
Cuī zū xíng

輸租得鈔官更催,
Shūzū déchāo guān gèng
cuī,

踉蹌里正敲门来。
liàngqiàng lǐzhèng qiāomén
lái.

手持文书杂嗔喜,
Shǒu chí wénshū zá chēn xǐ,

我亦来营醉归耳。
wǒ yì lái yíng zuì guī ěr.

床头悭囊大如拳,
Chuángtóu qiānnáng dà rú
quán,

扑破正有三百钱。
pūpò zhèng yǒu sānbǎi
qián.

不堪与君成一醉,
Bùkān yǔ jūn chéng yí zuì,

聊复偿君草鞋费。
liáofù cháng jūn cǎoxié fèi.

시어 풀이

催租行(재촉할 최, 세금 조, 다닐 행): 세금을 재촉하는 노래. '行행'은 시체詩體
　　의 이름으로 악부樂府와 고시古詩의 한 형태를 가리킨다.

輸租(보낼 수, 세금 조): 세금을 납부하다.

得鈔(얻을 득, 영수증 초): 영수증을 받다. '초鈔'는 관에서 세금을 납부한 이에
　　게 발급하는 영수증이다.

踉蹌(뛸 량, 비틀거릴 장): 불안정하게 걷는 모양.

里正(마을 리, 바를 정): 이장里長. 세금 징수 등을 담당하는 향촌의 책임자.

文書(글 문, 책 서): 세금 징수 장부.

雜嗔喜(섞일 잡, 성낼 진, 기쁠 희): 화를 냈다 웃었다를 번갈아 하다.

來營醉歸(올 래, 꾀할 영, 취할 취, 돌아갈 귀): 술에 취해 돌아가기 위해 오다.
　　이미 세금을 납부한 것을 알면서도 세금 독촉을 핑계로 술을 얻어
　　먹기 위해 온 것으로, 일종의 협박과 강요라 볼 수 있다.

悭囊(아낄 간, 주머니 낭): 자린고비의 돈 주머니. 이 시에서는 돈을 모아놓은
　　항아리를 지칭한다.

撲破(칠 박, 깨뜨릴 파): 쳐서 깨뜨리다. 돈을 모아 놓은 항아리에서 돈을 꺼내
　　기 위해 깨뜨리는 것을 말한다.

不堪(아닐 불, 감당할 감): 감당할 수 없다.

君(임금 군): 그대. 여기에서는 '이장'을 지칭한다.

聊(애오라지 료): 부족하나마.

償(갚을 상): 대가로 삼다. 보상하다.

草鞋費(풀 초, 신발 혜, 비용 비): 짚신값. 세금을 징수하러 온 이장이 심부름
　　값 명목으로 거두어들이는 돈을 통칭한다.

이해와 감상

범성대范成大 1126-1193는 중국 전원시를 집대성한 남송의 대표시인이
다. 농촌 생활을 묘사한 「사시전원잡흥四時田園雜興」 60수는 이후 전
원시에 큰 영향을 끼쳤다.

이 시는 소흥 25년1155 신안新安의 사호참군司戶參軍으로 재직할 때
지은 것이다. 당시 사회문제였던 세금의 중복 징수와 관리의 핍박을
소재로 했다. 총 8구로 이루어진 칠언고시로 56자밖에 되지 않지만,

범성대

백성의 고통을 구어적 표현과 섬세한 인물 묘사로 생동감 있게 그렸다. 시 전반에 보인 드라마의 한 장면 같은 산문식의 표현과 제4구의 대화체식 어투 등은 모두 송시의 큰 특색으로 볼 수 있다.

▌생각해 보기

'초혜비草鞋費'라고도 하는 '초혜전草鞋錢'에 대해 찾아봅시다.

육유와 당완 부부가 「채두봉釵頭鳳」을 적어 둔 심원沈園

Chapter 14

팔방미인
소동파의 시가

소동파蘇東坡1036-1101는 시, 사詞, 산문 등 문학 분야에 있어서 북송을 대표하는 대문호일 뿐만 아니라 정치가, 사상가, 경학자, 서예가, 화가로도 명성이 높았다. 그의 본명은 소식蘇軾이지만, 황주黃州유배시절에 '동쪽 언덕'에서 농사를 지으며 불렸던 동파東坡라는 자호自號로 세상에 더 알려져 있다.

소동파

소동파는 정치적인 측면에서는 보수파로서, 왕안석王安石의 신법新法에 반대하다가 여러 지역으로 유배를 다녔다. 그는 전국 각 지역의 지방관 생활과 유랑생활을 통해 많은 사람과 교류하였고, 각지의 다채로운 풍물들을 접할 기회를 가졌다. 게다가 그는 유불도儒佛道 사상을 조화롭게 수용하기도 했다. 소동파의 이런 다양한 삶의 궤적, 폭넓은 경험과 사상 등은 문학 창작에 있어서 호방한 경향을 띠게 하였으며, 작품의 제재와 내용을 더욱 넓고 풍부하게 하였다.

소동파의 시는 2,000여 수, 사詞는 300여 수가 전해지며 산문도 그 양이 방대하다. 소동파의 시 작품은 내용별로 정치사회시, 서정시, 사경시寫景詩 등으로 분류할 수가 있다. 정치사회시는 위정자의 부패, 토지겸병과 과중한 세금 등으로 초래된 백성의 고통과 빈부 격차, 요遼와 서하西夏 등 이민족의 침략에 대한 강력한 국방정책 등을 그 내용으로 한다. 또한 왕안석의 신법을 반대하고 비판한 시도 적지 않다. 이러한 정치사회시는 산문화와 의론화議論化 경향이 짙은데, 이것은 구양수歐陽修와 왕안석을 중심으로 한 북송 중기의 이문위시以文爲詩(산문을 쓰듯이 시를 씀)의 추세를 계승 발전시킨 것으로, 송시의 특징 중 하나가 되었다.

서정시는 당시 보수파와 개혁파의 갈등이라는 정치구도 하에서 겪은 정치적 실의와 유배지에서의 고충 및 감회와 우정 등을 담고 있다. 사경시寫景詩는 부임지의 경관을 묘사하면서 인생의 철리를 투영하고 있다. 지방관으로 여러 곳을 전전하며 접했던 각양각색의 산수자연은 시 속에서 그의 인생의 동반자이자 애절한 향수의 대상으로

삼소사三蘇祠

소식의 고향인 쓰촨四川성 메이산眉山에 가면 '삼소사'라는 사당이 있다. 이 사당은 소식의 아버지 소순蘇洵과 소식蘇軾 그리고 동생인 소철蘇轍 삼부자를 기리는 사당이다.

이들 삼부자는 셋 다 당송 팔대가에 들었으니 문학적으로도 훌륭하고 또한 정치적으로도 뛰어났다. 이런 이유로 명대에 사당을 조성하여 이들 삼부자를 기리고 있다. 현대에도 자식들의 입신양명을 기원하는 부모들의 발걸음이 끊이지 않고 있다.

형상화되었다. 소동파의 사경시는 한마디로 정情, 경景, 이理가 조화롭게 삼위일체를 이룬 시라고 평가할 수 있다.

소순, 소식, 소철 삼부자를 기리는 사당 삼소사三蘇祠

작품 감상

작품 01 「서림사 벽에 쓰다」

題西林壁
제서림벽

蘇東坡

橫看成嶺側成峰,
횡 간 성 령 측 성 봉

가로로 보면 높은 고개 되고, 옆에서 보면 봉우리 되니

遠近高低各不同。
원 근 고 저 각 부 동

원근 고저에 따라 모습이 제각각일세.

不識廬山眞面目,
불 식 여 산 진 면 목

여산의 참모습을 알지 못하는 까닭은

只緣身在此山中。
지 연 신 재 차 산 중

단지 이 몸이 이 산속에 있기 때문일세.

題西林壁
Tí Xīlín bì

横看成岭侧成峰，
Héng kàn chéng lǐng cè chéng fēng,

远近高低各不同。
yuǎnjìn gāodī gè bùtóng.

不识庐山真面目，
Bùshí Lúshān zhēn miànmù,

只缘身在此山中。
zhǐyuán shēnzài cǐ shānzhōng.

여산과 서림사

시어 풀이

題(쓸 제): 쓰다.

西林(서쪽 서, 수풀 림): 서림사西林寺. 서림사는 여산廬山 북서쪽에 있는 고찰이다.

横看(가로 횡, 볼 간): 가로로 보다.

嶺(고개 령): 고개.

峰(봉우리 봉): 봉우리.

廬山(오두막집 려, 뫼 산): 장시江西성에 있는 산. 험준한 산봉우리와 기이한 자연풍광으로 널리 알려져 있고, 수많은 시인 묵객이 4,000여 수의 시문과 서화 등을 남겼다.

廬山眞面目(오두막집 려, 뫼 산, 참 진, 낯 면, 눈 목): 여산의 참모습. 너무도 깊고 유원하여 그 참모습을 파악하기 어려움을 비유하는 말이다.

只緣(단지 지, 연유할 연): 단지 ~때문에.

이해와 감상

이 시는 소동파가 49세에 여산廬山을 유람하고 지은 철리시哲理詩로, 서정을 중시했던 당시唐詩와는 다르게 철학적 깊은 사색에서 시를 취한 송시의 특색을 여실히 보여주는 작품이다.

칠언절구의 짧은 편폭이지만, 여산의 경관을 보고 느낀 바를 함축적으로 묘사했다. 제1구와 2구에서는 관찰하는 위치에 따라 각기 다른 모습으로 다가오는 여산을 묘사하고 있다. 제3구와 4구에서는 "산속에 있으면 산의 참모습을 볼 수 없다"는 철리哲理를 기탁하고 있다. 특히 이 시는 추상적인 철리를 드러내지 않고, 여산의 다양한 형상을 빌어 구어체적인 언어로 철리를 기탁하였다는 점이 돋보인다.

생각해 보기

여산廬山을 노래한 다른 시를 찾아봅시다.

水調歌頭
수조가두

蘇東坡

明月幾時有, 명 월 기 시 유	밝은 달은 언제부터 있었던고?
把酒問靑天。 파 주 문 청 천	술잔 들고 푸른 하늘에 물어보네.
不知天上宮闕, 부 지 천 상 궁 궐	모르겠네, 천상 궁궐에선
今夕是何年。 금 석 시 하 년	오늘밤이 어느 해인지를?
我欲乘風歸去, 아 욕 승 풍 귀 거	나는 바람 타고 돌아가고 싶지만,
唯恐瓊樓玉宇, 유 공 경 루 옥 우	오직 옥으로 지은 궁궐이,
高處不勝寒。 고 처 불 승 한	높은 곳이라 추위를 못 견딜까 두렵네.
起舞弄淸影, 기 무 농 청 영	일어나 춤추며 맑은 그림자 희롱하니,
何似在人間。 하 사 재 인 간	어찌 인간 세상에 있는 것 같으랴?

轉朱閣，
전 주 각

달빛은 붉은 누각을 돌아,

低綺戶，
저 기 호

비단 창문에 낮게 드리우며,

照無眠。
조 무 면

잠 못 이루는 나를 비추네.

不應有恨，
불 응 유 한

달은 한이 없을 텐데,

何事長向別時圓。
하 사 장 향 별 시 원

어이해 늘 이별한 때만 둥근가?

人有悲歡離合，
인 유 비 환 이 합

사람에겐 슬픔과 기쁨, 이별과 만남이 있고,

月有陰晴圓缺，
월 유 음 청 원 결

달에겐 흐리고 맑음, 차고 이지러짐이 있으니,

此事古難全。
차 사 고 난 전

이런 일은 예로부터 온전하기 어려웠네.

但願人長久，
단 원 인 장 구

그저 바라네, 우리 오래 살면서

千里共嬋娟。
천 리 공 선 연

천리 멀리서도 고운 달 함께 할 수 있기를.

▌시어 풀이

瓊樓玉宇(옥 경, 누각 루, 구슬 옥, 집 우): 신선이 산다는 옥으로 지은 달의 궁
　　　　전. 이 사에서는 황제가 있는 궁궐을 암시한다.

弄(희롱할 롱): 희롱하다.

轉(회전할 전): 둥글게 돌아가다.

綺戶(비단 기, 창문 호): 비단 창문.

缺(이지러질 결): 이지러지다.

嬋娟(고울 선, 예쁠 연): 예쁘고 아름다운 모양. 여기에서는 밝고 고운 달을 가
　　　　리킨다.

▌이해와 감상

이 사詞는 "병진년 추석에 새벽까지 즐겁게 술을 마시고 크게 취해, 이 사를 짓고 아울러서 동생 소철을 그리워하다丙辰中秋，歡飮達旦，大醉，作此編，兼懷子由"라는 부제가 붙어 있다.

소동파는 당시 정치적으로 불우하여 지방관을 전전하면서 가족과는 수년간 떨어져 지내야만 했다. 그는 이 사에서 영원한 달과 짧은 인생을 대비하며 자신의 삶을 돌아보고, 번잡한 속세에서 벗어나려는 강렬한 염원과 함께, 끝내 떠나지 못하는 인생의 미련을 표현했다. 특히 달의 차고 이지러지는 것이 자연의 섭리이듯이 인생살이 역시 희노애락이 있을 수밖에 없다는 철학적 이치를 드러내고 있다. 중국의 유명한 현대 가수인 덩리쥔鄧麗君이 이 사에 곡을 붙인 '우리 오래 살면서但愿人长久'를 불러 큰 인기를 끈 바 있다.

🐚 水调歌头
Shuǐdiàogētóu

明月几时有，
Míngyuè jǐ shí yǒu,

把酒问青天。
bǎjiǔ wèn qīngtiān.

不知天上宫阙，
Bùzhī tiānshàng gōngquè,

今夕是何年。
jīnxī shì hénián.

我欲乘风归去，
Wǒ yù chéngfēng guīqù,

唯恐琼楼玉宇，
wéi kǒng qiónglóu yùyǔ,

高处不胜寒。
gāochù búshèng hán.

起舞弄清影，
Qǐwǔ nòng qīngyǐng,

何似在人间。
hé sì zài rénjiān.

转朱阁，
Zhuǎn zhūgé,

低绮户，
dī qǐhù,

照无眠。
zhào wúmián.

不应有恨，
Bùyīng yǒuhèn,

何事长向别时圆。
héshì cháng xiàng biéshí yuán.

人有悲欢离合，
Rén yǒu bēihuān líhé,

月有阴晴圆缺，
yuè yǒu yīnqíng yuánquē,

此事古难全。
cǐshì gǔ nán quán.

但愿人长久，
Dàn yuàn rén chángjiǔ,

千里共婵娟。
qiānlǐ gòng chánjuān.

01 소식과 동파육東坡肉

부드러운 식감에 윤기가 흐르는 진한 갈색의 돼지고기 요리 동파육! 큼직한 삼겹
살 뭉치를 향기 좋은 소흥주紹興酒, 간장, 설탕 등과 함께 오랜 시간 푹 삶아 조려
낸 항저우杭州의 전통 요리다. 세계적으로 유명한 동파육은 북송北宋을 대표하는
문학가이자 미식가로 유명한 소식과 관련이 깊다.

송 철종 원우元祐 5년1090 소식이 항주 지주知州로 있을 때, 창장강이 범람하면
서 물난리가 날 위기에 처했다. 이때 소식은 병사와 백성을 동원해 제방을 쌓아
위기를 모면했다. 항주 백성들은 소식이 평소 돼지고기를 좋아한다는 사실을 알고 고마운 마음을 전하기 위해 돼
지 한 마리와 좋은 술을 새해 선물로 바쳤다. 소식은 선물로 받은 돼지고기를 네모난 덩어리로 썰어서 술, 간장, 설
탕 등을 넣고 자신이 개발한 요리법으로 요리한 뒤, 제방을 쌓을 때 함께 고생한 백성들과 나눠 먹었다. 맛 좋은
음식을 백성들과 함께 나누려는 소식의 어진 마음에 감동한 백성들은 이 돼지고기 요리를 그의 호를 따서 동파육
이라고 불렀다.

Chapter
15

노래하는 시,
송사

TIP

비운의 황제 이욱李煜

'남당南唐의 후주後主'라 불리는 이욱937-978에 이르러 사는 획기적으로 변화했다.

이욱은 중주中主 이경李璟의 여섯 째 아들로, 아버지의 뒤를 이어 14년 동안 남당을 통치했지만, 송태조 조광윤趙匡胤에 의해 멸망당하고, 포로 생활을 한 지 3년 만에 독살 당한다. 술자리에서 노래 부르기 위해 창작되던 사가 이욱에 이르러 사대부의 마음속 깊은 감정을 서술하기 시작했다는 평가를 받는다.

이청조

송대는 상업경제가 발달하고 도시문화가 흥성하면서 음악과 문학이 결합한 새로운 노래 형식인 사詞가 크게 유행했다. 사는 수나라 이후 이민족으로부터 전해진 서역西域의 음악과 중원中原의 민간음악이 결합하여 탄생한 신흥 속악인 연악燕樂, 宴樂에 맞춰 노래 부르기 위한 가사로 탄생했다.**01** 사는 '곡자사曲子詞'·'시여詩餘'·'장단구長短句'라고도 부르는데, 시와 마찬가지로 격률을 중시하지만, 노래하기 위한 가사로 지어졌다는 점에서 시와 차이가 있다.

중당 시기에 생성된 사는 송나라를 대표하는 장르로 발전하여 흔히 송사宋詞라고 부른다. 사는 발생 초기에는 곡자사曲子詞라고 불리며 민간에서 주로 지어졌다. 후에 민간에서 유행하던 새로운 가락에 맞추어 이백, 유우석劉禹錫, 백거이 등과 같은 유명 시인도 악곡의 가사를 지었다. 만당과 오대五代에 이르자 온정균溫庭筠, 위장韋莊 등의 문인과 사대부도 사를 지었다. 이들은 주로 여성의 외모와 자태, 남녀의 애정 등을 묘사했다. 이와 같이 언어적 기교가 많고 화려한 당과 오대의 사를 '화간사花間詞'라고 부르는데, 오대 시기 조숭조趙崇祚의 『화간집花間集』에 500여 수가 전한다.

곡자사는 점차 음악과 분리되면서 송대를 대표하는 새로운 시체로 발전했다. 송대 주요 사파는 완약파婉約派와 호방파豪放派로 나뉜다. 완약파의 사는 화간사풍을 계승하여 발전했으며, 유영柳永, 주방언

---

01 사는 원래 먼저 곡조가 있고, 그 곡조에 사구詞句를 채워 넣는 것이다. 다시 말하면, 악보가 먼저 나오고 그 악보의 곡에 맞춰 작사를 한 것이 사詞이다. 당시 모든 사에는 악보가 있었는데, 이 악보를 사패詞牌라고 부른다. 사가 처음 출현한 중당시기에도 사패가 있었는데, 이후에 사의 발전과 더불어 사패도 증가했다. 사인詞人들은 계속 새로운 사패를 창조하여 북송 유영柳永의 경우 백 수십 개의 새로운 사패를 만들었다고 전해진다.

시는 제목이 있지만 사는 제목 대신 '사패'가 있다. 사패는 사의 모든 정보를 담고 있으며, 현대의 '악보'에 해당한다. 사 작가는 사패가 담고 있는 이런 음악 정보(악보)에 맞춰서 가사를 짓고, 대중은 그가 지은 가사를 그 사패(악보)에 맞춰 연주하고 노래 부른다. 그래서 사를 짓는 행위를 '의성전사음악에 맞추어 가사 채워 넣기'라고 한다.

周邦彦, 이청조李清照 등이 대표한다. 완약사는 주로 사랑과 이별, 도시 생활과 나그네 살이 등 삶의 애환을 청려하고 완약한 언어로 묘사했다. 호방파의 사는 소식蘇軾이 시작하여 신기질辛棄疾이 완성했다. 소식은 완약사의 한정된 제재를 다채로운 사회생활과 인생으로 확대하여, 사를 독립된 문학 형식으로 발전시켰다. 또한 사의 내용을 확충하여 호방하고 강개한 풍격을 완성했다.

　송대에 사를 지은 작가는 1,330여 명에 이르렀고, 작품은 20,000여 수가 전해진다. 송사는 고려에도 전해져 조선시대까지 많은 문인들이 1,200여 수의 사 작품을 남겼다.

카이펑開封의 청명상하원淸明上河園

작품 01 「찾고, 찾고 또 찾아도」

聲聲慢·尋尋覓覓

성성만·심심멱멱

李淸照

尋尋覓覓,	찾고, 찾고 또 찾아도,
심 심 멱 멱	
冷冷淸淸,	썰렁하고 적막하여,
냉 랭 청 청	
淒淒慘慘戚戚。	처량하고 슬퍼서 마음 아파라.
처 처 참 참 척 척	
乍暖還寒時候,	잠시 따스했다 다시 싸늘해지는 계절이라,
사 난 환 한 시 후	
最難將息。	몸조리하기 몹시 어렵구나.
최 난 장 식	
三杯兩盞淡酒,	두세 잔의 약한 술로,
삼 배 량 잔 담 주	
怎敵他、晚來風急!	어찌 견딜까, 저녁녘 거센 바람을!
즘 적 타 만 래 풍 급	
雁過也,	기러기 날아가
안 과 야	
正傷心,	가슴 아픈 건,
정 상 심	
卻是舊時相識。	예전에 알던 사이기 때문이리.
각 시 구 시 상 식	

滿地黃花堆積，
만 지 황 화 퇴 적

뜨락 가득 노란 국화 쌓이도록

憔悴損，
초 췌 손

시들어 떨어지건만,

如今有誰堪摘?
여 금 유 수 감 적

지금 그 누가 저 꽃을 따주리?

守著窗兒，
수 착 창 아

창가에 기대어,

獨自怎生得黑!
독 자 즘 생 득 흑

홀로 어찌 어두워지는 것을 견디리!

梧桐更兼細雨，
오 동 갱 겸 세 우

오동잎에 더구나 가랑비마저 내리더니

到黃昏、點點滴滴。
도 황 혼　 점 점 적 적

황혼녘까지 빗방울 뚝뚝 떨어지네.

這次第，
저 차 제

이러한 상황을

怎一個愁字了得!
즘 일 개 수 자 료 득

어찌 '슬프다'는 한마디로 표현할 수 있으리!

声声慢 · 寻寻觅觅
Shēngshēngmàn · Xúnxún mìmì

寻寻觅觅,
Xúnxún mìmì,

冷冷清清,
lěnglěng qīngqīng,

凄凄惨惨戚戚.
qīqī cǎncǎn qīqī.

乍暖还寒时候,
Zhà nuǎn huán hán shíhou,

最难将息.
zuì nán jiāngxī.

三杯两盏淡酒,
Sān bēi liǎng zhǎn dànjiǔ,

怎敌他、晚来风急!
zěn dí tā、wǎn lái fēng jí!

雁过也,
Yàn guò yě,

正伤心,
zhèng shāngxīn,

却是旧时相识.
què shì jiùshí xiāngshí.

满地黄花堆积,
Mǎndì huánghuā duījī,

憔悴损,
qiáo cuì sǔn,

如今有谁堪摘?
rújīn yǒu shéi kānzhāi?

守着窗儿,
Shǒuzhe chuāng ér,

独自怎生得黑!
dúzì zěnshēng dé hēi!

梧桐更兼细雨,
Wútóng gèng jiān xìyǔ,

到黄昏、点点滴滴.
dào huánghūn、diǎndiǎn dīdī.

这次第,
Zhè cì dì,

怎一个愁字了得!
zěn yíge chóuzì liǎodé!

시어 풀이

聲聲慢(소리 성, 소리 성, 게으를 만): 사패명. 전체 97자로 되어 있으며, 전단 9구 5측운, 후단 8구 5측운으로 구성되어 있다.

乍暖還寒(잠깐 사, 따뜻할 난, 돌아올 환, 찰 한): 가을 날씨가 따뜻했다 갑자기 싸늘해지는 것을 가리킨다.

將息(장차 장, 숨쉴 식): 몸조리하다.

怎敵他(어찌 즘, 원수 적, 다를 타): 어찌 견딜까? 어떻게 대응할까? '즘怎'은 현대한어의 '怎么'에 해당한다.

損(덜 손): 정도가 매우 심한 것을 나타낸다.

堪(견딜 감): ~할 수 있다.

怎生(어찌 즘, 날 생): 어찌, 어떻게.

這次第(이 저, 버금 차, 차례 제): 이 상황.

이해와 감상

송대 여류 사인詞人 이청조李清照1084-1155?는 재능이 출중하여 '천하 제일의 재녀千古第一才女'로 불린다. 이청조의 아버지 이격비李格非는 유명한 장서가였으며, 조명성趙明誠과 결혼한 후에 이청조는 서화와 금석을 수집하고 정리했다. 초기의 사는 한가롭고 여유로운 생활을 묘사하여 청아하고 명쾌한 반면, 금나라의 침략을 겪으며 남편이 병사한 이후의 사는 대부분 감상적이고 침울하다.

이 사는 이청조의 후기 작품으로, 가을날 사별한 남편에 대한 그리움과 고독하고 적막한 자신의 신세를 표현했다. 특히 작가의 공허함과 적막감을 강렬하게 전달하는 첫 3구의 첩어疊語 7개는 당시 문단을 크게 놀라게 했다. 자신의 심정을 형상적으로 묘사하면서 사의 음악적 특징을 극대화한 표현법으로, 이청조의 음률에 대한 깊은 조예를 나타낸다.

「취중에 등불 돋워 보검을 꺼내 보다」

破陣子 · 醉裏挑燈看劍
(爲陳同甫賦壯詞以寄之)
파진자 · 취리도등간검 (위진동보부장사이기지)

辛棄疾

醉裏挑燈看劍, 취 리 도 등 간 검	취중에 등불 돋워 보검을 살펴보다가,
夢回吹角連營。 몽 회 취 각 연 영	병영에서 일제히 울리는 나팔소리에 꿈에서 깨어나네.
八百里分麾下炙, 팔 백 리 분 휘 하 자	소고기 나누어 휘하 병사들에게 구워 먹이고,
五十弦翻塞外聲, 오 십 현 번 새 외 성	악기로 군가를 연주하며
沙場秋點兵。 사 장 추 점 병	가을 전쟁터에서 병사들을 점호하네.
馬作的盧飛快, 마 작 적 로 비 쾌	군마는 적로처럼 나는 듯 빨리 달리고.
弓如霹靂弦驚。 궁 여 벽 력 현 경	활은 우레처럼 큰 소리 내며 활시위를 튕겨 나가네.
了卻君王天下事, 료 각 군 왕 천 하 사	군왕의 대업을 완수하여
贏得生前身後名, 영 득 생 전 신 후 명	영원히 이름 떨치려 했건만,
可憐白髮生。 가 련 백 발 생	애석하게도 이미 백발이 성성하네.

破阵子·醉里挑灯看剑
(为陈同甫赋壮词以寄之)
Pòzhènzǐ · zuìlǐ tiǎo dēng
kàn jiàn
(Wèi ChénTóngfǔ fù
zhuàngcí yǐ jì zhī)

醉里挑灯看剑,
Zuìlǐ tiǎo dēng kàn jiàn,

梦回吹角连营。
mènghuí chuījiǎo liányíng.

八百里分麾下炙,
Bābǎilǐ fēn huīxià zhì,

五十弦翻塞外声,
wǔshíxián fān sàiwàishēng,

沙场秋点兵。
shāchǎng qiū diǎnbīng.

马作的卢飞快,
Mǎ zuò Dìlú fēikuài,

弓如霹雳弦惊。
gōng rú pīlì xián jīng.

了却君王天下事,
Liǎoquè jūnwáng tiānxià shì,

赢得生前身后名,
yíngdé shēngqián shēnhòu
míng,

可怜白发生。
kělián báifà shēng.

신기질

시어 풀이

破陣子(깨뜨릴 파, 진칠 진, 아들 자): 사패명. 원래는 당 현종 시기 교방곡教坊
曲의 이름이었다.

陳同甫(베풀 진, 한가지 동, 클 보): 진량陳亮 1143~1194. 자는 동보同甫, 남송시
기 무주婺州 영강永康(지금의 저장성 융강永康) 출신으로, 「중흥오론中興
五論」, 「상효종황제서上孝宗皇帝書」 등을 통해 항전을 주장했다. 신기
질과 의기투합하였으며, 사풍 또한 신기질과 비슷하다.

八百里(여덟 팔, 일백 백, 마을 리): 소. 『세설신어世說新語』에 보면 진晉나라 왕
개王愷가 '팔백리박八百里駁'이라는 이름의 좋은 소를 가지고 있었다
고 하여 이후 문학작품에서는 '팔백리'라는 단어로 소를 가리키게 되
었다.

麾下(대장기 휘, 아래 하): 부하. '휘麾'는 군영의 큰 깃발을 뜻한다.

五十弦(다섯 오, 열 십, 시위 현): 옛 거문고. 여기에서는 군악기를 가리킨다.

塞外声(변방 새, 바깥 외, 소리 성): 변방의 비장한 군가.

沙場(모래 사, 마당 장): 싸움터.

作(지을 작): 마치 ~와 같다. ~인 양 하다.

的盧(과녁 적, 밥그릇 로): 준마. 삼국시대 유비劉備의 생명을 구하면서 명마의
지위에 오른 말을 가리킨다.

了却(마칠 료, 물리칠 각): 마치다. 달성하다. 일을 끝내다.

赢得(이익 남을 영, 얻을 득): (갈채나 찬사를) 얻다.

身後(몸 신, 뒤 후): 사후死後.

可憐(옳을 가, 불쌍히 여길 련): 애석하다. 한탄스럽다.

이해와 감상

신기질辛棄疾 1140-1207은 금나라에 함락된 산동山東성 역성歷城(지금의
지난濟南) 출신이다. 20대에 의병대를 조직해 장안국張安國을 생포하
여 송 조정에 바쳤다. 항전을 주장했으나 포부를 펼칠 기회를 얻지 못
하고 지방관으로 지내다가 생을 마쳤다.

이 사는 신기질이 조정에 임용되지 못하고, 신주信州(지금의 장시성 상라
오上饒)에서 지낼 때 지은 작품이다. 상하 양편의 제1구와 2구는 모두
대구를 사용하여 생동감 넘치는 장군의 형상을 묘사했으며, 전투와

관련된 다양한 사어는 느낌이 강렬하다. 왜 술에 취했는지 무슨 꿈을 꾸었는지에 대한 설명은 없지만, 상상 속의 군인의 호방한 기개와 군영의 모습은 현실처럼 생동적이다. 중원회복의 뜻을 이루지 못한 작가의 고뇌가 마지막 구의 탄식에 고스란히 남아있다.

장시江西성 상라오上饒 산칭산三清山의 여신봉女神峰

01 시대의 풍운아 유영의 이중심리와 「학충천鶴沖天」

유영柳永 984?-1053?의 원래 이름은 삼변三變, 자는 기경耆卿으로, 푸젠福建성 충안崇安 사람이다. 그는 사대부 집안에서 태어나 글재주가 뛰어났지만, 50세가 되어서야 간신히 관직에 나아갈 수 있었고 관직생활도 순탄하지 않았다. 유영은 음악적 재능도 뛰어나 악공이나 기루妓樓의 가기歌妓 같은 예인藝人들과도 친분을 가지며, 세속적이고 평이한 노래를 많이 지었다.

유영이 청년기에 지은 「학충천」은 젊은 시절 그의 개성과 생활을 보여주는 주요 작품 중 하나다.

黃金榜上, 황 금 방 상	금빛 명단 위에서,
偶失龍頭望。 우 실 용 두 망	어쩌다 장원의 기회를 잃었구나.
……	……
青春都一餉。 청 춘 도 일 향	청춘은 한순간이거늘,
忍把浮名, 인 파 부 명	어찌 헛된 명성 구하고자
換了淺斟低唱。 환 료 천 짐 저 창	술 마시고 노래 부르는 즐거움과 바꾸리오.

유영은 과거시험에서 낙방한 뒤에 실망해서 방종한 생활을 하겠다고 노래한 이 작품으로 유명해졌지만, 속된 노래를 지었다는 이유로 황제와 사대부의 노여움을 사 진사 급제자 명단에서 이름이 지워졌고, 일생 곤궁한 생활을 면치 못했다.

물론 송대 사대부나 문인 가운데 유영만이 세속적인 사를 지은 것은 아니다. 북송 문단의 영수였던 구양수歐陽修나 진관秦觀, 황정견 등도 때로는 여인과 어울리며 애정을 노래한 사를 지었다. 하지만 유영처럼 속된 면을 숨기지 않고 방탕에 가까운 노골적인 사를 지은 사람은 없었다.

유영은 사의 발전에도 큰 역할을 하였다. 당시에 유행하던 짧은 소령小令을 2~3배로 늘리거나 조를 늘린 만사 장조長調를 본격적으로 작곡하였는데, 유영이 선보인 이런 '신성新聲'은 북송의 경제가 번성함에 따라 빠른 속도로 유행하기 시작했다. 유영은 남녀 간의 애정과 이별의 시름을 만사 장조에 담아 대중적이고 퇴폐적으로 노래하는 한편 호화롭고 사치스러운 11세기 도시 사회의 일면을 그려냈다. 그의 작품 속에 그려진 카이펑開封의 모습은 장택단張擇端의 「청명상하도淸明上河圖」를 통해 살펴볼 수 있다.

장택단의 「청명상하도」

Chapter 16

한족의 애환,
원대 산곡

초원의 유목민족인 몽골족은 무력으로 천하를 제패하면서 원元나라를 세웠다. 몽골족에게 끝까지 저항했던 남송南宋의 한족漢族은 원나라 통치하에서 최하층으로 전락하여 비참한 처지에 놓이게 되었다. 게다가 과거시험이 폐지되어 학문과 재능을 갖춘 인재의 벼슬길까지 막혔다. 뜻을 잃은 지식인은 재능을 발휘할 곳이 없자, 산곡散曲 즉 당시 민간에서 유행하기 시작한 새로운 형태의 시가 형식을 빌어 자신의 울분을 풀어냈다.

산곡**TIP**은 사詞의 바통을 이어받은 새로운 형식의 시가이다. 원대元代에 발생하여 성행했지만, 정작 원대에는 '산곡'이 아니라 '악부樂府'·'신악부新樂府'·'금악부今樂府' 등의 명칭으로 불렸다. 산곡이라는 명칭은 명나라 때부터 사용되기 시작했다.

산곡은 노래할 수 있는 새로운 시가 형태를 찾는 민중의 요구와 호악胡樂에 맞출 수 있는 새로운 가요 형식의 필요로 탄생했다. 민간의 가요 형식에서 시작된 송대의 사가 점차 음률과 수사를 중시하면서 정형화 되어가자, 일반 민중은 자유롭고 편하게 노래할 수 있는 새로운 형식의 시가를 찾게 되었다. 또 송나라가 멸망하고 여진족과 몽골족이 중원을 차지하면서 그들의 음악인 호악이 유입되었고, 그 리듬과 박자에 맞출 수 있는 새로운 가요 형식이 필요했던 것이다.

산곡은 체제상의 특징에 따라 소령小令**01**과 대과곡帶過曲**02**, 투수套數**03**로 나눌 수 있다. 원대의 산곡 작가는 대략 200여 명이고, 현존하는 작품은 4,300여 수다. 그중 소령은 3,800여 수고, 투수는 400여

01 민간에서 유행하던 짧은 형태의 소곡小曲이 문학적으로 발전된 형식으로, 내용이 통속적이고 표현이 진지하다.

02 긴 서술이나 묘사를 위해 2~3개의 소령을 합쳐서 만든 곡이다.

03 투곡套曲·산투散套·대령大令이라고도 하며, 소령과 대과곡을 여러 개 연결한 형식으로 메들리와 유사하다. 3~4곡으로 되어 있는 짧은 것도 있고, 34곡으로 이루어진 긴 것도 있다.

수다. 원대 산곡은 보통 주요 작가의 활동 지역과 제재·풍격·내용 등의 특징을 고려해, 원나라 인종仁宗 연우延祐 연간1314-1320을 경계로 전기와 후기로 나눈다.

원대 전기의 산곡은 질박하고 솔직한 풍격에 구어적인 표현을 자연스럽게 사용해 생동감이 넘치며, 북방 민간문학의 특징을 잘 지니고 있다. 노래하는 내용은 주로 현실에 대한 비판, 비극적 운명에 대한 울분의 토로, 은거, 남녀의 정, 경치 등이다. 이 시기의 산곡 작가는 주로 대도大都(지금의 베이징)를 중심으로 한 북방의 한족과 소수민족이다. 대표 작가인 관한경關漢卿과 백박白樸, 마치원馬致遠은 잡극雜劇 작가로도 유명하다. 이 중 마치원은 원대 산곡의 일인자이자 호방파豪放派의 영수로 평가되며, 전기 작가 중 가장 많은 작품을 남겼다.

관한경

후기의 산곡은 시와 사의 영향을 받아서 자구를 깎고 다듬으며 대구와 성률을 중시하는 형식주의적인 경향을 띠었고, 풍격도 전아하고 화려해졌다. 이 시기 산곡은 현실에서 벗어난 서정 위주의 작품이 많다. 또 기존의 시나 사에서 다루던 증별贈別, 설리說理, 증답贈答, 담선談禪 등의 내용을 담으면서, 산곡은 정통 시가의 자리를 차지하게 되었다. 후기 산곡은 중심 무대가 항주杭州를 중심으로 한 남방 지역으로 옮겨졌고, 대표 작가인 장가구張可久와 교길喬吉 등도 항주를 중심으로 활약했다. 원대 산곡 작가 중 가장 많은 작품을 남긴 장가구는 후기 산곡 작가 중 최고봉이자, 청려파淸麗派 산곡을 대표하는 작가이다.

작품 01 「가을날의 그리움」

天淨沙·秋思
천정사·추사

馬致遠

枯藤老樹昏鴉,
고 등 노 수 혼 아

마른 등나무 오래된 고목엔 황혼녘 갈까마귀,

小橋流水人家,
소 교 류 수 인 가

징검다리 흐르는 개울 앞 쓸쓸한 인가,

古道西風瘦馬。
고 도 서 풍 수 마

한적한 옛길 싸늘한 서풍 속 여윈 말 한 마리.

夕陽西下,
석 양 서 하

석양은 서산 너머로 지고,

斷腸人在天涯。
단 장 인 재 천 애

애달픈 나그네 하늘 끝에서 떠도네.

시어 풀이

枯藤(마를 고, 등나무 등): 시들어 생기 없이 마른 등나무 혹은 덩굴.

昏鴉(황혼 혼, 까마귀 아): 황혼 무렵의 갈까마귀.

古道(옛 고, 길 도): 이미 버려져 더이상 사용하지 않는 길 또는 만들어진 지 오래된 길.

西風(서녘 서, 바람 풍): 서쪽에서 부는 바람. 차갑고 스산한 가을바람.

瘦馬(마를 수, 말 마): 여윈 말. 비쩍 마른 말.

斷腸人(끊을 단, 창자 장, 사람 인): 몹시 슬픈 사람. 이 산곡에서는 천하를 떠돌며 근심하고 슬퍼하는 나그네를 의미한다.

天涯(하늘 천, 물가 애): 하늘 끝. 하늘가. 고향과 멀리 떨어진 아득히 먼 곳을 비유한다.

天净沙 · 秋思
Tiānjìngshā · Qiū sī

枯藤老树昏鸦,
Kūténg lǎoshù hūnyā,

小桥流水人家,
xiǎoqiáo liúshuǐ rénjiā,

古道西风瘦马。
gǔdào xīfēng shòumǎ。

夕阳西下,
Xīyáng xīxià,

断肠人在天涯。
duànchángrén zài tiānyá。

이해와 감상

마치원馬致遠 1250-1323은 관한경, 백박, 정광조鄭光祖와 함께 '원곡사대 가元曲四大家'로 불린다. 호는 동리東籬이고, 대도 사람이다. 산곡 120 여 수와 잡극 13편을 지었다.

이 작품은 5구 28자의 짧은 편폭으로 정처 없이 떠도는 나그네의 비애를 갖가지 가을 풍경과 사물을 빌어 묘사하고 있다. 마른 등나무, 오래된 고목, 황혼 무렵의 갈까마귀, 징검다리, 흐르는 개울, 쓸쓸한 인가, 오래되고 황량한 길, 쌀쌀한 가을바람, 비쩍 마른 말 등 9가지의 경물은 시인의 마음을 '단장斷腸'이라는 감정의 정점으로 몰아간다. '가을秋'이라는 단어를 말하지 않으면서도 작품 속에서 사용한 어휘 하나하나가 '가을의 비애'를 나타내고 있다.

생각해 보기

고사성어 '단장斷腸'의 유래와 우리말에서 사용된 용법을 찾아봅시다.

賣花聲·懷古
매화성·회고

張可久

阿房舞殿翻羅袖,
아 방 무 전 번 라 수
아방궁에선 비단 소매 펄럭이며 춤추었고,

金谷名園起玉樓,
금 곡 명 원 기 옥 루
금곡원엔 옥으로 된 누각이 우뚝 솟았으며,

隋堤古柳纜龍舟。
수 제 고 류 람 용 주
수제의 오래된 버드나무엔 왕의 배를 매었지.

不堪回首,
불 감 회 수
지난날 차마 돌이켜 보지도 못하는데,

東風還又,
동 풍 환 우
동풍이 또 불어오니,

野花開暮春時候。
야 화 개 모 춘 시 후
들꽃 핀 늦봄이로구나.

美人自刎烏江岸,
미 인 자 문 오 강 안
미인이 스스로 목숨 끊은 오강 언덕,

戰火曾燒赤壁山,
전 화 증 소 적 벽 산
전쟁의 불길이 타올랐던 적벽산,

將軍空老玉門關。
장 군 공 로 옥 문 관
장군이 부질없이 늙어갔던 옥문관.

傷心秦漢,
상 심 진 한
강대했던 진한 시기,

生民塗炭,
생 민 도 탄
백성이 도탄에 빠졌던 걸 슬퍼하며,

讀書人一聲長歎。
독 서 인 일 성 장 탄
글을 아는 이는 길게 탄식할 뿐이네.

┃시어 풀이

阿房(언덕 아, 방 방): 아방궁阿房宮. 진시황秦始皇 35년기원전212 샤안시陝西성 시안西安 서북쪽의 상림원上林苑에 세운 궁전. 진나라가 몰락한 뒤 초楚나라 항우項羽의 군대가 아방궁에 지른 불이 3개월이 지나서야 꺼졌을 정도로 규모가 엄청났다고 한다.

翻(뒤집을 번): 뒤집다.

羅(비단 라): 얇고 성기게 짠 명주.

袖(소매 수): 옷소매.

金谷名園(황금 금, 골짜기 곡, 이름 명, 정원 원): 서진西晉의 관리이자 대부호였던 석숭石崇의 별장인 금곡원金谷園. 당시 수도였던 낙양洛陽 서쪽 금수金水가 흐르는 골짜기에 있었는데, 그 안의 건축물과 장식품이 매우 사치스럽고 화려했다고 한다.

樓(다락 루): 누각.

隋堤(수나라 수, 둑 제): 수隋 양제煬帝가 통제거通濟渠를 따라 강도江都 순행을 떠났을 때 물길 양쪽 기슭에 제방을 쌓고 그 위에 버드나무를 심어 만든 어도御道. 지금의 허난河南성 상추商丘시에서 융청永城시까지의 볜허汴河강 구간에 있었다.

纜(닻줄 람): (밧줄로) 배를 매다.

龍舟(용 용, 배 주): 제왕의 배.

不堪(아닐 불, 견딜 감): 견디어 내지 못하다.

暮春(저물 모, 봄 춘): 늦봄.

美人自刎烏江岸(아름다울 미, 사람 인, 스스로 자, 목 벨 문, 까마귀 오, 강 강, 언덕 안): 초나라의 항우가 해하垓下에서 한漢나라 군사에게 포위되자 총애하던 미인 우희虞姬는 자결하고, 포위를 뚫고서 오강烏江까지 간 항우도 결국 강을 건너지 못하고 자결했다.『사기史記·항우본기項羽本紀』

戰火曾燒赤壁山(싸울 전, 불 화, 일찍이 증, 불태울 소, 붉을 적, 벽 벽, 산 산): 삼국시대 조조曹操가 적벽赤壁에서 주유周瑜가 지휘하는 오吳나라와 촉蜀나라의 동맹군에게 참패했던 일을 말한다.

🔊 卖花声 · 怀古
Màihuāshēng · Huáigǔ

阿房舞殿翻罗袖，
Ēpáng wǔdiàn fān luóxiù,

金谷名园起玉楼，
Jīngǔ míngyuán qǐ yùlóu,

隋堤古柳缆龙舟。
Suídī gǔliǔ lǎn lóngzhōu.

不堪回首，
Bùkān huíshǒu,

东风还又，
dōngfēng huán yòu,

野花开暮春时候。
yěhuā kāi mùchūn shíhòu.

美人自刎乌江岸，
Měirén zìwěn Wūjiāng àn,

战火曾烧赤壁山，
zhànhuǒ céng shāo Chìbìshān,

将军空老玉门关。
jiāngjūn kōnglǎo Yùménguān.

伤心秦汉，
Shāngxīn Qín Hàn,

生民涂炭，
shēngmín tútàn,

读书人一声长叹。
dúshūrén yìshēng chángtàn.

수제

將軍空老玉門關(장수 장, 군사 군, 헛되이 공, 늙을 노, 옥 옥, 문 문, 관문 관): 동한東漢 시기의 명장 반초班超가 오랫동안 변경 지역을 지키다가 나이가 들자 고향이 그리워 "그저 생전에 옥문관에 들어가길 원한다但願生入玉門關"는 내용의 편지를 황제에게 보냈던 일을 말한다.

秦漢(진나라 진, 한나라 한): 진秦나라와 한漢나라. 이 산곡에서는 역대 왕조를 말한다.

塗炭(진흙 도, 숯 탄): 진흙탕과 숯불 속. 대단한 곤란과 괴로움에 빠지는 것을 의미한다.

讀書人(읽을 독, 글 서, 사람 인): 지식인.

▌이해와 감상

장가구

장가구張可久?1270-1350의 자는 소산小山이고, 저장성 경원慶元(지금의 저장성 닝보寧波) 출신이다. 산곡 특히 소령을 잘 지었다. 소령 855수와 투수 9수가 전하는데, 질과 양에서 모두 원대 산곡의 최고봉이라는 평을 받는다.

위 작품은 두 수의 소령으로, 역사 전고를 이용해 흥망성쇠에 대한 감탄과 고통받는 백성에 대한 동정을 드러냈다. 첫째 수는 아방궁, 금곡원, 수제의 번창했던 역사적 사실과 늦봄의 처량한 광경을 함축적이고 전아한 언어로 비교했다. 둘째 수는 항우, 조조, 반초의 전쟁 고사와 전란의 피해를 당하는 백성에 대한 동정의 마음을 구어적인 표현으로 노래했다.

▌생각해 보기

고사성어 '사면초가四面楚歌'의 유래와 내용 올 찾아봅시다.

◆ 「이별의 정」

四塊玉 · 別情
사괴옥 · 별정

關漢卿

自²送¹別，
자 송 별

心¹難³捨²，
심 난 사

一¹點²相³思幾⁴時絶?
일 점 상 사 기 시 절

憑¹欄²袖¹拂³楊⁶花⁵雪⁴。
빙 란 수 불 양 화 설

溪¹又²斜³，
계 우 사

山¹又²遮³，
산 우 차

人¹去也²!
인 거 야

🍀 四块玉 · 别情
Sìkuàiyù · Biéqíng

自送别,
Zì sòngbié,

心难舍,
xīn nánshě,

一点相思几时绝?
yìdiǎn xiāngsī jǐshí jué?

凭阑袖拂杨花雪。
Píng lán xiù fú yánghuā xuě.

溪又斜,
Xī yòu xié,

山又遮,
shān yòu zhē,

人去也!
rén qù yě!

▌시어 풀이

心難捨(마음 심, 어려울 난, 버릴 사): 마음에서 떠나보내기 어렵다. 마음으로 이별을 받아들이지 못하다.

點(점 점): 작은 조각.

絶(끊을 절): 끊다.

憑欄袖拂楊花雪(기댈 빙, 난간 란, 소매 수, 떨 불, 버들 양, 꽃 화, 눈 설): 버들 개지가 눈처럼 날리던 늦봄의 이별 풍경을 묘사했다. 높은 누각에서 눈처럼 날리던 버들개지가 옷 여기저기에 가득 달라붙을 때까지 떠나가는 님의 모습을 하염없이 지켜보고 있었다는 것을 말한다.

斜(비낄 사): 비스듬히 흐르다.

遮(막을 차): 가리다.

▌이해와 감상

관한경關漢卿 ?1220-?1300의 호는 이재수已齋叟이고, 대도 사람이다. 13세기 후반에 주로 수도였던 대도에서 활동하며 『두아원竇娥寃』 등 60여 편의 잡극TIP을 썼다. 산곡 작품으로는 투수 14수, 소령 52수가 전한다.

본문에 수록한 이 소령 작품은 이별의 정을 묘사하고 있다. 제1구에서 3구까지는 임과 헤어진 뒤의 그리움을, 제4구에서 7구까지는 임과 갓 헤어진 모습을 담백하게 묘사했다. 감정의 토로 없이 화자의 눈에 보이는 모습과 상황만을 묘사했기 때문에 오히려 화자의 그리움에 애끊는 심정을 더 잘 느낄 수 있다.

이별의 정

₁임 떠난 ₂뒤에도

₁마음은 ₂버리기 ₃어려우니

₁한 줄기 ₂그리움 ₃언제나 ₄끊이려나?

₁난간에 ₂기대어 ₃소매로 ₄눈처럼 날리는 ₅버들개지 ₆털어내네.

₁시냇물₂도 ₃비껴 흐르고

₁산₂도 ₃가리고 있으니

₁임은 ₂가 버렸나보구나!

원대 잡극 무대

Chapter
17

복고풍의 노래,
원·명·청 시가

원·명·청의 시가는 한 마디로 복고復古의 추구라고 정의할 수 있다. 원대에 산곡散曲이 탄생한 이후 더이상 새로운 시가 양식이 나오지 않았기에, 중국의 대표적인 시가 양식은 시·사·산곡이라고 할 수 있다. 시는 당대, 사는 송대, 산곡은 원대에 최고의 발전을 이루었다. 더이상 발전의 여지가 없었기 때문인지, 원대 이후에 시는 당시唐詩와 송시宋詩, 사는 송사宋詞, 산곡은 원대 산곡을 숭상하고 모방하려는 경향이 주류를 이루었다.

몽골족이 통치하는 원나라에서 한족 지식인은 최하층에 속했고, 과거시험을 통해 벼슬길에 오를 기회마저 거의 막혀 버렸다. 지식인들은 당시에 새로 유행하기 시작한 산곡을 빌어 자신의 감개感慨를 풀었기에, 문학사적으로 언급할만한 시나 사 작품이 거의 보이지 않는다.

또한 원대 사는 형식면에서 산곡과 유사한 점이 많아 산곡화散曲化 경향이 심해지면서 언급할만한 작가나 작품이 거의 없다. 초기에 활약한 대표 시인으로는 남송과 금金의 유민이었던 조맹부趙孟頫와 원호문元好問이 있다. 중기에는 '원시사대가元詩四大家'로 불리는 우집虞集, 양재楊載, 범팽范梈, 계혜사揭傒斯와 관운석貫雲石이나 살도랄薩都剌 같은 소수민족 시인이 있다. 말기에는 사회의 어두운 면과 계층 간의 모순을 폭로한 주덕윤朱德潤 같은 시인들이 등장했다.

명대에 시·사·산곡은 더이상 새롭게 발전하지 못한 채 옛 영광을 추억하고 따르는 단계로 들어선다. 시는 당시나 송시를 모방하고, 산곡은 원대의 작품을 답습했다. 사는 산곡과의 경계가 모호해져 창작하는 사람이 줄어들면서, 원대 이후 지속된 사의 침체기를 이어갔다.

명초明初에는 고계高啓, 송렴宋濂 등이 원말元末의 섬약纖弱한 풍격에서 벗어나 현실을 반영한 시를 썼다. 영락永樂 연간 이후 중앙집권적 통치가 공고해지면서, 양사기楊士奇 등 조정의 고관을 중심으로 태평을 노래하고 공덕을 찬양하는 대각체臺閣體 시가 출현했다. 중기에는 이몽양李夢陽, 하경명何景明을 위시한 전칠자前七子와 이반룡李攀龍, 왕세정王世貞을 중심으로 한 후칠자後七子가 등장했다.**TIP** 이들은 "문장은 진·한, 시는 성당文必秦漢, 詩必盛唐"을 본받자는 복고주의復古主義를 주장했다. 말기에는 공안파公安派와 경릉파竟陵派가 등장하여 지나친 복고주의를 비판하면서, 격식格式에 얽매이지 말고 시인의 감정을 표현할 것을 주장했다.

청대의 시가 역시 명대와 마찬가지로 복고적인 경향이 강했다. 초기에는 전겸익錢謙益의 종당시파宗唐詩派와 오위업吳偉業의 종송시파宗宋詩派**TIP**, 명나라의 유신遺臣을 자처한 고염무顧炎武 등이 활약했다. 전대의 학술 사상을 계승 발전시킨 다양한 시가 창작과 비평 이론이 등장했는데, 왕사정王士禎의 '신운설神韻說[01]과 심덕잠沈德潛의 '격조설格調說[02], 원매袁枚의 '성령설性靈說[03], 옹방강翁方綱의 '기리설肌理說[04] 등이다.

아편전쟁鴉片戰爭 이후에는 고뇌의 시대를 맞아 공자진龔自珍이 사회개량을 주장하며 사회의 어두운 면을 폭로하는 뛰어난 시를 남겼다. 청말에는 강유위康有爲, 양계초梁啓超, 황준헌黃遵憲 등이 '시계혁명詩界革命[05]을 부르짖으며 전통시가에 혁신의 바람을 불어 넣었다.

---

01 시는 언외言外의 여운餘韻이 있어야 한다고 주장한 것으로, 당대 사공도司空圖의 「이십사시품二十四詩品」과 송대 엄우嚴羽의 『창랑시화滄浪詩話』의 시학 이론을 계승했다.

02 전후칠자의 격조설을 계승 발전시킨 문학 주장으로, 시의 사상표현 양식과 언어적 음조音調 같은 시의 외면적인 요소를 중시해야 한다고 했다.

03 작가의 솔직한 정서를 개성 있게 표현하는 것이 중요하다고 주장한 것으로, 당시 복고적이고 모방하는 문학 풍조에 반대하여 나왔다. 동심설을 주장한 명나라 공안파의 이론을 계승 발전시킨 것이다.

04 시가의 외적 '문리文理'와 내적 '의리義理'를 잘 결합할 것을 주장한 것으로, 당시 유행했던 고증학과 동성파가 주장한 의법설依法說의 영향을 받았다.

05 19세기 말 중국에서 유행한 시가詩歌 개혁운동이다. 강유위, 양계초, 담사동譚嗣同 등이 당시의 복고주의 경향을 배격하고 내용·체제·시어의 혁신을 도모하자고 주장했다.

작품 01 「산음 가는 길」

山陰道
산음도

袁宏道

錢塘艶若花,	전당의 서호 꽃처럼 아름답고,
전 당 염 약 화	
山陰芊如草。	산음 가는 푸른 길 풀빛을 닮았네.
산 음 천 여 초	
六朝以上人,	육조시대 이전의 이들에게,
육 조 이 상 인	
不聞西湖好。	서호가 좋다는 말 못 들었네.
불 문 서 호 호	
平生王獻之,	왕헌지는 한평생
평 생 왕 헌 지	
酷愛山陰道。	산음 가는 길 몹시도 좋아했었지.
혹 애 산 음 도	
彼此俱清奇,	산음 가는 길과 서호 모두 빼어나게 아름답지만,
피 차 구 청 기	
輸他得名早。	산음 가는 길이 먼저 이름 알렸다네.
수 타 득 명 조	

山阴道
Shānyīn dào

钱塘艳若花，
Qiántáng yàn ruò huā,

山阴芊如草。
Shānyīn qiān rú cǎo.

六朝以上人，
Liùcháo yǐshàng rén,

不闻西湖好。
bùwén Xīhú hǎo.

平生王献之，
Píngshēng Wáng Xiànzhī,

酷爱山阴道。
kù'ài Shānyīn dào.

彼此俱清奇，
Bǐcǐ jù qīngqí,

输他得名早。
shū tā démíng zǎo.

산음도와 시후

원굉도

▌시어 풀이

錢塘(돈 전, 못 당): 저장浙江성 항저우杭州의 옛 이름. 시후西湖를 가리킨다.

艷(고울 염): 아름답다.

山陰(뫼 산, 그늘 음): 산음현(지금의 저장성 사오싱紹興). 여기서는 산음도山陰道
　　　　　　　를 가리킨다.

芊(푸른 모양 천): 푸르다.

六朝(여섯 육, 왕조 조): 후한後漢 멸망 이후 수隋나라가 통일하기까지 지금의
　　　　　　　　난징南京에 도읍했던 여섯 왕조. 삼국시대 오吳나라,
　　　　　　　　동진東晉, 남조南朝 시기의 송宋·제齊·양梁·진陳나라
　　　　　　　　를 말한다.

西湖(서녘 서, 호수 호): 저장성 항저우에 있는 호수.

王獻之(임금 왕, 바칠 헌, 갈 지): 동진의 관리이자 서예가인 서성書聖 왕희지
　　　　　　　　王羲之의 일곱째 아들. 부친 왕희지와 더불어 이왕二王으로 일컬어
　　　　　　　　진다.

酷(독할 혹): 매우.

山陰道(뫼 산, 그늘 음, 길 도): 저장성 사오싱 부근에 있는 고대의 관도官道.
　　　　　　　　산음에서 제기諸曁의 풍교楓橋로 이어지는 길인데, 예로부터 풍광이
　　　　　　　　아름답기로 유명하다.

淸奇(맑을 청, 기이할 기): 속됨이 없이 뛰어나게 아름답다.

輸(보낼 수): 지다.

▌이해와 감상

원굉도袁宏道 1568-1610는 명말 공안公安현 사람으로, 자는 중랑中郎이
고 호는 석공石公이다. "시는 개성의 자유로운 발로이며, 격조格調에
얽매여서는 안 된다"고 주장한 공안파公安派 시인이다.

이 시는 '산음도山陰道'에 대한 시인의 애정을 표현한 것이다. 이 시에
서 시인은 산음도의 경치에 대한 구체적인 묘사나 그에 대한 애정을
직접 언급하지는 않았다. 다만 많은 이들이 아름답다 노래하는 '서호'
를 비교 대상으로 삼아, 산음도가 서호보다 더 오래전부터 사람들의
사랑을 받았다고 하면서, 산음도의 아름다운 경치와 그에 대한 애정
과 자부심을 드러내었다.

所見
소견

袁枚

牧童騎黃牛, 목 동 기 황 우	목동이 누런 소를 타고 가니,
歌聲振林樾。 가 성 진 림 월	흥겨운 노랫소리 숲에 울려 퍼지네.
意欲捕鳴蟬, 의 욕 포 명 선	우는 매미 잡고 싶은 생각에
忽然閉口立。 홀 연 폐 구 립	갑자기 입 다물고 멈춰 서네.

所见
Suǒjiàn

牧童骑黄牛，
Mùtóng qí huángniú,

歌声振林樾。
gēshēng zhèn línyuè.

意欲捕鸣蝉，
Yìyù bǔ míngchán,

忽然闭口立。
hūrán bìkǒu lì.

시어 풀이

牧童(마소 칠 목, 아이 동): 소 치는 아이.

騎(탈 기): 올라타다.

振(떨칠 진): 목동의 노랫소리가 맑고 또렷하게 울려 퍼지는 것을 의미한다.

林樾(수풀 림, 나무 그늘 월): 길옆에 그늘을 드리운 숲.

意欲(뜻 의, 하고자 할 욕): ~하고 싶다, ~하고자 하다.

捕鳴蟬(잡을 포, 울 명, 매미 선): 우는 매미를 사로잡다.

忽(갑자기 홀): 문득, 갑자기.

閉口(닫을 폐, 입 구): 입을 다물다. 노래 부르던 것을 멈추다.

이해와 감상

원매袁枚 1716-1798는 자가 자재子才, 호는 간재簡齋 또는 수원주인隨園
主人이다. 전당 출신으로 청대의 저명한 시인이자 산문가이다. 시를
지을 때 작가의 감정과 개성을 표현해야 한다는 '성령설性靈說'을 주
장했다.

오언절구로 된 이 시는 시인이 우연히 본 목동의 행동을 노래한 것으
로, 목동의 천진난만하고 호기심 많은 모양을 생생하게 그려냈다. 제1
구와 2구에서는 황소를 타고 가면서 큰 소리로 노래하는 목동의 동적
인 모습을 노래했고, 제3구와 4구에서는 갑자기 멈춰 서서 숨을 죽이
고 매미를 쳐다보는 정적인 모습을 묘사했다.

01 미식가 원매와 중화요리의 성서 『수원식단隨園食單』

원매는 청대의 대표적인 시인으로 미식가였다고 전해진다. 33세 때 부친이 돌아가시자 관직에서 물러나, 남경에서 낡은 정원 하나를 사들여 '수원隨園'이라 부르며 어머니를 모시고 살았다.

그는 평소 인생의 가장 큰 낙은 '먹는 것'이라고 할 만큼 미식美食에 대한 관심과 열정이 남달랐다. 음식의 맛을 이해하고 미식을 소중히 여기는 그의 태도는 당시의 유명한 요리사 왕소여王小余를 감동시켰다. 왕소여는 "지기知己를 만나기도 어렵지만 음식 맛을 알아주는 사람은 더 만나기 어렵다知己難, 知味更難"고 말하며 평생 원매의 집에서 주방장으로 일했다.

『수원식단』은 원매가 자신의 미식에 대한 연구와 철학을 담아 집필한 미식 서적이다. 이 책은 크게 기초이론과 요리법 부분으로 나뉜다. 기초이론 부분에서는 음식에 대한 뛰어난 견해를 바탕으로 식재료의 선택, 손질, 배합 등과 음식을 대할 때의 주의점 등을 설명했다. 요리법 부분에서는 14세기부터 18세기까지 중국에서 유행한 326가지 요리를 수록하고 각각의 요리법을 설명했다. 사전을 방불케 하는 방대한 요리 설명과 미식에 관한 깊이 있는 견해로 이 책은 '중화요리의 성서'라는 별명을 얻었다.

원매와 『수원식단』

Chapter 01

작품 01 16쪽

'요조숙녀窈窕淑女', '오매불망寤寐不忘', '전전반측輾轉反側'이라는 고사성어의 의미와 그 용례에 대해 생각해 봅시다.

* 요조숙녀窈窕淑女: 말과 행동이 정숙하고 자태가 기품이 있는 여자.
  용법: 어릴 때는 선머슴 같더니 나이가 들면서 요조숙녀가 되었다.
* 오매불망寤寐不忘: 자나깨나 잊지 못함.
  용법: 고향에 두고 온 가족을 오매불망 그리워하다.
* 전전반측輾轉反側: 누워서 몸을 이리저리 뒤척이며 잠을 이루지 못함.
  용법: 밤새도록 잠을 못 이루고 전전반측하다.

작품 02 18쪽

'재수일방在水一方'이라는 시구를 활용한 현대 가수 덩리쥔鄧麗君의 노래를 찾아보고, 이 구절에 담긴 의미를 생각해 보세요.

◆ '재수일방在水一方'은 '강물 저편에 있다.'의 뜻으로, 즉 '사랑하는 이가 물 건너 저편에 있지만, 나의 사랑을 전할 길이 없음'을 표현하는 구절로 많이 인용된다.
1980년대 중국에서 큰 인기를 누린 가수 덩리쥔鄧麗君의 대표곡 중의 하나인 "在水一方"이라는 노래도 다가갈 수 없는 사랑에 대한 애달픈 심정을 노래하고 있다.

작품 03 22쪽

중국 고대에 이별하는 사람이 서로 버드나무楊柳를 꺾어 이별의 선물로 주던 풍속에 대해 찾아 봅시다.

◆ 중국의 고대 문화에는 이별하는 사람에게 '버드나무 가지를 꺾어折柳' 선물로 주는 풍속이 있다. 이 유래에 대해서는 첫째로, 버드나무를 뜻하는 한자 '류柳'가 '머물다留'와 발음이 비슷하다는 이유 때문이라는 학설이 있고, 둘째로, 버드나무는 어디를 가도 그 땅에 바로 적응해서 잘 살기 때문에 버드나무를 선물로 준다는 학설, 셋째로, 『시경詩經·소아小雅·채미采薇』의 "버드나무 가지 무성했었네楊柳依依"의 구절에서 유래한다는 학설이 있다.

작품 04 24쪽

주周 왕조의 건국과 관련된 인물 주문왕周文王, 주무왕周武王, 강태공姜太公의 스토리를 찾아봅시다.

◆ 은殷나라 말엽, 강태공은 위수渭水의 강가에서 미끼도 없는 낚시를 드리우며, 자신을 알아줄 임금을 기다렸다. 이때 주문왕周文王이 그를 알아보고 찾아와 도성으로 모셔온 후 태공망이라고 불렀다. 자신의 포부를 마음껏 펼칠 수 있게 된 강태공은 주문왕의 스승 겸 재상이 되었고, 주문왕이 죽고 주무왕周武王이 즉위하자, 군사를 일으켜 폭정을 일삼은 은의 주왕紂王을 멸망시키고 주나라를 건국하게 된다.

Chapter 02

작품 01 32쪽

1. 「초사」의 대표 작가인 굴원의 생애에 대해 알아봅시다.

◆ 굴원의 어릴 때 이름은 평平이다. 전국戰國 시대 초楚나라 선왕宣王 27년에 태어났고, 죽은 해는 정확하지 않지만 대략 경양왕頃襄王 22년쯤일 것으로 추측된다. 혼란했던 전국시대 말엽에 정치적으로 불우했던 자신의 신세와 충성스러운 마음을 주옥같은 언어로 표현하였고, 이런 그의 작품들이 후세에 『초사』로 불리게 되었다. 진秦나라가 초나라 수도를 함락하자 멱라강에 몸을 던져 자결했다.

2. 굴원이 단오절 멱라강汨羅江에서 투신 자살하자 사람들이 모두 배를 몰고 나와서 굴원의 시신을 찾았다고 전해집니다. 여기에서 비롯된 중국의 단오절 풍속에 대해 알아봅시다.

◆ 굴원이 멱라강에서 자결한 날이 기원전 278년 음력 5월 5일로, 지금의 중국의 단오절은 바로 여기에서 유래한다. 물속에 빠진 굴원의 시신을 물고기로부터 보호하기 위해 쫑쯔粽子를 물속에 던진 것에서 연유하여 단오절에는 쫑쯔를 먹으며, 용선龍船 경기를 벌이기도 한다.

용선 경기와 쫑쯔

작품 02 34쪽

「어부사」에서 비롯된 '탁영탁족濯纓濯足'이라는 성어가 현재 어떤 의미로 사용되는지 찾아봅시다.

◆ 창랑의 물이 본래대로 맑을 때에는 사람들이 갓끈을 담가 씻고, 더러워지면 또 더러워진 대로 발을 담가 씻으니, 물이 맑거나 흐리거나 다 씻을 것이 있게 마련이라는 뜻이다. 후에 '탁영탁족'은 성어로 굳어지게 되었는데, 지금은 '세속을 초월해 살아간다'는 뜻으로 의미가 확대되었다.

Chapter 03

작품 01 44쪽

'악부樂府'와 '악부시樂府詩'의 연원에 대해 알아봅시다.

◆ 악부樂府는 원래 한무제漢武帝 때 음악을 관장하던 관청이고, 악부시樂府詩는 악부에서 수집한 민가와 악부에서 직접 작곡하여 조정의 행사에 연주하거나 부르던 음악과 노래를 가리킨다. 악부시는 교묘가사郊廟歌辭와 악부민가樂府民歌로 나뉜다. 교묘가사는 조정의 연회나 제례 때에 쓰던 노래와 음악이다. 악부민가는 『시경』의 풍風에 해당하며, 음악성과 예술성이 풍부하고 시대와 사회를 반영하였다. 그 내용은 남녀의 애정을 주로 노래하면서, 사회의 모순에 대한 풍자도 담고 있다.

작품 02 48쪽

'부운폐백일浮雲蔽白日'의 '부운'과 '백일'이 이 시에서 비유하는 것이 무엇인지 살펴봅시다.

◆ 중국의 고전시가 속에서 태양白日은 임금을 비유하는 경우가 많고, 태양을 가리는 존재인 '뜬 구름 浮雲'은 간신으로 상징되는 경우가 많다.

Chapter 04

작품 01 56쪽

1. '주공토포周公吐哺'의 유래를 찾아봅시다.

◆ 『사기史記 · 노주공세가魯周公世家』에는 주공周公이 노魯나라로 떠나는 아들 백금伯禽에게 "나는 한 번 머리를 감으며 세 번 머리카락을 움켜쥐었고, 한 끼 밥을 먹다가 세 번 먹던 것을 뱉고 일어나 선비들을 맞았으니, 오로지 천하의 현인들을 놓칠까 걱정해서 였다. 我一沐三捉發, 一飯三吐哺, 起以待士, 猶恐失天下之賢人。"고 말하며 교만하지 말 것을 당부한 내용이 있다. 인재발탁에 뛰어났던 주공이 얼마나 인재를 중시하였는지 보여주는 고사이다.

2. 조조의 「단가행」과 연관이 있는 소식蘇軾의 「적벽부赤壁賦」를 찾아 읽어봅시다.

◆ 「적벽부赤壁賦」는 송宋나라 소식蘇軾이 황주黃州(지금의 황강黃岡)에서 귀양살이할 때 지은 작품이다. 1082년 7월, 소식은 친구 양세창楊世昌과 적벽 아래에 배를 띄워 놓고 달밤의 풍경을 감상하였는데, 「적벽부」는 이때 느낀 감회를 묘사한 것이다. 주객의 문답방식을 사용하여 유한한 인생과 무한한 천지자연을 대비시켜 표현했다. 작품 속에는 영웅 조조를 회상하는 내용이 있다. 소식은 그해 10월 「적벽부」를 한 수 더 지었는데, 이를 「후적벽부後赤壁賦」라 한다.

작품 02 59쪽

완적과 혜강嵇康의 '청안백안靑眼白眼' 이야기를 찾아봅시다.

◆ '청안백안靑眼白眼'은 자신이 좋아하거나 싫어하는 사람에 따라 서로 다른 시선으로 대하는 것을 형용한 말이다. '청안靑眼'은 좋아하는 사람을 바로 보는 것, '백안白眼'은 마음에 들지 않는 사람을 흘겨보는 모습을 뜻한다.

이 말은 완적의 '청백안靑白眼' 고사에서 나왔다. 『진서晉書 · 완적전阮籍傳』에 따르면 완적은 청안과 백안을 모두 잘하였는데, 혜희嵇喜라는 사람이 조문을 오자 백안으로 대하였고, 그의 동생 혜강嵇康이 오자 크게 기뻐하며 청안으로 맞이했다고 한다.

Chapter 06

작품 01 78쪽

사영운의 대표적인 산수시의 명구를 찾아 감상해 봅시다.

◆ 사영운의 대표적인 명구로는 「등지상루登池上樓 연못가 누각에 올라」의 "연못가에는 봄풀이 돋아나고, 뜰의 버드나무엔 새소리 바뀌었네. 池塘生春草，園柳變鳴禽。"의 구절이 가장 유명하다. 특히 인위적인 어떠한 조탁도 보이지 않으며 자연스러운 정취를 전달하는 "연못가에는 봄풀이 돋아나고池塘生春草"의 구절은 천고千古의 명구로 꼽는다.

작품 02 81쪽

문벌사회인 유유의 송나라에 대해 알아봅시다.

◆ 남조의 송나라420-479는 동진의 유유가 세운 나라로, 당송의 송나라와 구분하여 유송劉宋이라 칭해진다. 남조의 첫 번째 정통 왕조로 10명의 황제가 59년간 통치했다. 송나라는 동진과 마찬가지로 문벌제도가 엄중했다. 문벌에 의해 개인의 사회적 지위와 신분이 정해졌기에 계층 간의 이동이 불가능

하였고, 황제의 권한 또한 약화되었다. 재능이 있음에도 고위관직에 오르지 못한 빈천한 출신의 관료들은 문벌사회에 대한 강한 불만을 가지고 있었다.

Chapter 10

작품 01 134쪽

1. 이구년李龜年은 어떤 사람이었는지 알아봅시다.

◆ 이구년은 당 현종 때의 유명한 음악가이다. 노래를 잘했고, 피리 등의 연주에도 뛰어났으며 작곡에도 능했다고 한다. 당 현종이 그의 노래를 특별히 좋아하여 여러 왕자들의 저택에서 연회를 열 때마다 그를 초청했다. 안사의 난 이후 강남 지역으로 피난했으며 지난 시절의 영화를 그리다 쓸쓸히 사망했다고 한다.

2. '심상尋常'이라는 단어의 한국어와 중국어에서의 용례를 찾아봅시다.

◆ 한국어에서는 '대수롭지 않고 예사로움', '늘 있는 일'이라는 뜻으로 쓰인다. 주로 부정적 의미로 '심상치 않다'라고 쓰이는데, 그 의미는 '예사롭지 않고 이상하거나 특별나다'이다.
한편 중국어에서는 반대로 '평범하다', '예사롭다'의 뜻으로 쓰인다.

작품 02 136쪽

제4구의 '윤물세무성潤物細無聲'의 느낌에 대해 토론해 봅시다.

◆ '윤물세무성潤物細無聲'은 빗방울이 가늘어 거의 소리가 들리지 않는 봄비의 특성을 감각적으로 표현한 구절이라고 할 수 있다. 이 시에서 비는 고마운 벗과 같은 존재로 인격화되어 있어 첫 등장에서부터 '좋은 비好雨'라고 감탄했다. 이어지는 구절에서는 "몰래 밤에 찾아온다潛入夜"고 했는데 마치 비가 따스한 온정을 가지고 있어서 사람들의 밤잠을 방해하지 않으려고 배려한 듯 느껴진다. 소리가 전혀 나지 않으면 비가 오는지 알기 어려울 텐데 그 '소리 없음'을 온몸으로 듣는 두보의 마음이 되어 보자.

작품 03 139쪽

조선시대 『두시언해杜詩諺解』에 대해 알아봅시다.

◆ 『두시언해』는 두보의 시 1,647편을 52부로 분류하여 주석을 달아 한글로 옮긴 책으로, 우리나라 최초의 번역 시집이며 원제는 『분류두공부시언해分類杜工部詩諺解』이다. 세종 25년1443에 왕명으로 시

작해 성종 12년1481에 25권으로 완성되었다. 이후 150여 년 뒤인 인조 10년1632에 초간본을 교정한 중간본이 목판본으로 간행되었다. 초간본과 중간본의 출간 시기에 상당한 차이가 나기 때문에 우리말의 변천사를 연구할 수 있는 소중한 자료이다.

작품 04 141쪽

악양루岳陽樓의 위치를 찾아보고, 이곳을 다녀간 역대 문인들은 누구인지와 중국의 삼대 누각은 어떤 것인지 조사해봅시다.

◆ 악양루岳陽樓는 중국 후난湖南성 웨양岳陽시에 위치하여 둥팅洞庭호 가까이 있으며 군산君山이 바라다보인다. 동한 시기에 지어져 역대로 여러 차례 증수했다.

북송 시기 등종량滕宗諒이 그의 벗이었던 범중엄范仲淹에게 요청하여 「악양루기岳陽樓記」를 지어 이 누대가 더욱 유명해졌다. 당대의 이백李白, 두보杜甫, 백거이白居易가 시를 남겼고 송대의 범중엄范仲淹, 명대의 원중도袁中道 등이 관련 산문을 남겼다.

악양루는 호북성 우한武漢의 황학루黃鶴樓, 장시江西성 난창南昌의 등왕각滕王閣과 더불어 '중국 삼대 누각'이자 '강남 삼대 누각'으로 손꼽힌다.

황학루

등왕각

Chapter 11

작품 01 151쪽

'경국지색傾國之色', '비익조比翼鳥', '연리지連理枝'의 유래와 의미를 찾아봅시다.

◆ '경국지색傾國之色'은 나라를 위태롭게 할 만한 미인을 지칭하는 말로, 한漢나라 이연년李延年이 한무제漢武帝에게 자신의 누이동생을 가리켜 임금이 미혹되어 나라가 기울어져도 모를 만큼 아름답다고 노래한 데에서 유래한다.

'비익조比翼鳥'와 '연리지連理枝'는 남녀의 영원한 사랑을 비유하는 말로, 백거이의 시 「장한가長恨歌」에서 유래한다. '비익조'는 눈도 하나, 날개도 하나여서 암수 한 쌍이 합쳐야만 살아갈 수 있는 전설 속의 새이고, '연리지'는 뿌리가 다른 나무가 자라 하늘에서 한 가지로 합쳐진 나무로, 모두 한 몸을 이루어 헤어질 수 없는 연인 혹은 부부 사이를 지칭한다.

생각해 보기 답안표

작품 02 154쪽

'금낭가구錦囊佳句'에 대해 알아봅시다.

◆ '금낭가구錦囊佳句'라는 말은 '비단 주머니 안에 있는 아름다운 시구'로 풀이되며, 천재 시인 이하가
  비단 주머니를 메고 다니다가 우연히 영감을 얻어 쓴 시구를 적은 종이를 그 주머니 속에 넣었다는
  데서 유래한 말이다. 이후 아름답고 빼어난 시구나 글귀를 가리키게 되었다.

작품 03 156쪽

'참연두각嶄然頭角'이란 단어의 기원을 찾아봅시다.

◆ 흔히 학식이나 재능이 뛰어남을 표현할 때 '두각을 나타낸다'고 평가하는데, 한유韓愈가 「유자후묘지
  명柳子厚墓誌銘」에서 유종원柳宗元을 가리켜 '빼어나게 두각을 보인다嶄然見頭角焉'라고 칭송한 바
  있다.

작품 04 160쪽

'불평즉명不平則鳴'의 연원과 의미를 찾아봅시다.

◆ '불평즉명不平則鳴'은 '평정함을 얻지 못하면 소리내어 운다'는 뜻으로, 한유의 「맹동야에게 보내는
  글送孟東野序」에서 유래한다. 수차례 과거 낙방을 거쳐 나이 50세가 넘어서야 겨우 관직을 받는 등
  때를 잘 만나지 못해서 고생한 맹교孟郊를 위로하며 한 말이다.
  한유는 사람이 마음속에 뭔가 평안하지 못한 것, 즉 불합리하거나 불공평한 일이 있으면 이것을 언
  어로 표현하게 되고, 훌륭한 문인들은 이것을 더욱 훌륭하게 표현했다고 여겼다. 이는 사마천司馬遷
  의 발분설發憤說을 계승한 것이며, 이후 시대를 잘못 타고나 고난의 삶을 살아가는 문인이나 예술가
  를 일컬을 때 사용되었다.

Chapter 12

작품 01 169쪽

이상은의 무제시는 몇 편인지 찾아보고 모두 애정시에 속하는지 생각해 봅시다.

◆ 이상은의 「무제」시는 모두 17편인데, 그중 전형적인 애정시는 14수이다. 이상은의 「무제」시 중에는 표
  면적으로는 애정시지만 그것에 기탁한 시인의 정서는 다양하다고 보는 것이 일반적이다.

작품 02 171쪽

중국 역대 왕조 중 금릉金陵(지금의 난징)을 수도로 삼은 왕조를 찾아봅시다.

◆ 금릉金陵(지금의 난징)을 수도로 삼은 중국 역대 왕조는 삼국시대 오吳나라와 동진東晉, 송宋·제
齊·양梁·진陳이 있고, 이러한 왕조의 수도였기 때문에 금릉을 '육조고도六朝古都'라고 한다. 이후
5대10국 시기의 남당南唐, 명明나라 또한 금릉에 도읍했다.

작품 03 174쪽

온정균의 사詞에서 비롯되었다고 하는 『화간집花間集』에 대해 알아봅시다.

◆ 『화간집花間集』은 최초의 문인사집으로, 만당에서 오대五代까지의 작품이 실려 있으며, 온정균이 대
표작가이다. 『화간집』에 수록된 사는 여인의 입을 빌어 여인의 감정을 노래한 것이 특징이다.

작품 04 176쪽

'남 좋은 일만 시킨다'를 중국어로는 어떻게 표현하는지 찾아봅시다.

◆ '쓸데없이 남을 위해 고생하다', '헛되이 남 좋은 일만 시키다'라는 뜻의 중국어 성어는 "爲人作嫁 wèi
rén zuò jià"이다. 이 표현은 만당 시인 진도옥의 「빈녀貧女」 시의 마지막 구에서 유래했다.

Chapter 13

작품 01 187쪽

중국의 4대미녀 가운데 한 명인 한대漢代 왕소군王昭君에 얽힌 이야기를 찾아봅시다.

◆ 한나라 원제元帝 때 왕소군은 16세의 나이에 궁녀로 뽑혔다. 원제는 궁녀가 너무 많아지자 화공의
그림을 통해 궁녀들의 외모를 평가했다. 다른 궁녀들은 화공에게 뇌물을 주며 예쁘게 그려달라고
했는데, 왕소군은 가난하여 그렇게 하지 못하자 화공은 그녀를 추하게 그렸다. 후에 흉노가 한나라
의 미녀를 보내 달라고 요구했을 때, 원제는 초상화를 보고 가장 못생긴 왕소군을 흉노에 보내기로
결정했다. 그러나 왕소군이 흉노로 떠날 때가 되어서야, 그녀의 미모가 가장 아름다운 것을 알게 되
었다. 왕소군을 보내기 싫었지만 이미 때가 늦어 후회만 할 뿐이었다. 왕소군이 흉노로 가는 도중
에 날아가는 기러기를 보고 고향 생각에 비파를 탔는데, 비파 소리를 들은 기러기들이 그녀의 미모
에 반해 날개 움직이는 것을 잊고 땅으로 떨어졌다. 이에 왕소군은 '낙안落雁'이라는 칭호를 얻게 되
었다.

작품 02 190쪽

고사성어 '백아절현伯牙絶絃'의 유래와 그 의미를 찾아봅시다.

◆ '백아절현伯牙絶絃'은 '백아가 거문고 줄을 끊다'는 의미로, 자기를 알아주는 참다운 친구를 잃은 것을 비유한 말이다.

백아는 거문고 연주에 뛰어났고, 종자기鍾子期는 그의 연주를 정확하게 감상할 줄 알았다. 백아가 높은 산과 흐르는 강물을 생각하며 연주하면 종자기는 태산泰山과 창장강, 황허강이 느껴진다고 평했다. 종자기가 죽자 백아는 거문고의 줄을 끊어버리고 죽을 때까지 거문고를 연주하지 않았다. 세상에 자신의 음악을 이해할 수 있는 사람이 없다고 생각한 것이다.

작품 03 195쪽

중국의 별칭인 '구주九州'의 유래에 대해 찾아봅시다.

◆ 구주九州는 고대 중국의 별칭이다. 중국 역사상 최초의 왕조인 하夏나라의 시조 우禹임금이 치수治水를 할 때, 천하를 아홉 주州로 나누었다고 한다. 이때부터 구주는 고대 중국 영토의 대명사로 사용되었다.

작품 04 199쪽

'초혜비草鞋費'라고도 하는 '초혜전草鞋錢'에 대해 찾아봅시다.

◆ '초혜비草鞋費'는 '짚신을 살 돈', 즉 '짚신값'이라는 뜻이다. 원래는 불교 용어로 행각승이 절에 들렀을 때, 그 절의 주지가 여비로 주는 돈을 말하는데, 보통 초혜비로 짚신 두세 켤레를 살 수 있을 정도의 돈을 주었다고 한다. 송나라 이후에는 공무로 파견된 관리들이 죄를 저지른 당사자나 사안과 관련된 사람에게 요구하는 노잣돈의 대명사로 사용되었다.

Chapter 14

작품 01 204쪽

여산廬山을 노래한 다른 시를 찾아봅시다.

◆ 「도화원기桃花源記」 등으로 유명한 동진東晉의 도연명陶淵明은 팽택彭澤의 현령 벼슬을 팽개치고 여산에 들어와 여생을 마친 것으로 유명하다. 또한 당대唐代의 이백李白은 "날 듯이 쏟아지는 물줄기 3천 자이니, 은하수가 하늘에서 떨어지는가. 飛流直下

여산

三千尺, 疑是銀河落九天。"라 읊은 「망여산폭포望廬山瀑布」를 지었다. 이밖에도 수많은 중국 시인이
여산을 노래한 시를 지었다.

Chapter 16

작품 01 223쪽

고사성어 '단장斷腸'의 유래와 우리말에서 사용된 용법을 찾아봅시다.

◆ '단장斷腸'은 '창자가 끊어지다'라는 뜻으로, 창자가 끊어질 정도로 가슴 아픈 이별을 이르는 말이다.
새끼 원숭이를 포획해가는 배를 쫓아가며 울부짖다가 탈진해 죽은 어미 원숭이의 창자가 마디마디
끊어져 있었다는 『세설신어世說新語 · 출면편黜免篇』의 한 이야기에서 유래했다.
우리나라의 가요 중에 철삿줄에 묶여 북한으로 끌려가는 남편과의 애통한 이별 사연을 노래한 「단
장의 미아리 고개」라는 가요는 '단장'이라는 단어의 의미를 잘 나타낸 좋은 예이다.

작품 02 226쪽

고사성어 '사면초가四面楚歌'의 유래와 내용을 찾아봅시다.

◆ '사면초가四面楚歌'는 '사방에서 들려오는 초나라의 노래'라는 뜻으로, 아무에게도 도움을 받을 수 없
는 외롭고 곤란한 형편을 이르는 말이다. 진秦나라 말기 한나라 유방劉邦과 천하를 다투던 초나라
항우項羽가 한나라 군대에 패하여 해하垓下에서 포위되었는데, 사방에서 들려오는 초나라의 노랫소
리를 듣고는 초나라 군사들이 이미 항복한 줄 알고 놀라서 애첩 우미인虞美人과 함께 자결했다는 이
야기에서 유래했다. 『사기史記 · 항우본기項羽本記』에 나오는 말이다.

저자 소개

❈ 김경천 金慶天

성균관대 한문교육과 교수. 고려대 중문과를 졸업하고 동 대학원에서 박사 학위를 취득했다. 경학을 전공하고 있으며, 특히 『논어』의 성립 과정과 원인에 관심을 두고 있다. 대표 논문으로는 「고염무의 경학관」 등이 있으며, 공역으로 『다산의 경학 세계』가 있다.

❈ 김의정 金宜貞

성결대 파이데이아학부 교수. 이화여대 중문과를 졸업하고 연세대에서 박사 학위를 취득했다. 중국 고전시를 전공했고 주요 논문으로 「흥興, 오래된 비유」, 「영상 미학을 통해 본 중국 고전시의 재해석」, 「명대 여성 시에 나타난 전통과의 대화 방식」 등이 있다. 저역서로는 『두보시선』, 『중국의 종이와 인쇄의 문화사』, 『장물지』, 『쾌락의 정원朴漁, 閑情偶寄』등이 있다.

❈ 김정희 金貞熙

한양여대 교수. 한양대 중문과를 졸업하고 고려대에서 박사 학위를 취득했다. 타이완 중앙연구원에서 방문학자로 연구했으며, 상하이 푸단대학에서 박사후과정을 이수했다. 대표 저역서로 『베이징 이야기』, 『현대 중국 생활차』, 『한 손에 잡히는 중국』, 『뉴스와 중국어』 등이 있고, 대표 논문으로 「주방언의 청진사 연구」, 「韓國 '中國詞文學硏究' 評述」 등이 있다.

❈ 노은정 盧垠靜

성신여대 중국어문 · 문화학과 외래교수. 성신여대 중문과를 졸업하고 고려대에서 석사와 박사 학위를 취득했다. 중국 고전시를 연구하고 중국 고전문학을 강의하고 있다. 『용재수필』, 『중국 문학 이론 비평사』, 『그림으로 읽는 중국 고전』 등의 번역서와 「송시에 나타난 양귀비의 형상 변화 연구」, 「중국 유일의 여황제 무측천의 시가 연구」 등의 논문이 있다.

❈ 박민정 朴玟貞

세종사이버대 교수. 고려대 중문과를 졸업하고 고려대에서 중국 고전시 전공으로 박사 학위를 취득했으며, 중국 저장대학에서 대외한어교학對外漢語敎學 전공으로 박사 학위를 취득했다. 편역서로는 『서곤체 시선』 등이 있고, 대표 논문으로는 「칠언율시의 형식적 특징으로 본 서곤파와 안수」, 「송초삼체시의 형식적 특징 비교 연구」 등이 있다.

❈ 오헌필 吳憲必

덕성여대 명예교수. 고려대학교대학원에서 박사 학위를 취득했다. 송대 시문을 연구하고 있고, 대표 저서로 『왕안석경세문학』이 있으며, 대표 논문으로 「왕안석과 소식의 정치와 문학」, 「사마광의 시관과 사회시」, 「증공의 역사관과 영사시」 등이 있다.

❈ 여정연 呂亭淵

을지대 교양학부 외래교수. 숙명여대 중문과를 졸업하고 베이징대 중문과에서 박사 학위를 취득했다. 중국 고전문학 이론을 전공했으며 대표 논문으로 「위진남북조문론의 물감설 연구」가 있다.

❈ 이기면 李基勉

배재대 중국학부 명예교수. 고려대 중문과를 졸업하고 동 대학원에서 박사 학위를 취득했다. 중국 고전문학 이론을 전공했으며 대표 저서로는 『원굉도 문학 사상』, 대표 역서로 『이욱 사선』(공역), 『거인의 시대: 명말 중국 예수회 이야기』(공역) 등이 있고, 대표 논문으로는 「명말 청초 이단 문학론의 실학적 이해」, 「명말 청초 방외 문학론의 근대 지향성 연구」 등이 있다.

❈ 이승신 李承信

한국공학대학교 외래교수. 이화여대 중문과를 졸업하고 고려대에서 문학박사 학위를 취득했다. 상하이 푸단대 방문학자, University of British Columbia visiting scholar, 고려대 중국학연구소 연구교수 등을 역임했다. 저역서로 『首屆宋代文學』(공저), 『취옹문선역醉翁文選譯』 등이 있으며, 논문으로 「중국고전산문연구의 시각과 방법론 모색」, 「구양수 『귀전록歸田錄』의 체재와 서술 방식 연구」 등이 있다.

❈ 이현주 李賢珠

한중인문교류연구소 전임연구원. 전북대 중문과를 졸업하고 중국 수저우대학苏州大学에서 석사 학위를 취득하고 고려대에서 박사 학위를 수료했다. 중국 고전 시사를 전공하고 논문으로는 「백거이白居易의 중은中隱 사상 연구」, 「납란성덕納蘭性德 사 연구」가 있다.

❈ 장천 張泉

중국 산둥교통대학교山东交通学院 부교수. 중국 산둥대학교에서 「심약 및 그 시가론沈約及其詩歌論」으로 박사를 취득했다. 저서로는 『심약신독해沈約新解讀』 등이 있으며, 논문으로는 「魏晉論說文文論探析」, 「北魏行人的文學表現」 등이 있다.

❈ 조득창 趙得昌

협성대 교수. 고려대 중문과를 졸업하고 베이징사범대학에서 문학박사 학위를 취득했다. 중국 희곡을 전공했으며, 저서로는 『중국 문화의 즐거움』(공저), 편역서로는 『삼국연의 상 · 하』, 역서로는 『피에로』, 『결혼/염라대왕 자오/오규교』, 『안개 낀 충칭』이 있다.

❈ 조성천 趙成千

을지대 교수. 고려대 중문과를 졸업하고 동 대학원에서 박사 학위를 취득했다. 중국 고전문학 비평 및 시론 중 왕부지의 학술 사상 연구에 주력하고 있다. 저역서로는 『왕부지 시가 사상과 예술론 연구』, 『강재시화』, 『인간사화』 등이 있고, 대표 논문으로는 「중국 시론상 흥회興會의 역사성과 문예 미학적 의의」, 「왕부지 소식 시문 비판론 초탐」 등이 있다.

❈ 채수민 蔡守民

고려대학교 세종캠퍼스 글로벌비즈니스대학 외래교수. 고려대 중문과를 졸업하고 중국 난징대학에서 문학박사 학위를 취득했으며, 중국 고전희곡을 전공했다. 상하이 푸단대학에서 방문학자, 고려대 세종캠퍼스 인문대학 교양교직 조교수를 지냈다. 저서로 『중국 전통극의 공연과 문화』(공저), 편역서로 『봉신연의』가 있으며, 대표 논문으로는 「청 중엽 희곡 활동의 변화 양상」, 「경극 연기 도구 챠오蹺에 관한 소고」 등이 있다.

❈ 최우석 崔宇錫

국립안동대 교수. 고려대 중문과를 졸업하고, 국립타이완대에서 석사 학위를, 고려대에서 박사 학위를 취득했다. 상하이 푸단대학과 베이징대학에서 방문학자로 연구를 했다. 저서로는 『魏晉四言詩研究』(中國巴蜀書社), 『당대 율시의 지평을 열다』 등이 있으며, 대표 논문으로는 「고대 사언시와 율시 속의 아정雅正 심미관」, 「치유로서의 당대 은일시隱逸詩 고찰」 등이 있다.